GAEA

GAEA

術數師

7
【完】惡之華，聖光之十字

天航 KIM 著

「惡之華」，

又名「惡之花」，

即是詩人所謂的「病弱的花」。

在法語中，

「病弱的（*madadif*）」，

含有「惡（*mal*）」與「病（*maladie*）」的雙重意思。

術数師 7【完】

◇惡之華，聖光之十字

目錄

術數師

主要角色介紹

救世主陣營

樊系數／初次出場：術數師1
數獨門第六十四代傳人，精通術數、密碼學與駭客技術。

蕭紅／初次出場：術數師2
暱稱阿紅。蕭刀門傳人，繼承中國盜王之名，擁有「聯感」奇能，賴飛雲之姊。

張槊／初次出場：術數師2
阿紅的搭檔。用槍的天才。

賴飛雲／初次出場：術數師2
為劍而生的男人，絕招有「書法劍」、「二刀流」和「超導電極」。

巫潔靈／初次出場：術數師3
可與亡靈溝通的靈媒，曾被中國政府軟禁。

紀九歌／初次出場：術數師1
日本人血統，窮究術數極致而掌握生命科學，文革後偷渡到美國。

瑪雅／初次出場：術數師5
墨西哥人，出生之謎成祕，除了預知夢，還擁有未知的能力。

《九歌陣營

李斯／初次出場：術數師4
組織幕後主腦，蛇的使者選中的人；靈魂可保留轉生記憶，精通術數與謀略。

王翦／初次出場：術數師3
傳承者，世世代代守護秦始皇的後裔。

鬼谷子／初次出場：術數師4
已被自殺。

蒙武／初次出場：術數師3
化學天才，善於調製毒藥和生化武器。

商鞅／初次出場：術數師4
超高智商的天才，受過間諜訓練，專攻生命工程，記憶力和超級電腦一樣。

蒙恬／初次出場：術數師3
力大無窮的搏擊技高手。

易牙／初次出場：術數師3
暗殺者，狙擊槍高手，命中距離可達兩千公尺。

干將／初次出場：術數師2
劍術高手及工程師，與莫邪搭檔，佩劍是泰阿。

莫邪／初次出場：術數師3
女劍術高手及工程師，佩劍是工布。

＊組織皆以秦國人物為核心成員取名

前文摘要

在前一個時空，救世主團隊慘敗，樊系數以唯一倖存者的身分，展開曼德拉超時空實驗。阿拉以爲自己回到過去，實情是來到下一個時空（下一世），她尋找摩西並遇見上帝，得悉了拯救世界的方法。

正當曼德拉實驗的計畫進行到最後一步，阿拉卻因基地遇襲而魂歸原位，來不及傳遞約櫃[註1]的眞相，樊系數唯有寄望下一世的自己可以改變厄運，關鍵就是喚醒瑪雅的記憶和能力。

在下一個時空，樊系數和瑪雅相遇時，香港爆發史無前例的核災和瘟疫[註2]。救世主團隊合力逃難，亦找到了散播病毒的源頭，成功擊退恐怖組織九歌（IX）。但九歌始終魔高一丈，綁架了樊系數的妻子小蕎和瑪雅的妻子安吉。

當七位救世主全員集合，就是決戰之時。

戰場是——

耶路撒冷！

註1：又稱「法櫃」。

註2：前作《曼德拉超時空實驗》於二〇一八年出版，其時早已撰述一場即將蔓延全球的大瘟疫。

靈魂規則一：
人死後，其魂只會在現世逗留七天。

靈魂規則二：
自殺死去的人，其魂則會逗留到陽壽結束爲止。

靈魂規則三：
長生不老的人一旦自殺而逝，其魂將會永生不滅。

耶路撒冷古城圖

（公元一世紀耶穌時期）

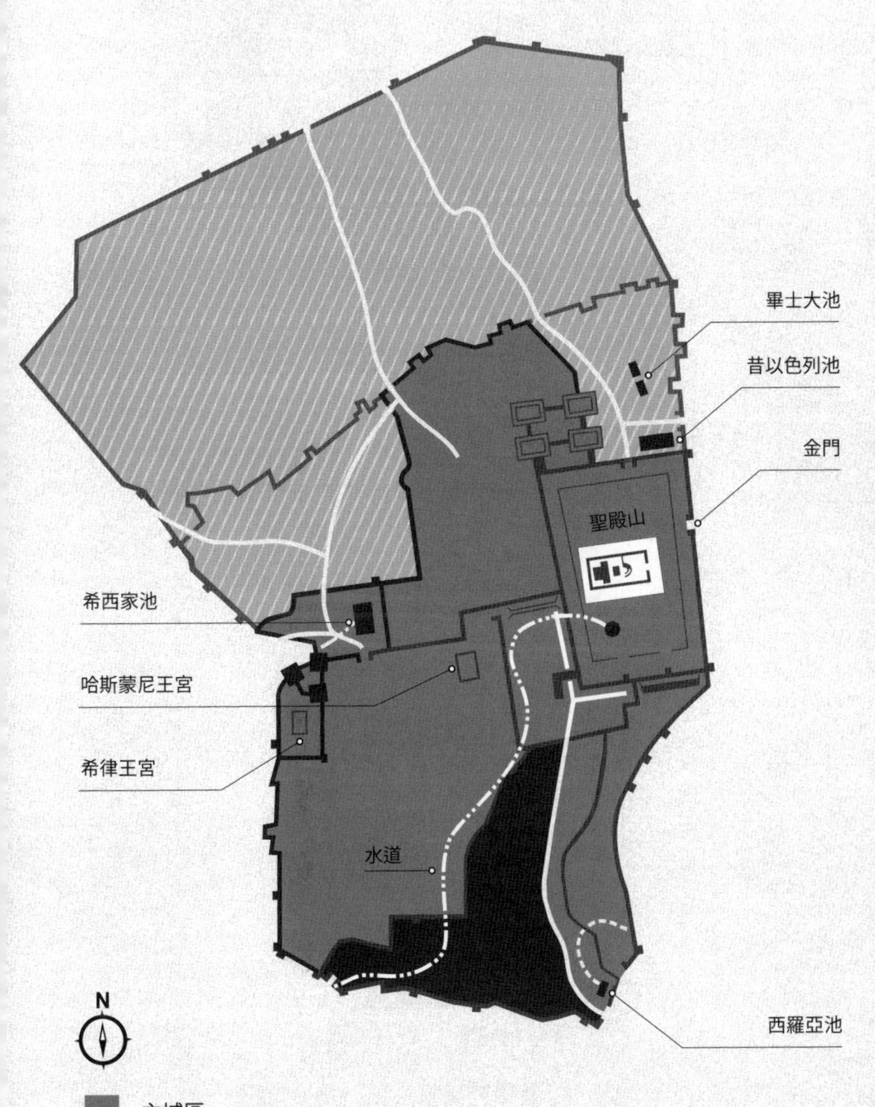

前一個時空
2021

在「九歌」與救世主團隊的終極決戰中，
救世主團隊潰敗，只剩樊系數倖存。

前一個時空
2088

樊系數招募阿拉加入，
曼德拉超時空實驗開始。

前一個時空
2091

曼德拉實驗結束，基地全毀，
這個時空的樊系數與阿拉身亡。

二一二一年

「宇宙」一詞，出自《莊子》。
「宇」是一切的空間，
「宙」是一切的時間。
太陽在巨大的分子雲中誕生，
在膨脹到極限之後收縮毀滅，
地球亦會周而復始不停出現。
而歷史亦重蹈覆轍——
被和平寵壞太久的人類，
根本不明白戰爭的可怕。
被愚昧和狂妄洗腦的人類，
始終阻撓不了病毒蔓延……
到底，人類能否改變下一個時空的悲劇？

1

那場禍及全球的瘟疫奪命無數。

在疫情爆發的初期，世人都以爲只需短短數個月，各國就可以抗疫成功，萬萬沒料到一場浩劫會持續那麼久。

以新世紀醫學的昌明程度，集結全球最優秀的科學家，又怎會敵不過比細菌還要細小一千倍的病毒？

現代的疫神似乎掌握了基因工程的技術，造出更具智慧的病毒。疫神更懂得玩弄人類，病毒初期的致死率並不高，等到病毒散播到全球各個角落，就演化出極度致命的變種，成功將輕妄的人類推向滅絕的邊緣。

疫苗是唯一的曙光，是唯一的救世希望。

各大國都在研發疫苗，爭奪救世主的光環。

科學家都是全國最聰明的聰明人吧？

可是，這些聰明人都失敗了。

那場瘟疫已經持續了一個世紀。

地球的人口一度暴跌至四億，遷入地下城生活之後，人口才迴光返照增加到五億。

這一百年來，人類不停嘗試研發疫苗，始終都是徒勞無功。這個俗稱為「恐怖大王」的超級病毒，除了有極強的傳染力，還具備不斷變種的演化力，甚至可以透過植物作為傳播媒介。

在這個千瘡百孔的地球表面，歐洲的山谷之中有一片遺忘之境，四散著鮮艷的苔蘚、破碎的灰牆和機器的殘骸。這個廢墟，既像仙境，亦如文化遺跡，中間的空地有一尊傾倒的濕婆青銅像，歷經戰火和百年風霜的洗禮，神像本體和環繞其身的圓環已經腐蝕。

這樣的大陰天，谷中濕氣很重，鳥獸更是罕至。

卻有人聲。

「副線任務代號『瑞士糖』，是否確認搜索率已達百分之百？」

「六十六路戰隊司令官熙來，報告任務目標達成。」

廢墟中，有個身穿紅色鎧甲的戰士在狂風中屹立，全包覆式的頭盔內響起他與微電腦的對話。

他是歐非亞共和國的四星上將。

陸軍的戰衣通常是綠色的，唯獨他有資格穿上紅色的機甲戰衣。

熙來脫下了頭盔，吸入一口難得的新鮮空氣，沒過濾的空氣就是有股沁人心肺的清涼感。他有一頭黑髮和清秀的眉毛，偏淡的棕色膚色，眼眶鑲嵌著綠寶石般的眼珠。

熙來是個英俊得令女人窒息的男人。

從軍十數載，飽歷慘烈的戰事，他的臉上竟無半條傷疤。

頭盔的耳機傳來親切的虛擬人聲：

「熙來，恭喜你順利完成任務，國家永遠會記住你光榮的功績！」

同一刻，這個消息亦會廣播給全體隊員。

在外面始終有感染病毒的風險，熙來不應該脫頭盔，但剛剛深入山壁裡的祕密基地搜索，裡面眞是熱得像燜燒鍋，現在大汗涔涔回到戶外，眞的不透透氣不行。

雖然這次完成了搜索，但結果仍然是沒有新的發現。

三十多年之前，共和國的特遣隊已經搜索過這裡，帶走了一切找得到的儲存裝置和遺物。在崩塌了的祕密基地之中，部隊將找到的屍骸全部送回總部做ＤＮＡ化驗，證實某具死屍是叛國賊樊系數博士。

國家的情報機關極爲重視此事，這三十年間屢次派員過來這邊搜索。情報人員揣測樊系數博士曾率領一眾科學家，在這裡進行一項邪惡的計畫，意圖顚覆共和國的政權。

他們找到樊系數博士的手機，最機密的資料極有可能藏在手機之中。這是一台百年前出產的手機，加密的方式異常簡單，只用上了六位數的數字密碼。想不到這種史前文物般的手機難倒了所有專家，硬破解絕對不可行，因爲只要輸錯三次，手機就會進入永恆鎖死的自毀模式。

歷經數代解密專家的努力，他們都只是呆呆看著上鎖的手機螢幕，死了不知多少腦細胞，滿頭白髮依然是無法解鎖。因此，情報部的歷任部長都留下了相同的遺言，吩咐繼任者將答案當祭品燒給他們。

迄今，情報部已經輸錯了兩次密碼，只剩下最後一次機會。

六十六路戰隊途經此處，熙來便接下了情報部的任務。熙來對樊系數博士的認識不深，只知他的本業是數學家，卻暗地成立駭客集團，違反了國安法，淪爲國家的頭號通緝犯。

熙來親自出馬，只當是做一做運動，鍛鍊一下身體。

手中的頭盔傳來熟悉的話聲：

「熙來，請向我傳送你的位置，我現在過去找你。」

「阿撒，等等……已傳送啦。」

頭盔之側有個徽章，下標四顆星及「LXVI」——即是「66」的羅馬數字。

六十六路戰隊是最強的陸軍特種戰隊，熙來當得了司令官，就是說他是一眾最強戰將之中的佼佼者。

別的三歲稚童還未戒尿布，熙來已經接受國家的栽培，進入軍校的附屬幼兒園就學。他自小就對各種武器瞭若指掌，所謂的玩具是眞正的軍用直升機和坦克車。考試考的是兵書，課外活動是炸彈躲避球，專題習作是仿製古代的血滴子……他偶爾也會打電動，都是血腥的模擬實戰遊戲。

早在熙來出生之前，國家的統治者已在軍隊引入遊戲化的制度，減輕戰爭帶來的心理壓力。事實證明這套制度大收奇效，與國民沉迷電玩的心理素質相輔相成，造就了殺人如麻的菁英軍隊。

熙來不僅是菁英，他更是菁英之中的第一名，以軍校史上最卓越的成績畢業。

開始兵戎生涯後，熙來的潛能更加盡展所長，衝鋒陷陣殺敵破紀錄，制服上勛章增多的同時，他也不停加官晉爵。

戰爭中的殺人狂就是英雄。

因此，聯合國一方恨得咬牙切齒，將熙來視爲頭號狙擊的大魔頭。

廢墟的斷牆後面冒出了一條綠色的人影，身穿共和國的陸軍鎧甲，不疾不徐邁步走近。

熙來遠遠看見頭盔裡的臉，呼喊對方的名字：

「阿撒。」

阿撒是熙來自小相識的夥伴，由唸軍校幼兒園開始一直同班。他們既是最好的朋友，也是最好的競爭對手，熙來總是第一名，而阿撒也總是第二名。畢業後，兩人順理成章加入了同一路戰隊，成爲合作無間的戰友。

每次完成任務，熙來都等待阿撒過來迎接歸隊。

天空開始下雨。

阿撒向熙來行完鞠躬禮，瞬即在仰身的一刻拔出極尖銳的利器，電光似地刺入了熙來的脖子。

2

熙來垂頭盯著刺入自己脖子的東西，那是一根像西洋劍的長針。

——要慎防軍中有間諜。

在行動前的首都軍情會議，熙來收到這樣的警戒，因爲他下一個帶兵執行的任務，乃是最高機密級別的任務。

哪怕軍中眞的有間諜，熙來也萬萬不會懷疑到阿撒的頭上。打從離開娘胎的一刻開始，他倆已經是拜把子的好兄弟，由育嬰室開始，到上軍校和上戰場，彼此相伴出生入死。

如果要在妻子和阿撒之間做個取捨，熙來將會毫不猶豫選擇好兄弟。

熙來看著阿撒，露出友善的微笑。

當阿撒抽出長針的一刻，同時垂頭細看手柄上的小螢幕。

「陰性。安全。」

這台長針形檢測器可即時驗血，只需五秒就能顯示結果，最重要的篩檢項目正是「超級病毒」。

熙來脖子上的傷口瞬間癒合，亦沒留下一絲疤痕。

「說眞的，我還不習慣這樣的抽血方式。」

阿撒依然戴著頭盔，與熙來面對面講話，聲音卻由熙來手中的頭盔傳出：「這樣抽血最方便噢！不刺脖子，難道要刺你的臉嗎？」

特種部隊的鎧甲由J區的工場生產，J區的國民自古就有高超的工藝，才造得出這種兼具實用性與美感的鎧甲。這套鎧甲一體成型，下至腳掌，上延至手指，將全身包覆得如同天衣一樣。

阿撒也脫下頭盔，輪到熙來幫忙驗血，刺進脖子的傷口也很快癒合得不留痕跡。比起熙來的外貌，阿撒毫不遜色，黑黝黝的長髮和眼珠，俊美的男子飽嘗鋼鐵與鮮血的洗禮，別具一股陽剛硬朗的魅力。

他倆都是「人體工程計畫」之下誕生的超級士兵。

熙來更是由數千萬胚胎之中脫穎而出的完全體，結合各種動物最優秀的基因——他有豹的肌肉、鷹的眼力、蝙蝠的聽覺、水熊蟲的生命力……

除非砍下熙來的頭顱，又或者受到斷肢般的重創，否則他的肉體都會迅速修復受損的細胞，即是一種近乎「不死身」的自癒能力。

——該下地獄的紅色惡魔。

這是敵軍給熙來的綽號，帶著最深怨的詛咒，卻也突顯出熙來的強大和恐怖之處。

「回去吧！」

雨漸大，熙來戴上頭盔，與阿撒飛奔到集合地點。

平地上飄浮著軍用運輸飛艦。

眾隊員已在飛艦裡等候，等到熙來和阿撒一躍登機，閘門隨即關上。深灰色的飛艦擺脫地心引力，加速飛向灰濛濛的天空。

六十六路戰隊僅有百多名成員，卻是消滅半個聯合國的不敗雄師，全隊大多數由超級士兵組成，一拳打爆坦克對他們來說只是雕蟲小技。

這艘飛艦只載了二十二員，都是熙來精挑細選的猛將。

熙來經過紫外線消毒閘之後，就有隊員過來卸裝和脫鎧甲。緊身衣展露出完美健碩的身軀，熙來英姿颯爽，宛若希臘神像般的神級英雄。

司令乃凱薩大帝的基因轉世——民間有這樣的傳說。

在共和國，熙來是個國民英雄，六十六路特種部隊的司令官，按傳統也是統領陸戰隊的總司令。在官銜上，熙來與空軍及海軍總司令平起平坐，屈居於大元帥之下——但在眾人眼中，大元帥最寵信的人是熙來，所以熙來的地位稍高一等。

飛艦裡的寬大機艙資訊板顯示當天的日期——

2121年11月11日

每當看到日期，熙來都難免有點緊張，彷彿在面對一個倒數中的計時炸彈。

熙來一覽飛艦的將級戰員，這些人都是他榮辱與共的忠心部屬。

眾員背對著艙壁，面對著面，分排坐在兩側的壁椅，全部都像表情嚴肅的兵俑，恭迎熙來和阿撒穿過中間的走道。

一如既往，熙來和阿撒主持日常的軍事會議。

阿撒一揮手，拱形艙頂隨即射下數束光束，聚焦成一個虛幻立體的地球，大得幾乎佔滿半空。半空中的大陸板塊只有兩種顏色，分別是紅色和藍色，代表共和國和聯合國的領土。

在大艙室的盡頭，熙來直立發言，神態氣宇軒昂。

他的聲音洪亮，有股打動人心的魅力。

「眾所周知，聯合國的版圖只剩下南美洲和北美洲，他們的滅亡只是早晚的事。經過百年戰爭，我們由劣勢中迎難而上，解放了歐洲和非洲大陸的人民。最近我們的間諜帶來了好消息，自從去年總統大選，聯合國內部分裂得相當嚴重，外強中乾的堡壘正由內部崩潰瓦解……」

眾員的目光都緊盯著熙來，當中有人猜出了是怎麼一回事，不由自主繃緊神經，而熙來憑超強聽覺聽得出加快的心跳聲。

「這次出動，我們要執行大元帥親下御旨的主線任務，也是史上難度最高的終極任務——」

熙來向眾員宣布密令：

「攻下美洲，滅聯合國！」

3

儘管在場都是身經百戰的戰將，他們聽到熙來宣布的任務目標，難免也悾然一驚。

誰都知道，自從歐洲人佔領了美洲之後，美洲就成了最難入侵的大陸。在第三次世界大戰初期，美國表面結盟，實則呑併了北美洲和南美洲諸國，就此建立「愛比堅尼聯合國」。源自美國的軍事力量拓展到美洲各岸，築起了固若金湯的高科技防線，外敵要入侵更是難上加難。

每個共和國的國民都知道，共和國與聯合國終戰的唯一條件，就是其中一方覆滅。

好幾年前鬧饑荒，大元帥爲了穩定民心，竟在全國廣播的新聞中誇下海口：

「我們要在二一二一年武統美洲！」

熙來是共和國頭號大將，就要爲大元帥的言行負責，就算是做一做樣子，也要嘗試向美洲發動突襲。

——攻下美洲，滅聯合國。

密令只有八個字，卻有極大的震撼力。

有位隊員突然出聲：

「原來我們去廢墟搜索，是爲了掩飾我們眞正的任務……」

「沒錯。」

熙來點頭，目光如炬。

「這是我們的歷史任務，也是我們誕生在世上的意義。現在，阿撒會講解這次的作戰計畫。」

投影在半空的虛幻地球，實乃一種立體全息圖的裸視映像，阿撒亦可用來播放預錄好的動畫簡報。阿撒綁起長髮之後，手握筆型的控制棒，確有幾分斯文學者的模樣。

「要攻打聯合國，難就難在美洲與其他大陸分離，東海岸、西海岸有兩大洋作爲天然屏障。聯合國只要沿著海岸線布防，就能截擊我們的海軍和空軍。」

空中的全息圖忽然浮現兩團共和國的戰機，如同小棋子分布在太平洋，分頭向著北美洲和南美洲進軍。

「過去五十年，共和國曾發動過五次遠征美洲的行動，結果都是兵敗如山倒。別說是侵入，根本連登陸都做不到。現在播放的是上一次遠征時的戰況，我方派出多達兩千部超超音速戰機。」

全息圖演示的戰役於十五年前發生，眾員昔日在軍校上戰略課，均已研習過敵我雙方的進軍路線和交戰結果。

眾多戰機以霰彈般的航線進擊，意圖突破西岸的防衛網。

聯合國亦派出戰機還擊，鬥不了幾個回合就撤退。

這一切都是圈套，當共和國的戰機飛越海岸線，不聞砲聲響，一束紅光掃過，機體立時自焚爆炸。

「這就是聯合國的祕密武器，對空雷射砲。」

頃刻間，千多架戰機灰飛煙滅。

全息圖的一側展開了一個方框，播放一名烈士死前直播的畫面——只見他在墜機前及時彈出，就在跳傘後不久，雷射光迎頭痛擊……由於是用環迴三百六十度的鏡頭自拍，所以可見燒焦爆頭的清晰片段。

根據戰機墜毀前回傳的數據分析，雷射砲的射程範圍可達兩百公里，命中率是百分之百，而最厲害的一點是不用裝彈，零點五秒就可以射出一砲。共和國研發出超超音速的戰機，到頭來只是燒錢造出一堆廢鐵。

「哪怕是超越了音速，也不可能快過光速。」

阿撒說出人人皆知的結論。

他們這些國家軍校的畢業生，都一定曾在課堂上興沖沖討論過如何攻打美洲。當然會有學生建議由破壞砲台的方向著手，然後長官就會否定這樣的做法。

「這些砲台都有自動防護罩，所以直接摧毀砲台近乎不可能。再說啊，聯合國沿岸有數千座這樣的砲台，即使損失了一座，整條防線還是堅不可摧。聯合國和我國斷交已久，彼此亦無客機來往，所以聯合國軍方可以盡情射爆空中的可疑物體。」

阿撒這麼說，等於宣判空路進攻絕對是飛蛾撲火。

由海路進攻又如何呢？

全息圖播放海軍出擊的畫面，沿太平洋入侵北美洲西岸。

隱形戰艦和潛水艇打頭陣。

海面上，深海裡，都有不明物體以極高速接近。

「美洲東岸和西岸的海域，遍布這種電磁波魚雷，像鯊魚般自動追蹤，再像磁鐵般黏住潛水艇，然後——焦！爆炸！破洞！」

一艘艘潛水艇都變成了「沉水艇」。

「此外，聯合國的主要兵種是機械兵。這些機械兵都不會有人性的弱點，例如偷懶和怠忽職守，某種程度上比人類更可靠。只要每週充電一個小時，就可以不眠不休值勤，簡直就是天生超喜歡上班的奴隸。」

阿撒說得有點輕佻，逗得大夥兒笑了出來。

對空雷射砲。

電磁波魚雷。

還有二十四小時待命的機械兵團。

就是這三樣魔法般的黑科技，築起了人類史上最強的國防。換而言之，只要聯合國採取這種死守策略，無論共和國派出多少大軍壓境，下場都是自投羅網送死。

阿撒又向眾員道：

「五次遠征都是全軍覆沒，尤其以第五次遠征最爲慘烈，共和國元氣大傷。這十五年間，國家也不敢再出兵……不對，國家是在韜光養晦。最大的威嚇只是派出戰機偵測，繞著海防線兜圈子，還有像放煙花一樣浪費昂貴的遠程導彈。」

熙來卻在此時振臂一呼道：

「今時不同往日，最強的六十六路戰隊誕生了！」

平定美洲以外的五大洲之後，戰員們就知道大元帥的野心一定是進軍美洲，只是沒料到這一天來得這麼早，二一二一年的佔領宣言並非是煙幕，而六十六路戰隊將會承擔這樣的歷史重任。

黑色膚色的巨肌壯漢問道：

「這次出兵，總兵力是多少？」

熙來笑而不語，只是逐一掃視在場各人。

戰員們彷彿都心領神會，有人不禁吐出一口涼氣。

熙來用眼神表達無比堅定的決心。

這位司令官是認真的。

「接下來我要披露突襲聯合國的戰術。」

熙來說話的同時，由背後拿出一樣橘色的東西——

除了阿撒，無人不感到極度意外。

那東西竟是一顆籃球，普通得不能再普通的籃球，不像暗藏甚麼機關。傾國的軍力都攻不破外圍的美洲，怎可能只憑這樣的東西和二十名戰員就攻得進去？

共同經歷過大大小小的戰事，熙來相信他的夥伴們早已明白，他這個司令官最愛用奇計，總是不按章理來出牌。正是此故，他才屢屢突破人工智慧的計算，成爲世人眼中的軍事天才。

熙來露出殺氣騰騰的眼神。

他是戰神，也是死神。

聽說敵國有神明，他要令那些神明俯首稱臣。

4

夜空下，沙灘上，短棒投射出全息映像。

「爸爸，你快回來吧！」

「爸爸，看我的厲害！」

兩兄弟互相擠開對方，兩個小身影輪流在光波中亮相。弟弟蹦蹦跳跳，打完一個後空翻，再打一個前空翻。

熙來對著幻象似的全息映像，露出眞摯的微笑。

「爸爸，你看過眞正的電話嗎？我是說有線的電話！」

「有線的電話？我未看過噢……應該只有在博物館才找得到吧？」

熙來獨自來到沙灘，黑夜彷彿吞沒了他全身的黑衣。

「爸爸，看我，這是有線的電話！」

五歲的哥哥笑咪咪的，左手一個鋁罐，右手也握住一個鋁罐。

「給我！」

三歲的弟弟扯住串接兩罐的魚絲繩，與哥哥不停拉拉扯扯。上了幼兒園之後，這兩個傢伙愈來愈頑皮，也愈來愈胡鬧，媽媽開始管不住了。

有其父必有其子，兩兄弟繼承了熙來的特殊基因，擁有天賦異稟的體能，跌跌撞撞也不會受傷。

「叫媽媽過來……」

熙來的話音未落，已有個穿著睡衣的女人出現，飄浮在細沙之上，立體的人影疑幻似眞。

「熙來，爹爹託我傳話，他祝福你武運昌隆。」

「謝謝。請妳代我向大元帥請安問好，我願捨身回報國家對我的大恩大德，千秋萬載效忠神聖不可侵犯的共和國。」

熙來的妻子是大元帥的女兒，換句話說，大元帥就是熙來的岳父。

無論和世界史上任何一位名將相比，熙來的戰功都是有過之而無不及，英雄配公主，這門婚事也是國民歌頌的愛情童話。

別了紅羅帳，披甲上戰場。

在妻子面前，熙來從來不提作戰任務的事，哪怕這次通話有可能是征戰沙場前的訣別。

她是個善解人意的賢妻，心有靈犀地說：

「熙來，我知道爹爹對你要求很高，但我相信你一定做得到。我們全家都在等你平安歸來……」

「我不僅平安歸來，我要大勝歸來！」

熙來眞心感激國家賜予他的一切，所以每次出征都是爲國家而戰。

自小，熙來就知道自己在實驗室誕生的眞相。

雖然養母和熙來之間毫無血緣關係，但熙來對她生出眞正的感情，正是這樣的感情，令他覺得自己是個活生生的人。

「只要打倒聯合國，世上就會有眞正的和平，有了和平，人類才會團結起來，合力研發戰勝病毒的疫苗。」

養母的話也是共和國人民的心聲。

戰火促使國家合併，摒棄「列國分疆」的分化概念。世人都疲倦了，他們只期望世界可以統一，終結這場長達百年的戰爭。

超級士兵誕生的時候，曾掀起很大的爭議，甚至有了「獸人」這種歧視性的貶稱。直到他們在戰場上所向披靡，全面光復非洲和歐洲，國民與有榮焉，觀感才有了一百八十度的轉變。

「爸爸是大英雄！」

——我眞的是英雄嗎？

熙來也會有疑惑的時候。

但他終究會下定決心，哪怕要在血海中成爲殺人不眨眼的惡魔，他也要繼續充當兒子以至全國人民心目中的英雄。

千兵萬卒都在他的腳下疊成屍山。

這一切，都是爲了共和國的勝利，爲了讓人類重返大地生活。

「好好照顧孩子。」

熙來從不對家人說「再見」。

關掉通訊儀器之後，他獨個兒看海。

背後傳來腳步聲，熙來不用回頭，就知道是阿撒來了。腳步聲愈來愈近，熙來一回頭，就看見身穿鎧甲的阿撒。

「萬事俱佳，三個小時後出發。」

熙來向阿撒點了點頭。

「阿撒，有多少年了？這次可能是最後的征戰了。功成之後，你也該娶個老婆。可惜大元帥只有一個女兒，不然他也會招你當駙馬。」

「嘿，如果國家允許一夫多妻，我才會考慮結婚。」

阿撒面露不屑之色。

他總是哄女人說，自己擁有波斯王族的血統……這可能是眞的，國家的基因資料庫包羅萬有。但哪怕是假的，女人都甘願信以爲眞，像阿撒那麼俊美和肌肉發達的男人，投懷送抱的女人總是死心塌地，然後就會被他狠狠拋棄。

這次出征之前，阿撒很不尋常地說：

「這次的任務不用勉強，必要時可以撤退。只要拍下成功登陸的照片，就夠我們交差了。」

「你是有甚麼不祥的預感嗎？」

阿撒笑而不語。

熙來也不是不曉得，這次的作戰計畫實在太瘋狂，瘋狂得近乎送死一樣。哪怕熙來征戰十年百戰百勝，心中也難免有所憂慮。

但是，只要阿撒在身邊，熙來就會感到勇氣百倍。

「我的背後就交給你啦！」

熙來這番肺腑之言，也不是第一次說出口，但阿撒每次聞言，都會手按佩劍半蹲，行屈膝禮。

「阿撒，世人都說我是軍事天才，但很多戰略計畫，都是你跟我共同想出來的，你都一直將功勞讓給我。軍事方面，如果我是個天才，你就是個奇才。以前唸軍校的時候，如果不是實戰的佔分較重，我應該贏不過你。」

熙來用過的奇計，其實大都是阿撒的建議。

「你知道的，我只想低調荒淫地過日子。你該說，以前唸軍校的時候，你在求偶方面贏不過我，這才是我想要的讚美。」

兩抹英魂肝膽相照，光芒比天上的星星更耀目。

驚濤拍岸，浪花快要湧到腳邊。

這裡是非洲的西岸，難得不受污染的淨地。

兩人一同抬頭。

望向星空，望向宇宙。

熙來首先垂下頭，看著眼前的汪洋大海，彷彿看見彼岸的大陸。

「阿撒，你記得以前參加畢業營，大夥兒鬥一鬥誰游得最遠，結果游到了大洋洲的趣事嗎？」

5

黑夜。

北斗七星如常耀目。

自從天上的人造衛星全毀，人類重拾原始的方法來辨別方向。

熙來心想，昔日的船員在茫茫大海上掌舵，也是仰望星空而克服迷航的恐懼吧？

四周依然是漆黑一片。

海面上，二十個戰士抱著籃球，全都穿著一模一樣的潛水服。

在漆黑的海洋之中，透明的眼罩顯示明確的方向。

只剩下五公里就會抵達目的地。

不用戰機，不用潛水艇，這支僅有二十人的部隊就像偷渡客一樣，游泳橫渡大西洋突擊偷襲。

這是史無前例的瘋狂行動。

「當初聯合國在建造防禦系統之時，未料到會有我們這樣的超級士兵。我們要賭這個漏洞，如果稍有差池，就會客死異鄉。你們之中，誰不怕死，就跟我上戰場吧！」

出發之前，熙來在祕密會議中說出這番奇計。

翻看歷史檔案，游泳橫渡大西洋絕對可行，最著名的紀錄屬於一個五十六歲的女人。

只不過，以二十人的戰力出擊，攻打重軍駐守的邊防基地，這樣的計畫不僅史無前例，簡直是顚覆理性和常識的壯舉。但六十六路戰隊的壯士聽完全盤計畫，竟無一人萌生退意，全要跟著熙來同生共死。

眾員乘坐巡洋艦到達海防線，然後抱著籃球跳水。

登陸目標是中美洲的千里達。

由出發的一刻算起，這已經是第三天了。

四十個小時的泳程，比想像中輕鬆得多，一如計算，他們會在凌晨三時左右抵岸。

哪怕是遠達半公里的距離，熙來也看得清楚岸邊的事物，憑著鷹一般的超強視力，連瞭望塔上的盯梢兵有多少顆青春痘，都一一鉅細靡遺呈現在視覺之內。

再向岸邊游近，終於到了可望在一分鐘之內登陸的距離。

敵陣尙未響起任何警報。

眾員雄心勃勃，覺得今次的奇計眞的行得通。

這次的行動代號爲「秋鯨」。

聯合國重視保育海洋生物，熙來等人乘機鑽空子，趁著鯨魚出沒的季節進軍，果然成功避過了電磁波魚雷的探測。

熙來帶頭游到前方，當他連眨三次眼，潛水眼罩便顯示隊員的身體數値，全員都在理想狀態。

當下即將決一生死，他的腎上腺素亦飆升到極佳的水平，這樣的自己堪稱是地球上最強的生物。

「申猴，上樹。」

熙來透過對講系統唸出暗號。

最左側的兩名戰員隨即潛到水底，如同兩團魟魚黑影疾速潛行，悄無聲息地往瞭望塔處游去。

瞭望塔是這裡的制高點，只要成功佔據，就能居高臨下俯瞰全局。

熙來等人在岸邊屏息以待。

不久，瞭望塔那邊掉下兩具斷頭的屍體，穿的是敵軍的制服。

出擊！

水花飛濺的一刻，熙來已騰空著陸，向著高科技重機槍砲台揮出一劍。

隔著一大段距離，砲台的外殼上出現長長的裂縫。

熙來的劍，可以射出無形劍氣。

只要破壞砲台控制盒，整座砲台就會報廢，這種機器壞了就是壞了，不會像動物般垂死反擊。

熙來與隊員們和時間競賽，爭分奪秒破壞基地上的砲台。

警報亂鳴，恍如奏起戰曲。

「最難纏的傢伙來了！」

岸邊有好幾座鐵板大倉庫，一大堆機械戰兵由倉庫擁出來。機械兵的顏色以鮮艷的紅色和藍色為主，胸口的鐵甲有個像牛角的「T」字，它們的雙臂都是兩條槍管。

熙來一馬當先殺過去，還故意跳進機械兵群的中心點。

這樣一來，五十幾個槍口都會瞄向熙來，震天價響隆隆直轟，非要將人工智慧鎖定的軀體射成蜂窩不可。

可是，百多顆子彈狂掃而來，竟然都追不上熙來的速度。

熙來暗忖，這些機械兵都是上一代的舊型號，他之前在歐洲交過手的「高智商三千皇家旗艦型」，才眞的令他一度陷入苦戰。眼前這些舊款的機械兵，遇上他這個「超人」，始終難逃削頭斷臂的厄運。

橫劍一揮，十數個鋼頭甩飛。

削頭！

這些機械兵都是按照完美的標準量產，頭與身軀的接口都在相同高度，這也成了它們最大的弱點，熙來只要劃出平行的劍軌，一劍即可破壞同一水平線的機械兵。

斷臂！

熙來用蠻力扳斷了機械兵的雙臂，就可以借機械兵當盾牌。

「機械兵不會互射！重複，機械兵不會互射，這個弱點還未修正……」

熙來一邊作戰，一邊用對講機傳話。

當防彈科技發展到子彈射不穿的境界，近身搏擊砍殺反而大有優勢。聯合國選擇了「機械工程」的路線，共和國則向「人體工程」發展，這樣的分歧也決定了兩國的成敗。

熙來等人勢如破竹，超級士兵的運動神經非機械兵的反應所能及。

兵貴神速。

由宣布出擊的一刻開始，所有戰員都會變成獨當一面的戰將，六十六路戰隊是人類史上最強的陸軍。

正常人游泳橫渡大西洋之後，都會累得面青唇白，哪像他們這樣可以全力厮殺？

千里達基地的守兵主要是機械兵，戰場上的人類寥寥可數，因爲人類都是躲在後方操作。

倒地的機械兵愈來愈多，熙來這邊卻未損一將。

正當眾員士氣漲滿，以爲勝券在握的一刻，卻聽到瞭望塔上的隊員傳話：

「注意、注意！西南方的建築物有核反應。」

熙來失算了。

原來這基地有自毀的戰略方案，一旦有可能被攻陷，就會引爆核彈同歸於盡。

機械兵疑似接受了相同的指令，前仆後繼纏著熙來等人，死守著西南方的陣地。

西南方有一座像焚化爐的建築物。

那距離太遠了。

熙來還在纏鬥當中，只能眼睜睜看著一名機械兵溜了進去，重重關上金庫般的超合金鋼門。

功敗垂成，來不及了——

6

那種核設施的入口一關上，縱使熙來率領全員拆毀外牆，估計最快也要五分鐘才能攻得進去。

可是不到半分鐘核彈就會引爆，至少方圓十里夷爲平地，熙來和隊員要撤退也來不及。犧牲一個基地，來換二十條超級士兵的命，還堵住了共和國入侵的缺口，這樣的戰略代價當然是划得來。

「完蛋了……」

瞭望塔上的隊員說出了喪氣話。

熙來又解決掉一排機械兵，還是未能突破敵方死守的陣式。

眞的是窮途末路了嗎？

一分鐘了，核彈還是沒有爆炸。

忽然傳來一陣刺耳的聲音，彷彿發生了不可思議的共鳴現象，那幢建築物向這側的外牆崩潰傾倒，化爲碎滿一地的瓦礫。

一條人影踏著礫石信步而出，他提著一柄發光的長劍，身穿共和國的防彈潛水衣。

耳機傳來廣播：

「我已破壞了核設施。」

是阿撒！

他不愧是最可靠的戰友！

熙來在心裡喝采，深信自己這輩子最英明的決定，正是將工布劍交託到阿撒的手中。

早在警報發出之前，阿撒已捷足先登，繞道闖入核設施。他不是靠儀器來偵測，而是憑驚人的戰場直覺來化險為夷。

阿撒從後夾攻，工布劍一出，劍刃觸及之處都會粉碎。這招對機械兵非常管用，他們全副裝甲防彈，但只要重要的機件受損，整台機器就會無法運作。阿撒經驗豐富，左一劍右一劍，出手準確無比，刺向脖子、腰眼、胛縫……這三點都是藏著核心機件的要害。

機械兵顧不了後面，整個守陣頓時土崩瓦解。

如同三百年前絕跡的日本武士，熙來身繫一長一短兩劍。

遠攻時，他會用泰阿劍，射出壓縮的氣刃。

到了近距離，他就會拔出龍淵劍，運用重力來壓制高大的機械兵。二十一世紀人類最偉大的物理成就，就是掌握了重力和反重力，而共和國鑽研軍事科技，成功造出便攜式的重力控制裝置，亦即龍淵劍也。

工布、泰阿和龍淵都是取自古籍的劍名。

這三大神劍都是共和國最高的科技結晶，專門用來對付機械兵。

「我們以基地為中心點，開始分隊行動，尋龍和點穴兩小隊立即出發。」

「向總部報告，我們已全面殲滅了基地的敵兵，並已接管控制中心。」

「尋龍小隊報捷，成功切斷連接雷射砲的電纜。我們用無人機做完測試，證明雷射砲台已停止運作。」

天亮了。

當熙來收劍的一刻，遍地都是倒地的廢鐵。

就像置身在垃圾堆填區之中，熙來踩著機械兵龐大的殘軀，抬頭仰望天空，那破曉的雲端出現一橫排的黑點，密密麻麻都是共和國的戰機和飛艦。

「我們成功了！」

空軍抵達，如此極具戰略意義的橋頭堡，就在中美洲東岸的防線鑿出來了。援軍一到，共和國就要一鼓作氣全面進擊。

熙來鬥志高昂，透過對講機發出宣言：

「二十四個小時之內，我們要攻下整個美洲！」

天下歸一，征服世界。

這是一百年前，凡人連想像都覺得誇張的春秋大夢，小說家寫出來也只會引人發笑的神經病狂想……居然成眞了。

再瘋狂的事也有人做得出來，因爲航空科技的進步，狂人的野心可以無遠弗屆。如果軍事力量大得可以呑併全世界，誰還要和鄰國和平共處？

六十六路戰隊全員出動，百名戰將穿著鎧甲，騎著磁浮機車長驅直進，以每個小時四百公里的時速闖向聯合國的總統府——百年前名為「白宮」的地方，由於帶有歧視的色彩，早已改名為「自宮（Center House）」。

愚蠢的聯合國政府和軍方，只將軍事資源投放在空防和海防，陸上的防衛薄弱得近乎中門大開，根本擋不住共和國的超級士兵。

「真的沒想過聯合國如此不堪一擊。」

同一番話，阿撒唸了至少十遍。

不停碎碎唸，實在有違阿撒瀟灑的本性，可能他是過度亢奮吧？熙來專心戰事，也無暇多想。

熙來的豪言壯語只兌現了一半。

聯合國調動兵力垂死掙扎，還是沒在一天之內垮台。

最後，六十六路戰隊花了三十個小時，終於殺入了總統府，將聯合國的總統手到擒來。

大元帥徹夜不眠，觀賞直播。

「你們太棒了！全部重重有賞。」

只憑聲音，眾員也感受到大元帥的激動和喜悅。

他們的眼罩即時顯示國家頒發的獎賞，除了豪宅、加密幣和私人遊艇，還有一百次交配權……

聯合國的總統對著攝影機跪地投降。

第三次世界大戰結束了。

熙來遠離歡呼的軍人，找到在花園裡獨坐的阿撒。

「你看來沒有很高興。」

阿撒自知瞞不過熙來，便吐露心聲：

「我有隱憂。」

「隱憂？」

阿撒遲疑半晌，才回答：

「在我們進軍總統府的時候，曾接獲NASA基地自爆的情報，這件事你記得吧？很明顯，聯合國在隱瞞很重要的機密，所以才要毀滅一切。這件事太蹊蹺了……可能只是我多慮。」

「不用想太多，一切已經結束，這是我們的大勝。」

這是板上釘釘的事實。所有聯邦政府都發出了降書。

熙來按著阿撒的胳膊，又笑著說：

「在科技上，聯合國本來遙遙領先我們。但我們後來居上，滅了他們，你認爲最關鍵的原因是甚麼？」

「是甚麼呢？」

「是因爲『我們』。他們礙於道德枷鎖，造不出像我們這樣的超級士兵。」

阿撒聞言，只露出似笑非笑的模樣。

戰爭本來就是殘酷到喪心病狂，在不是你死就是我亡之間，國家不惜付出一切代價，就是爲了徹底殲滅敵國。或者說，物種誕生的一刻，就是殘酷的物競天擇，只不過懂得思考的人類可以更加邪惡。

熙來這組先鋒隊只是攻破最後的城牆，但這座名爲聯合國的堡壘早已岌岌可危。

他們短視輕敵，不停內訌和內鬥。

他們迷信科技，採用電子投票機。

他們苟且偷安，低估了敵國的野心，寧要麵包不要武器。

他們好逸惡勞，將戰爭這麼重要的事交給機器代勞，以爲不用付出太大的代價——結果卻賠上了亡國的代價。

全國廣播出現歷史性的一幕，熙來穿著掛滿勳章的軍服，站在「自宮」屋頂的旗桿之下，親自升起了共和國的國旗。

公元二一二一年，世界終於統一。

大元帥透過地聯網廣播，向地下城的國民發表演說：

「這世界再也沒有戰爭！我們的正義帶來了無上的榮耀，這是人民共同奮鬥的勝利。在世界統一之後，我們下一個目標是戰勝超級病毒，發揮傾國的力量來開發完美的疫苗！我親愛的子民，請你們相信我，我會令所有人重返地上生活！」

那一天，彷彿在地球上每一個角落，都聽得見「共和國萬歲」和「大元帥萬歲」的歡呼聲。

軍隊上下普天同慶，筵開萬席。

「好日子終於要來了！」

當天，有位喝得酩酊大醉的軍官聽了，竟不屑地說：「哼，秦始皇統一天下，人民有過上好日子嗎？」

隔天，這位軍官被告發，再隔天就被焚屍了。

7

「給你們猜猜看，月球的背面有甚麼？」

潛伏聯合國的間諜露面了，光明正大與熙來和阿撒見面，地點是共和國陸軍總部的司令室。

這位間諜是「根正苗白」的聯合國人，因爲龐大的利益而出賣靈魂。亡國前，聯合國依舊崇尚至高無上的資本主義，而資本家只要利益夠大，甚至會出售吊死他自己的繩子。

熙來正在翻閱間諜帶過來的密件。

「月球背面有甚麼？難道有一堆兔女郎嗎？」

阿撒先跟間諜聊起來，續道：

「我的科普知識沒錯的話，地球上的每一個人，他們永遠都看不見月球背對地球的那一面。傳說中，當年人類首次登陸月球，阿波羅11號的太空人在探索期間，曾在月球上發現神祕的五趾腳印……莫非你要告訴我，月球的背面有外星人嗎？」

間諜笑著搖了搖頭。

「月球背面有聯合國的祕密基地。」

這番話說得言之鑿鑿。

同樣的事情記載在熙來眼前的密件，資料來源是聯合國總統府的密室保險箱。儘管紙張早已被淘汰，但眞正重要的文檔，還是會列印在紙上備存。聯合國的總統沒料到突然亡國，所以來不及銷毀保險箱裡的東西。

熙來和間諜是初次會面，但兩人暗地通訊多年，彼此間也有了無形的默契。無事不登三寶殿，間諜一找上門，熙來已預料此事非同小可，只是想不到眞相竟如此詭異。

根據資料揭示，月球基地只有十三名太空人駐守。

「月球基地人丁單薄，如何作反得了？」

面對熙來的提問，間諜神色凝重地說：

「如果他們密謀要毀滅地球呢？」

實際上，間諜只是大膽胡亂猜測，懷疑基地可能藏有遠攻地球的太空武器。又或者，研究員解開了月球的神祕力量，可以操縱潮汐引發地球的大洪水……哪怕復國無望，只要地球上的人死光光，月球基地的太空人回到地球，就可以創造全新的世界。

這樣的事近乎奇談，令人難以置信。

熙來轉臉向著阿撒。

「你覺得該怎麼辦？」

「當然是飛去月球，把礙眼的傢伙殺個一乾二淨。」

這個答案和熙來的想法不謀而合。

「我會親自向大元帥報告這件事。」

熙來說完這番話的隔天，阿撒就收到了召見的御旨。

大元帥最信任的親屬是熙來，熙來則選了最信任的阿撒同行，接受這項宇宙暗殺任務，肅清聯合國在月球上的餘黨。

本來征服世界之後，堂堂總司令就可以高枕無憂，如今卻迎來了嶄新的終極挑戰，就像是在特殊條件下出現的神祕關卡。

一人之下，億人之上，熙來的地位已到了頂點。現在不再求功名，他追求的是熱血沸騰的人生意義。

對超人來說，太空宇航員的訓練沒有太大的難度。

「熙來，我們就是太強了。只要我們成功在月球著陸，月球的餘黨哪會是我倆的敵手？」

阿撒總是一臉輕鬆，每天的訓練對他來說，就像到健身中心做運動一樣，每晚還有餘力到多處留情。熙來也有體力過剩的煩惱，唯有在睡前多做兩千下伏地挺身，才能令自己稍微喘氣。

熙來和阿撒受訓了兩個月，畢業成爲優秀的太空宇航員，有能力執行登陸月球的任務。

二一二二年。

二月。

農曆新年過後，吉日良辰，啓航登月。

就在全球直播的畫面，國民英雄熙來和阿撒穿上太空服，踏上紅地毯，走上白色巨塔一樣的太空船。

雖然熙來的民望較高，但由於阿撒未婚，故此阿撒才是「粉絲」人數世界第一的偶像……有人打趣說，倘若販賣裸照合法化，阿撒將會成為全球首富。

兩個稚子鬧脾氣哭著送行，但熙來這次沒有一絲離愁別緒，因為按照計畫，如無意外在一天之內就會歸來。

國家的航空科技有多麼先進和安全，他比誰都再清楚不過。

熙來和阿撒並排坐在駕駛艙。

開始倒數。

三、二、一……

升空！

時間微秒不差，一切完美無誤。

太空船衝出大氣層，與冒火的火箭分離之後，順利進入計算好的軌道。

外面是漫無止境的宇宙，絕對無聲無色，周圍只剩下虛無縹緲的黑暗。

熙來在ＶＲ模擬駕駛艙受訓的時候，早就看膩了這樣的畫面，此刻的感動難免大打折扣。

眞正的地球沒有虛擬的影像那麼美。

月球呢？

月球並沒有在前頭攝影的畫面中出現。

「怎會這樣的？」

熙來發現不對勁，因為月球在另一個方向。

禍不單行，通訊設備全部失靈，與地球的總部失聯。

太空船推動的速度極快。

當熙來看得見月球的時候，它已經是一個小灰點，和地球一樣變得愈來愈小。

「對不起。」

阿撒泰然的表情，顯得他早就明瞭這一切。

這位出生入死的好兄弟，竟說出一番殘酷無比的話：

「對不起，我幫大元帥瞞騙了你……月球上根本沒有基地，那是假的。熙來，你被放逐了，永遠地放逐。」

8

「這是一趟一去不返的太空之旅，宇宙就是你我的墳場。」

阿撒的聲音在艙內迴盪。

他索性放棄駕駛，解開座椅的束帶，整個人往半空飄去。

整艘太空船控制方向的功能都被「閹割」了，就像一台方向盤壞掉的汽車，只能往一個方向前進，而艙窗外是一望無際亦無盡的宇宙，眞是不知最終會飛向何方。

這次的太空任務從頭到尾都是一場騙局。

熙來發現眞相的一刻，早已離開大氣層的外圍，即使他力拔山兮天下無敵，亦無力將失控的太空船導回正軌。

他千思萬想也絕不會想到，義結金蘭的阿撒居然出賣自己，伸手將自己推向了絕路。

熙來失去一貫的冷靜，向著半空大吼：

「你出賣了我？」

在沒重力的飄浮空間，熙來一個迴轉，游到阿撒的面前，兩人在半空中扭作一團，鼻子幾乎碰在一起。

「大元帥找你來騙我？爲甚麼？」

要不是阿撒煽惑和圓謊，熙來也不會從來沒起疑心。

由於熙來勒住了阿撒的脖子，阿撒根本說不出話。阿撒視死如歸的反應出人意表，他既沒有還手，也沒有掙扎，只是露出悲傷的眼神。

他哭了。

有生以來，熙來第一次看見阿撒哭泣。

熙來心一軟，就鬆開了雙手。

阿撒咳了幾聲，隨即澄清：

「熙來，我對你是永遠忠心的……」

這句話蘊含著全宇宙最真摯的情感，即使是殺人盈野的鐵漢都會深受感動。

「我剛剛那番話，真正意思是說我早就洞悉陰謀，但我還是決定裝傻，間接幫大元帥瞞騙了你。大元帥沒收買我，我也沒跟他串通，只是順水推舟，沒拆穿他的鬼把戲。」

熙來想到阿撒也是同坐一條船，便覺此言非虛。

「大元帥那混蛋根本沒信過我！」

熙來想起那些佯裝出來的親情，頓覺噁心得想吐。

阿撒憤憤不平地說：

「只要讀過歷史，你就該知道，當大元帥失去了最大的敵人，你這個英雄就會成爲他的最大敵人。」

「那混蛋把自己的獨生女也當成了棋子。」

「唉，我本來以爲聯合國穩守美洲，我們不會那麼容易攻破，戰爭還會拖很久……哪想到聯合國不堪一擊，弱成那個樣子，我都在心裡狂罵……」

熙來想起三個月前的征途，難怪阿撒總是憂心忡忡，原來他一直期盼一個撤退的機會，無奈事與願違，不小心就征服了敵國。

阿撒又說到，國軍每次出兵，士兵都要戴上智能貞操帶。他偷偷翻查歷史檔案，曉得過往並無這樣的軍規，超級士兵誕生的那一年，國家才巧合地在同年立例。美其名是預防戰爭風化罪，實情是慎防他們的基因外洩。

「每次我和女人上床，我都知道會留下記錄。」

不羈的阿撒說得雲淡風輕。

所有超級士兵都只是爲戰爭而生的工具。

殘酷的眞相擺在眼前，意識和身體飄浮之際，熙來想起了養母、妻子、兒子……還有徐徐升起的國旗。

縱使熙來從無叛心，功高蓋主就是死罪。

隔了不知多久，熙來回過神，驀然碰上阿撒關切的目光。熙來自覺失態，便藉問題來掩飾尷尬：「既然你一早料到是個圈套，怎麼不提醒我？」

「你可以做得了甚麼？你可以反抗嗎？謀反這樣的事，我的確有計算過，但我太了解你啦，你絕對做不出來。」

熙來無可反駁。

這時候，他腦中冒出一個疑問。

「你呢？你爲甚麼要陪我上太空船？」

阿撒雙眼水汪汪，凝望著熙來。

「我的心意，你到現在還不明白嗎？」

熙來萬萬沒料到阿撒會說這樣的話。

據說同性戀曾是社會的禁忌，但自從代孕合法和普及之後，同性的婚姻也可以繁衍後代，文明人就沒有反對同性戀的道理。喜歡男人就和男人結婚，喜歡女人就和女人結婚，跨越性別的屏障，任何人都可以相愛，這才是眞正自由的戀愛時代。

軍旅生涯朝夕相對，很容易擦出愛火，熙來也常常出席戰友們的婚宴，從來也不覺得有甚麼奇怪。

只是……

兄弟情豈可輕易轉變成兒兒私情？這是一道很難突破的心理關卡。

眼下，兩人共處在密封的空間，根本沒有迴避對方的空間……

熙來呆住了好幾秒，滿腦子胡思亂想。

直至阿撒「嗤」的一聲爆笑出來，熙來才醒悟上了大當。阿撒這傢伙很愛惡作劇，熙來自小就吃了不少悶虧，卻不得不佩服這傢伙苦中作樂的本事。

「哈哈哈哈，我眞的要侵犯你的話，昔日同室的時候就出手了，哪會忍到現在？放心，我絕無龍陽之好……我眞的只對女人有興趣。」

熙來只感到哭笑不得。

「所以，你這傢伙是覺得尚有一線生機，才騙我上了太空船？」

「可以這麼說。就算我留在地球，早晚也會死於非命。既然註定一死，我寧願跟你一同葬身宇宙……我可以押上頭顱打賭，大元帥一定會成爲暴君。那個地球已經爛透了，在暴君統治之下，和地獄又有甚麼分別？」

暴君不死。

這樣的世界就是永恆的地獄。

熙來當然知道，大元帥長生不老，也不會有癌症——基因科技的進步，卻將全體人類送進墳墓。

曾有陰謀論說超級病毒是人造的化武，但熙來和阿撒都不信這一套，他們反而相信是大自然對人類的懲罰。

「就算大元帥得到了這樣的地球，也是一個沒救的地球。」

阿撒這番話既是安慰熙來，也是安慰自己。

三個月前，成功征服聯合國的時候，兩人也得知了絕望的眞相。

相較於傾國發展軍事的共和國，聯合國的醫療科技至少領先五十年。縱是如此，聯合國至今也造不出像樣的疫苗。

「由於超級病毒有演化變種的特質，所以任何疫苗都會失效，人類只能採取被動的隔離方式，永遠與病毒在地球上共存。」

這個絕望的真相一下子澆熄了勝利的喜悅。

「超級病毒毫無弱點。只有上帝才能開發出疫苗。」

世上絕頂聰明的科學家，都有了一致的結論。

自大的大元帥不相信這樣的事——他要給自己和人民假希望。

熙來和阿撒隔窗望著遙不可及的地球，就像遙望著一個千瘡百孔的星球。

9

星海之中，不再有晝夜，也不再有東南西北。

不知方位也不知終點，這是一趟漫無盡頭的迷航，艙窗外只有無窮無盡的黑暗。

太空船開啓了遠航模式，機身就會像孔雀開屏一樣展開大圓環，透過圓環的自轉來造成加速的重力，熙來和阿撒就可以站著生活。

雖然太空船的設備無法發出信號，但其中最原始的收音模組尚可運作，可以接收來自地球的廣播，不過只有聲音沒有畫面。

「神舟破軍號至今還是失聯，彷彿消失在神祕的外太空……」

「熙來、阿撒爲情私奔？在私密檔案找到『斷背山』的影片……」

「各位國民，我要認罪，我曾經和司令官貪污腐敗，更犯下不可原諒的軍事罪行。我不是要諉過他人，但司令官確實是主謀，如今不在他的控制，我才敢站出來揭發他的眞面目……每次作戰，他都推部下出去打頭陣，打勝仗就獨領一切功勞……」

熙來不禁懷疑，大元帥是爲了折磨他，才故意留下收音的模組。這一切也許只是想多了，他只是一條喪家犬，大元帥依然會派人監察太空船的動向，但心裡早已把他當成個死人。

「阿撒，你這麼神機妙算……你覺得我兩個兒子會有甚麼下場？」

阿撒懶洋洋地躺在睡艙，隔了半晌，才慢條斯理地說：「你心裡不是已經有答案嗎？」

是的，熙來自知是明知故問。

長生不老的大元帥還會在乎自己的後代嗎？他會笨得養虎爲患嗎？任何有可能威脅霸權的人物，都該消失在唯我獨尊的國度。

可想而知，六十六路戰隊的成員表，現已變成一張死亡名單。

他們一片丹心爲國家貢獻一生，付出了生命、鮮血和汗水，血肉之軀可以付出的一切都被榨光了，結果卻落得狗熊一般的下場。

熙來有時覺得，會不會因爲自己是「獸人」，少了一些感情的神經元，所以才會在戰場上殺人如麻？

現在，他心裡有答案了，生而爲人就是邪惡的開端，野獸再壞都沒人類那麼壞。

這就是人類。

縱是惡貫滿盈的壞人，他們也可以笑嘻嘻地活著。

這就是醜惡的人性。

無論熙來如何怨恨，這輩子也一定無法重返地球，報仇這回事更加不可能實現。

在太空船的日子平淡如水，沒甚麼不好，就是生理時鐘亂掉，肌肉也漸漸萎縮，但最難忍受的還是苦悶。

「我不怕死，但我很怕無聊得要死。」

熙來悶得發慌，隔壁睡艙的阿撒都在讀書，一面默默躺著，一面拿著電子閱讀器。

這種閱讀器是上世紀的舊科技。兩大國只將研究資源投放在軍事科技，所以這種民生用品經過一百多年竟也沒有多大的進化。

紮起長髮的阿撒垂頭看書，像個帥氣橫溢的文學青年。

熙來看不順眼，忍不住問：

「你怎麼變得有書卷氣啦？明明你以前都不讀書。」

阿撒回過神來，盯了熙來一眼。

「嘿，我現在讀的是禁書，以前在共和國讀不到的禁書。」

原來阿撒插在閱讀器裡的記憶卡，就是由聯合國帶回來的戰利品。

「我以前不愛讀書，因爲文字主要的功用在宣傳忠君愛國的思想。」

阿撒嘆口氣，繼續發表感言：

「數千年來，這樣的毒素透過文字傳承下去，我們的語言也影響我們的思想，變成了代代相傳的基因，因此我們都成了服從權力的奴隸。」

熙來聽了，只是皺眉。

「想不到你會由戰士轉職成爲哲學家。」

這番話只是無心之語，不料阿撒竟以爲熙來感興趣，繼續侃侃而談：

「既然我們這麼無聊，不如來聊聊哲學問題吧！」

「哲學？」

在昔日行兵的日子，熙來滿腦子都是攻城掠地的事，哪有閒情了解這種無關緊要的學問？如今百無聊賴，他姑且聽下去，看看自己會不會因此開竅。

阿撒往前翻頁，唸出頁面上所述的問題：

「如果有上帝的話，他爲甚麼不創造出一個完美的世界？既然他全知全能，爲甚麼他不消滅世上一切罪惡？」

熙來聞言，失聲笑了出來。

「你笑甚麼？」

「這所謂哲學的問題，也太簡單了吧！」

熙來出言不遜：

「首先，我不相信有上帝這回事。第二，答案很簡單，上帝無法消滅世間一切罪惡，就因爲祂不是全知全能的。」

阿撒搖了搖手中的閱讀器，也搖了搖頭。

「哲學家不是這樣回答的。」

「那麼，眞正的答案是甚麼？」

「你讀過《聖經》嗎？」

「這不是禁書嗎？我當然沒讀過。」

哲學家本來有哲學式的答案，但阿撒心血來潮，並沒拾人牙慧，反而提出凡人的見解：「《聖經》是人類自古以來最暢銷的書，我也是前幾天才偶然翻一翻。這本書的頁數多得嚇人，我很勉強才讀了五十多頁。嗯，我的想法其實跟你一樣，上帝應該沒有預知能力。不然，上帝怎麼創造出一堆人出來，然後又降災消滅人類？既然如此，上帝當初又何必要造人出來？」

話題到了這裡，熙來若有所思，一時沒有回應。

他望出太空船外面那片幽冥的空間。

不分晝夜在神祕浩瀚的宇宙飄蕩，一股冰冷的孤獨感陡然而生。

「因爲上帝寂寞。」

熙來的話像悄悄話一樣，阿撒還是聽見了。

阿撒有所共鳴，心中泛起了漣漪。

「喂。」

等到熙來看過來，阿撒才開口，一片至誠地說：「一個人長生不老是毫無意義的。一萬年之後，我希望可以對你說，我們是一萬年的朋友。」

熙來心裡明白，阿撒這番話並非無稽之談。

爲了讓超級士兵永遠處於巔峰狀態，大元帥賜予他們長生不老的特權。熙來和阿撒曾經是罕貴的軍事資源，當然也通過基因改造而獲得了永生。

理論上，只要兩人長生不老，就可以一直活著，直至抵達銀河系的盡頭。

無奈太空船裡的糧食是有限的。

與啓航時相比，糧食只剩下三分之一。

科技再進步，也無法將糞便變回食物。

熙來和阿撒意識到這樣的事，竟然沒有感到絕望，反而覺得是一種解脫。

——不求同年同月同日生，只願同年同月同日死。

太空船剛好有兩台人體冷凍裝置——對熙來和阿撒來說，這是兩人專屬的棺材。阿撒上船之前，曾經賄賂工程師，要求他們確保冷凍裝置可用，由於這種設備是由外部的廠商負責，就有可能瞞過大元帥的耳目。

阿撒的目的不是求生，他只求死得舒服。

機艙內是無菌空間，就算兩人變成了屍體，應該也不會腐化成白骨，無法歸塵也無法歸土，只會跟著太空船變成太空垃圾。

兩人終於下定決心，躺在棺材似的長箱裡。

本來肝膽相照，一切盡在不言中，熙來還是忍不住聊天：「聽說，我們是在同一間育嬰室出生的。當我睡在嬰兒床的時候，就已經有你作伴。」

阿撒忍俊不禁。

「我跟你同室共寢的時間，比你老婆還要多上一百倍吧？」

「哈，沒有一個女人，可以像你對我這樣長情吧？」

「嘿、嘿！」

說到這裡，兩人放聲大笑。

熙來一笑完，不禁提出心中最大的疑問：

「在宇宙死亡的話，靈魂會飄向何方？」

阿撒自嘲地問：

「我們有靈魂嗎？」

「不知道。」

「答案就是不知道。」

熙來面對未知的死亡，竟無絲毫畏懼，心想要下地獄的話，阿撒必然也會陪著他一起下去。

冷凍裝置亮起綠燈，設定的長眠時間是一萬年。

一萬年，差不多就是永恆，可以的話，他們根本不用醒來。

「致我畢生最好的朋友，祝你有個美夢。」

「嗯，致我畢生最好的朋友，祝你有個美夢。」

告別之後，熙來和阿撒同時按下按鈕，麻藥開始發揮作用，看著冷凍裝置的頂蓋闔上，眼皮也沉重地蓋上。

意識彷彿被吸入了黑洞一樣，長眠者腦裡最後的想像，就是光點無數的星辰大海。

10

歡迎光臨。

請插入您的右手掌心。

可接受的支付方式爲電子錢包或加密幣。

請望向鏡頭。

幸會！司令大人，您是貴賓之中的至尊貴賓，我們很慶幸可以竭誠爲您服務。根據榮耀國民資料庫的記錄，您是已婚人士。

我們開始吧！

性別？

需要改變膚色嗎？

眼珠的顏色呢？

頭髮的顏色呢？

請確認您的登記住址是否正確？倘若您會在未來九個月内搬家，請務必盡早知會敝單位。

您選擇的是「雙人配種模式」。

以上資料無誤的話，請您將採陽試管置於機器的接收口……我們會由中央愛育保管中心提取屬於您愛人的卵子。

在此溫馨提示，一旦進入第三階段的生產程序，您和您的愛人就絕對不能反悔及退貨。棄養是極爲嚴重的罪行，最高刑罰是充公全部財產及入獄十年。

現知的一切基因缺陷及遺傳疾病，敝單位都保證絕不會出現。我們百分百專業的服務一定會令客户感動和滿意。不過，爲免客户期望過高，我們有必要善意提醒：除了國家大元帥，世上不存在完美的人類。

確定簽約嗎？

成交。

已送出您的訂單。

感謝您的信賴！二百八十日之後，可愛的愛情結晶品將會安全送到貴府，在此之前請好好閱讀國家出版的育嬰手冊。

每個孩子都是國家重視的寶貴資產……

「我們的孩子來了！」

熙來想起那一天，他和妻子在客廳中焦躁難耐，經過二百八十天滿懷期待的等待，終於等到門鈴響起。

當兩人看見嬰兒保溫箱裡的寶貝，一股難言的喜悅感油然而生。

對熙來而言，這是他非常難忘的回憶。

生命是甚麼？

死又是何事？

生與死，黑和白，陰及陽……

恍若置身在鏡花水月的二維空間，熙來迷迷糊糊睡了一覺，穿越了夢中有夢的悠長夢境……直到夢境的盡頭，有一隻紅紋的黑鳳蝶飛到他的手背，指頭忽然一陣刺痛，夢世界隨即沙沙作響崩潰碎散。

「熙來！」

當熙來睜開眼，第一眼看見的是阿撒的臉。

十年？百年？千年？萬年？

熙來正納罕實際睡了多久，還未問起，阿撒已攙著他的胳膊，扶他離開冷凍長眠裝置。

「我也不知是甚麼回事，太空船快要降落了！立刻就位！」

太空船裡迴響著刺耳的警報。

熙來記得，除了到了預設的時間，假如太空船遇上異常的飛航狀況，亦會自動開啓冷凍裝置。

他和阿撒四肢百骸發軟，肌肉劇烈發麻，但還是強忍著痛苦連滾帶爬，千辛萬苦才滾進了駕駛座，扣上全方位的保護框。

「開始降落準備。距離地面高度九十八公里……」

這時候，太空船已進入大氣層的熱層，高溫令機艙的溫度上升，從艙窗可見燃燒彈似的強光。

受到重力的牽引，熙來和阿撒往下墜。

在急晃中，兩人合作無間，喚醒了受訓時的記憶，這一套著陸的操作程序，他倆早已在模擬駕駛艙做過千遍以上。昔日的軍人素養，應對危機的沉著，已是深入骨髓的反射動作。

「準備打開降落傘，倒數三秒，三、二、一……開！」

下方是一片大漠。

太空船的降落傘順利打開。

成功著陸。

熙來和阿撒相視而笑，互擊了一掌。

兩人保持坐姿沉腳踏地，那種實實在在的踏足感，彷彿是久違了千年的感覺。

「不要高興太早。如果這星球沒有氧氣、水和食物，我們就死定了。」

就算阿撒不說，熙來想的也是同一件事。

降落後，太空船就可以變成探測中心。

出乎他們的意料，這個星球的氧含量等等空氣成分比例，竟然和地球幾乎一模一樣，尤其是重力，簡直是完全相等的數值。

「難道我們回到了地球？」

熙來一說完，才發覺自己仍對過去有執念，才有這樣的痴心妄想。

「不可能。」

阿撒陷入了苦思，目光一直停留在儀表板。他似乎正在研讀飛航記錄，盯著螢幕一會之後，竟露出驚訝至極的模樣。

「怎會這樣的？時間記錄全是不明故障？」

熙來也發現了這樣的怪事，正欲開口討論，突然聽見怒吼的怪聲。

兩人面面相覷。

那是某種野獸的吼聲。

熙來和阿撒既驚且喜，費盡九牛二虎之力，沿梯攀上了駕駛艙中段的出口。兩人就像重歷嬰孩階段，由爬行進步到站立和行走，萎縮的肌肉稍微恢復力氣，但還是不到正常狀態的一成力量。

當兩人合力打開艙門的一刻，一陣冰冷的強風吹拂過來。

熙來往遠處眺望，立刻察覺到不妙。

一覽無遺的大漠沙塵滾滾，一大排長毛象撼山走石猛衝過來，幾十對白色長牙像彎彎的利刃。

「這個星球的朋友不太友善啊！」

熙來向阿撒打了個眼色，旋即回到內艙，往下攀了十級階梯，就是置放武器的儲存格。油壓式的儲存格緩緩伸出，熙來檢查一遍槍械和佩劍，不禁暗暗叫苦，向著上方的阿撒大喊：「沒電！都不能用！」

在戰場上，不是哪裡都有電源，所以共和國研發的高端兵器及軍用儀器，主要都是以太陽能為動能。泰阿、工布和龍淵此三劍亦是一樣，至少要曬三小時太陽才能發揮作用。

熙來仰臉看著上方。

艙門有扳手開關，阿撒攀出外面多番嘗試，但別說是關門，就是連拉動扳手都做不到。

象群逼近。

「希望不要撞過來……」

熙來才這樣想，象群就加速了，飛沙走礫，筆直撞了過來。太空船不具備攻擊和防禦功能，熙來再著急也是束手無策。

砰！

熙來輕忽大意，高估了自己的活動能力，艙內傾側之際，整個人離地三公尺掉下來，天旋地轉摔到了底端的駕駛艙。

這些長毛象的蠻力比想像中可怕。

太空船倒向了一邊，重重撞地震晃了一下。

熙來不怕受傷，就怕象群會用長牙撞破太空船。

他正苦思如何解圍，瞥眼間，才驚覺阿撒不在艙內。

糟糕。

原來阿撒握不住扶手，整個人掉出了外面。

隔著窗——

只見阿撒手無寸鐵躺在泥地上，沒力站起，正受到好幾頭長毛象的圍困，這些野獸皆是目露凶光、殺氣騰騰之態。

長毛象抬起巨腿，即將大力踏地，阿撒整顆頭顱就會成爲肉醬！

11

——長毛象有甚麼弱點？

眼見阿撒快被踏扁，熙來突然想起了一招。

刻不容緩之際，他快手摸向儀表板，按下一個按鈕。

那按鈕的中間是個警鈴的圖標。

艙內的電子揚聲器發出似吹號的金屬聲，由內而外綿延，這種鳴聲對聽覺敏銳的動物是極大的折磨。

儘管熙來的耳膜非常刺痛，他還是緊緊壓住按鈕不放。

從艙窗和螢幕可見，外面的長毛象縮起大耳，紛紛向外逃逸散去，明顯是怕了這艘會發出怪音的太空船。

螢幕中的阿撒徐徐站起，向著鏡頭豎起了拇指。

這時太空船橫躺地面，如同一棵傾倒的大樹。熙來不必再攀爬，徑直走向內艙中間的出口，一拐彎，與阿撒打個照面。

熙來洋洋自得地說：

「幸好我以前認真上過求生課，記得在非洲受到大象襲擊，解困方法就是按喇叭。」

阿撒聽了，打趣道：

「求生專家，你會打獵嗎？」

熙來會心一笑，回艙取來三柄高科技神劍，放在烈日之下暴曬。

等待充電的期間，兩人吃了一些乾糧，做了一小時無氧運動，肌力便恢復得七七八八。別說是剛剛那群長毛象，現在假使有外星神獸出現，他們也有信心可以獵殺。

「這個星球是甚麼地方？是異度空間嗎？還是我們其實死了，來到了像地球的冥界？」

熙來這麼問的當兒，阿撒腦裡靈光一閃。

「我想到求解的辦法……到了晚上，就有答案。」

當務之急是祭五臟廟。

在太空船外面，迷你得只有蜻蜓般大的航拍機自旋升空，往湛藍色的青空翱翔。

壯麗的山丘和碧湖在螢幕裡出現，美得簡直超乎想像，熙來和阿撒都不由得連連驚歎。

畫面映出河邊有一堆黑點，對焦放大該範圍之後，可見一群野牛在河邊喝水。

這條河就在附近，兩人裸著上身，帶著充完電的泰阿劍，宰了一頭小野牛回來。

日落，夕陽無限好，曬出一片琥珀色的草原。

向晚的大漠，亮起了篝火。

篝火旁，裸露著上身的兩個男人，胸肌和背肌上都有秀麗的刺青，這些刺青恰如一種記載文化的藝術形態。

兩人聞著久違了的肉香，一同大快朵頤。

「可惜沒鹽巴，否則就更完美。」

熙來也不是眞的抱怨，比起吃膩了的太空食品，這種燒烤的野味確實是天上仙味的極品。

阿撒像個頑童，淘氣地說：

「你撒一泡尿，尿在肉上，就代替鹽巴啦！」

「太噁心了。」

「我們在太空船裡，還不是循環喝自己的尿。」

熙來懶得反駁，自顧自大口吃肉。

幸虧這星球有食物和水源，現在吃光剩餘的太空食物也不成問題。地上擱著十來個仿玻璃的實驗瓶，除了盛著蒸餾得來的水，也盛滿阿撒由太空船拿出來的飲料。

對月舉杯，喝的是葡萄味的營養飲料，但他們幻想喝的是酒。

「既然有食慾，就代表我們還活著。」

阿撒指著星光輝煌的夜空，如數家珍地說：

「那是北斗七星、那是參宿三星、那是天狼星……」

等到入夜，答案就會浮現在天上——

這裡可見的星宿和地球上可見的星宿一模一樣。

不可能有這樣的巧合。

除非……

熙來定眼看著沉思中的阿撒。

「你怎麼解釋這現象？」

阿撒捏著新長的鬍子，提出大膽的假設：

「我懷疑我們駛進了黑洞。又或者說，我們是被吸進去……在太空，黑洞是會隨時出現的。」

即使到了二十二世紀，人類對黑洞的理解依然相當有限。想解開黑洞的謎團，人類應該冒險前往黑洞，但問題是黑洞吞噬一切，理論上任何進入黑洞的太空船都不可回頭。

二十二世紀物理學最大的進展，就是證明了愛因斯坦的理論，無限大的質量可以扭曲時空，這一點已是不容置疑的事實。

照阿撒的說法，黑洞有可能是時空隧道。

熙來聽得有點糊塗，不由得問道：「所以我們是回到了過去，還是去了另一個平行宇宙？」

他否定了「未來」這個說法，因爲單憑航拍機的空拍畫面，完全看不見人類活過留下的遺跡。

「我不知道。」

阿撒只是軍人出身，學識也有限，更何況他們這番奇妙的經歷，早就超越了舊世界那些科學家的想像。

「航拍機的遙控距離有限，無法拍下更遠的風景。也許，我們明天繼續探險，就會揭發更多關於這個新世界的祕密。」

新世界——

熙來一聽到阿撒這個用詞，忍不住開玩笑：

「你和我會成爲人類的始祖嗎？」

阿撒也跟著胡言亂語：

「哈哈，這世界的開端是由兩個男人開始……」

突然，阿撒掩著嘴巴，咳了一聲。

熙來本來不覺有異，直到阿撒一直說不出話，這才察覺到情況不對勁。接下來好幾個小時，阿撒沒完沒了地咳嗽，隔一會開始嘔吐，把晚上吃的東西都吐出來。

難道是吃野味惹的禍？最怕是感染到新型的病毒。

「我去拿藥箱。」

熙來找了好久，才在太空船裡找到藥箱。

當他回到阿撒身旁的時候，阿撒已瑟縮癱瘓在地，咬著牙關打寒顫，出汗量異常大，遍體濕透揮汗如雨，全身的刺青就像融化了的蠟。

這樣的病徵令熙來聯想到很可怕的事。

剛好藥箱裡有伸縮針和檢測器，熙來立刻幫阿撒抽血，做了血液篩檢。

檢測器亮起紅燈，發出三下嘹亮的警鳴，彷彿敲響了喪鐘一樣。

結果是陽性。

一股前所未有的絕望感襲來，熙來內心一陣深寒。

在異域般的新世界，阿撒感染了超級病毒！

12

經過將近百年的進化，超級病毒已產生百多種變種，有的變種潛伏期長達十四天，有的變種會在數小時內病發及迅速奪命——後者即是有「惡魔終結者」之稱的D-666型超級病毒。

曾有這樣的病例記錄：「他在晚餐開始時還很愉快，吃到甜品時就死了。」

檢測器可以顯示更詳細的分析結果，結果很快呈現在熙來的眼前，證實阿撒果然是中了D-666型的變種。

半昏迷期間，阿撒不停呢喃：

「不要喝……不要喝……有毒。」

這樣的提醒令熙來再無置疑，是他們將超級病毒帶來這個世界，太空船冷藏庫裡的營養飲料由國家準備，其中某幾包極大可能是播毒的源頭。熙來一做檢驗，就證實了確有其事。

超級病毒的毒性再毒，也不及人心之惡毒。大元首的毒計不容有失，哪怕已將熙來和阿撒放逐到外太空，也要趕盡殺絕以絕後患。

由熙來誕生的一刻開始，他就只是一件工具，用來殺人的工具。他只是基因合成的產物，一個長得像人類的怪物。

事實縱是這樣，他還是擁有人的情感。

熙來對大元帥充滿了憎恨，最恨是自己永遠報不了這個仇。

他同時怪責自己太過鬆懈，低估了人性的黑暗，沒提防下毒這種骯髒的手段。

發燒，超過四十度。

心跳降到每分鐘只有三十下。

阿撒處於瀕死的彌留狀態，只要中了超級病毒，就一定無藥可救、必死無疑，遺體也一定要立刻火化。

到了這地步，熙來已視死如歸，也不怕受感染，直接橫抱著阿撒的軀體，將他放進了太空船的冷凍裝置。

英雄不落淚。

當「人體冷凍模式」啓動的一刻，熙來還是落淚了。

他這一生第一次感受到極致的悲傷。

這是在無助的絕境之中，唯一保住摯友性命的做法。

在這個神祕的世界，熙來成了唯一的人類。

孤獨的恐懼比死亡更難受。

當地球上只剩下一頭恐龍，牠最終也會選擇自我滅絕吧？

就這樣，熙來在太空船外面留守了三天三夜。接著一連四天，他搬來了數千塊大石，團團圍著太空船築起了粗糙的圍牆。

降落後第七天的清晨，失眠的熙來看著旭日，決定要出發探索這個星球。

「我會回來的。」

熙來向冷凍裝置裡的阿撒說話。

告別後，他穿著高科技纖維衣，帶著裝備起程。

就像隨意擲骰子的決定，他選擇了西邊，打算奔跑穿越大陸，直至遇見海洋才回頭。

雖然他跑得跟獵豹一樣快，心中還是期待找到類似馬匹的騎乘動物，好好省一省力氣。然而，這個新世界的物種似乎有點匱乏，別說是動物，連植物都只有那幾個品種。

遼遼大漠，茫茫荒野。

縱使僕僕風塵，熙來過慣了軍旅生活，這點苦算不上甚麼。草原有牛，湖裡有魚，果腹也不成難題。

有一天，熙來看見一隻藍色的大鳥低頭在湖泊喝水，那種傲睨自若的姿態，竟令熙來感到自慚形穢——明明他可以宰了牠，來弄一頓烤肉料理。

這星球，或者說這個新世界，大自然的動物優哉游哉活著，根本就不需要人類。

只有人類才會妄想統治一切，征服完地球，再想征服其他星球，憑的就是比其他物種優越的智慧。

風水輪流轉，假如有比人類更高等的物種出現，例如外星人，人類嚇得屁也不敢放之後，可能才會真正懂得懺悔。

熙來曾有虛無縹緲的幻想——這世界會不會有外星人？如果借助他們超凡的力量，阿撒會不會有救？

無奈現實總是令人失望，這一路上別說是外星人，連稍微像人的猴猿也碰不上一隻。前路彷彿永無盡頭，熙來跑了將近三千公里，居然還未看見海洋。

寂天寞地，何去何從？

他走上了雪山。

山的另一邊有甚麼？

攀登雪山的時候，熙來遇見了超乎想像的怪事。

漫天傾倒的大雪令人舉步維艱，根本看不著天，也看不著山，這樣的雪片簡直吞噬了可見的一切。熙來本來想找個山洞躲一躲，但雪忽然停了，晴朗的天氣帶來了清晰的視野，雲間撒下一柱奇幻的霞光。

難得天公顯靈，熙來改變了主意，決定繼續趕路。

那是越過一座孤峰的時候，來到一片稜脊崎嶇之地，他憑著驚人的嗅覺，聞到了一絲怪味。

熙來帶著疑惑的心情，快步在雪地上奔走，追查怪味的源頭。只要沒下大雪，他在峭壁上亦是暢行無阻，翻山越嶺如履平地。

在白雪皚皚的山坡上，出現了深褐色的異物——

一坨糞便。

雪中的糞便特別礙眼，但這並非怪味的源頭。

熙來心念一動，藉龍淵劍的反重力功能躍上約十公尺高的高空，如飛鷹一樣俯瞰這片雪地。

遠遠的雪堆上埋著一團東西，覆蓋在獸皮之下，露出幼小的肢體。

「那是……怎麼可能！」

熙來衝過去扒開積雪，雪堆中有張瞑目的人臉。

死者是個白種人男童，沒有鼻息和心跳，顯然死去已久，這張獸皮就像是裹屍布一樣的東西。

「新世界的原始人？」

發現人類已經夠驚奇的了，更驚奇是熙來檢視這個人的遺體，立時看出了異常的特徵——

男童竟然有十六隻手指！

13

在新世界，熙來第一個遇見的人類，竟是個雙手各有八指的死人。

「這世界有人類！」

熙來激動得仰天疾呼。

他同時想起了那個故事，阿波羅11號的太空人首次探索月球的時候，發現了赤腳留下的人類腳印……他彷彿感受到同樣的驚奇。

「既然有一個人，就會有其他人吧？」

這是很合理的推斷，任何哺乳類的物種都必須有一對雌雄以上，才能在大自然繁衍下去。

儘管太陽快要下山，不宜在雪山中趕路，但熙來難抑內心的興奮，竟不顧安危繼續穿越雪山。他有犬科動物般的靈敏嗅覺，哪怕是一絲異味，都是他不會錯過的線索。

在皎潔的月色之下，熙來很快便發現第二具人類的遺體。

這次是個體格魁梧的男人，看來才成年不久，躺在小山洞裡活活凍死。

熙來細察男人的體徵，發覺並無異常，總共十隻手指，腳趾也是十隻……只是腹部有條大疤痕。

在此之後，熙來每隔一至兩個小時，就會發現下一具屍體。

這些雪山的乾屍就像清晰的路標，指引下一個應該前進的方向。雖然乾屍曾被太陽曬得發白，但也能看出死者生前是甚麼人種，既有白種人，也有黃種人和黑人……有的面目猙獰，有的四肢扭曲，夾在冰川的裂縫中失救而亡。

熙來有股感覺，這些人都是朝雪山的方向逃逸。

反方向有甚麼？

是可怕的事情？還是可怕的東西？

熙來天不怕地不怕，更重要是他的好奇心膨脹到了極點，無論如何都要往西邊繼續走，才能一探究竟。

積雪愈來愈薄。

天亮之際，熙來已到了山腳，東方的曙光映著背面，令他看來就像一顆明亮的晨星。

眼前是一望無際的荒野，熙來喝水和小歇，養足精神之後，又再如豹般奔跑。

日出後不久，他來到了一個「仙境」似的地方。

這裡如同荒野中的神祕綠洲，植物異常茂盛，清泉巧石點綴其中。奇花異卉團團布列，好鳥相鳴，蟋蟀動股，彩蝶振羽……這裡與外面的世界相比，物種繁多得不合常規，簡直就像是人造的生態園，既有各種各樣的樹木，也有取之不盡的果實。

喬木高高在上，烈日沛沛如水。

由於太熱，熙來不得不脫掉纖維衣，汗流浹背在密林中行走。

銀色的草叢、金紅色的樹幹、四色的葉……

這裡究竟是甚麼地方？誰創造出這一切？

熙來停下腳步。

他嗅到了人的氣息，而且是異常濃烈的氣息，極有可能是來自人群聚居的部落。

草叢中冒出一條小小的人影。

她是個一絲不掛的稚童，有著烏髮和黑色的胴體，本來一臉天真爛漫，一看見熙來就露出驚恐的神情……明明熙來穿著褲子，只是袒胸露背，但他還是把女童嚇跑了。

熙來沒有出手抓住女童，只是展開飄逸的步法，輕輕鬆鬆追著她走。他擔心的是陷阱，所以眼觀四方，始終沒放下戒心。

密林後面是百花艷放的空曠綠地，就像宮殿前的大園林。

當熙來瞥見不遠處的白色方舟型建築物，立刻認出是甚麼東西。

——那是太空船。

船身有聯合國的國徽。

熙來心念百轉，很快想通了是怎麼回事。

有個白髮男人正好由太空船走出來。

他披著長袖白大褂，正是實驗室人員的標準制服。

雖然男人一頭鬈曲的頭髮如羊毛般淨白，卻有一張比女人更細嫩的俊臉，加上冰一般的淡藍色眸子，簡直可以用嬌麗無雙來形容……熙來曉得，世上曾有一些愛敷面膜的男人，他們的嫩臉也是如此白裡透紅、瑩潔光滑。

女童溜到了白衣男人的背後，嘀咕了幾句話，熙來聽得見，卻不明白是甚麼意思。

白衣男人乍見熙來這個不速之客，初時也是驚愕之狀，但很快恢復了鎮定，露出了天使般的迷人笑靨。

他似乎說了句問候話，但熙來聽不懂。

「我聽不懂。」

熙來搖頭的時候，情不自禁吐出心聲，說的是自己的母語。他沒料到會有這樣的奇遇，後悔沒帶翻譯機過來。

白衣男人忽然語出驚人：

「你、由、何方而來？」

這番話怪腔怪調，卻是一種熙來聽得懂的語言。

白衣男人看出熙來聽得懂，露出殷切的眼神，期待著回答。

正確答案是地球，但熙來心念一動，竟然脫口而出：

「地獄——我來自地獄。」

白衣男人舉止奇怪，轉臉瞧向一側，等了一等，才一字一頓地說：「你、是、共和國、的、人、嗎？」

他一說完，就指著熙來褲子上的小旗章。

熙來自忖武力高強，也不諱言自己是共和國人的事。只有這樣聊開來，他才可以取得對方的信任，藉機打探對方的來歷。

女童卻在此時匆匆跑開，白衣男人指著熙來胸口上的刺青，笑說她很怕蛇……熙來暗暗也覺好笑，明明自己身上紋的是龍……如此看來，那女童一定不曉得甚麼是龍。

不過，在古希臘文中，「龍」與「巨大的海蛇」確是同一個詞，象徵意義是強大的力量及長生不死的能力。故此，熙來身上才會有這樣的刺青，算是一種帶來幸運的圖騰。

熙來和白衣男人繼續對談，但每次熙來講完，白衣男人都會歪頭側視，靜待半晌才回話。而當他回話，也像鸚鵡學人說話般。

這樣的情狀實在詭異，彷彿有個第三者在場，而白衣男人擔當現場的傳譯。

「我們的……首席研究員……就在這裡，但因爲他……沒有軀殼，所以你是看不見他的，但我聽得見……他的聲音。」

聽完白衣男人的解釋，熙來不由得滿臉狐疑，但對方一點也不像在鬼扯。

「沒有軀殼？所以是人類還是外星人？」

熙來怎麼看怎麼聽，都感應不到那個看不見的「人」。

白衣男人支支吾吾地唸道：

「靈體——靈、體。」

熙來一度懷疑自己聽錯。

稍微停頓，白衣男人又說：

「他叫我告訴你——我本來是人類，但在大約……一百年前，我在戰爭之前自行了斷……我，現在，是永生不滅的狀態。」

熙來只感到不可思議。

原來白衣男人和他的夥伴帶著這個「靈體」乘上太空船，就是爲了執行一項以「拯救世人」爲目標的宇宙任務。由於「靈體」掌握最重要的知識和核心技術，就負責領導眾人進行實驗和研究。

熙來了然於心，這幫人果然是聯合國的宇航員。

到了這一刻，儘管看不見，熙來也相信了「靈體」這樣的事。彼此都是遠渡星辰大海而來的倖存者，不免心生惺惺相惜之感。

「很高興認識你。我叫熙來。請問高姓大名？」

熙來向著無人的方位說話，做出要握手的姿勢。

白衣男人露出側耳細聽的模樣，目光凝視著旁邊，就是在跟那位看不見的首席研究員通靈。

接著，他唸出一個漢語發音的名字：

「紀、九、歌……」

現世時空（最後周目）

A.D. 1962

阿拉尋找《法櫃奇兵》的編劇喬治，
希望透過電影來傳達曼德拉密碼，
可惜計畫失敗，無法披露約櫃的真相。

A.D. 1968

文化大革命期間，
紀九歌和陳連山失蹤。

A.D. 1989

假冒鬼谷子的中國特務到訪秦陵，
與轉世到現代的李斯密會。

A.D. 1992

瑪雅尋找聖人，夜訪特奧蒂瓦坎金字塔。

A.D. 1998

樊系數初遇紀九歌，得知《易經》的祕密。

A.D. 2008

救世主團隊在秦陵一戰中慘敗。

A.D. 2019

樊系數遇上瑪雅，大瘟疫開始擴散。

二〇二一年·最後周目

古老的伊甸園裡有兩棵特別的樹，
一棵是生命樹，一棵是知善惡樹，
前者代表長生不老的永生之術，
後者蘊藏跟上帝一樣的智慧。
「惡魔、惡魔，
你究竟來自深淵，還是降自星空？」
少女看著充滿魅力的黑髮男子。
「吞下智慧之果，將會帶來永恆的悲痛。」
少女卻毫不猶豫牽起他的手……
這孽戀也成了世代詛咒的悲歌，
開啓了血紅而殘酷的人類史……

14

二〇二一年九月下旬

巫潔靈推開百年公寓的浮雕木門，迎著寒風戴上了口罩。

少了觀光客，行人又不多，昔日喧譁熱鬧的第五大道變得異常冷清。

席捲全球的瘟疫已經持續一年多。

這場病毒本來是可以預防的，卻因人性的輕率、愚昧和自私，才會在美國蔓延得一發不可收拾。

每次經過時代廣場，巫潔靈看見巨大螢幕上的漲綠指數，都覺得經濟與疫情背道而馳，貪婪的資本家只在乎營利，而傲慢的政治家只視人命爲數字。

巫潔靈是在二〇〇八年來到美國，當年她十四歲，如今她已經是個二十七歲的女白領——她最討厭日本人用「ＯＬ」來稱呼女白領，根本就沒有這樣的英文，很容易令美國人誤會是「OLD LADY」的縮寫。

「要當一個時尚的紐約女人！」

女人天生就有這樣的好勝心。

巫潔靈天生麗質，畫一畫眼線，簡單化妝就能艷壓群芳。要在紐約過不丟臉的生活，衣裝尤其重要，所以她的大衣櫃滿滿是年輕設計品牌的時裝。

像今天，她穿著黑灰橫條相間的毛衣，再披上仿眞皮的卡其色短版外套，稍露小腿的黑色長裙輕晃舞擺，就能惹來路人的注目。

她身材纖瘦，卻愛穿顯瘦的黑色衣物。

路上，經常有男生向她搭訕，甚至有網媒的攝影師向她提出街拍的請求……最近，紐約多了不少遊魂老鬼，他們都會纏著她搭訕，恬不知恥亂說一些露骨的調情話。

是的，巫潔靈自小就有通靈的能力，看得見那些若有若無的人魂。

「好想報警啊！」

她吐出這樣的抱怨，心裡卻十分清楚，警察也解決不了這種靈界的性騷擾。

誰教她是貨眞價實的靈媒？這股能力在她長大後也沒消失，結果還成了她高薪受僱的原因。

這段病毒瀰漫的日子，巫潔靈也很想在家上班，但她的直屬上司根本不能使用網路視訊軟體。

穿過旋轉門，走入辦公大樓的電梯。

一出電梯，就看見接待處的公司招牌——

創世紀基因生物科技集團。

這是巫潔靈在心中直譯的中文名稱。

巫潔靈是考古學系的畢業生，當然知道《創世紀》的英文是「GENESIS」，詞源和基因「GENE」一樣，所以創辦人才會用這樣的註冊名稱。

此外，創世紀的「紀」，同時也是創辦人的姓氏。

集團創辦人，即是她的直屬上司，就是帶她來美國的恩人。

「紀九歌」是他的本名，但巫潔靈都會像其他人一樣，用「紀博士」或「DR. J」這樣的稱呼。

巫潔靈本來沒想過要當甚麼「CEO助理」，都怪自己選了考古學那樣的人文學科，很難找到可以滿足她購物慾的高薪厚職……在十四歲離鄉之前，她毫無金錢概念，亦無金錢的煩惱，網購的東西隨按隨到，一切都由國家買單……但說眞的，她並不怎麼懷念那樣的生活。

自由無價！

這是她選擇的人生，自食其力過日子。

不過，她沒有人脈背景，在美國求職碰上不少釘子。她也很挑剔，因爲她除了能看見亡魂，也能透過直視有「靈魂之窗」之稱的眼睛，來看透一個人是好人抑或是壞人。

這世上，無奈是壞人遠遠多於好人，巫潔靈不是遇上壞老闆，就是寄出的求職信石沉大海。

三年前，紀九歌伸出援手，讓她可以來憧憬的紐約市工作。

他到底是神是魔，巫潔靈至今仍看不透。

因爲他是個失明人士，她無法窺視他的靈魂本質。

「妳的能力是很有趣的能力，也是很神聖的能力。很多人死前一輩子都活在謊言之中，但妳可以聆聽他們靈魂最眞實的聲音。」

紀九歌非常信任她，雖然也是在利用她……有時他接到CIA的委託，就會帶上她去查案。

今天是特別的一天。

一大早，紀九歌就傳召她，還特地叮嚀要她帶護照。

巫潔靈曉得，要不是有重要的大事，就一定是有甚麼突發任務，可能需要她陪同到外國出差。

紀九歌的老闆辦公室像一間密室，沒有任何窗口，白白浪費了外面那片紐約市城景。

這間大房不僅重門深鎖，還安裝了隔音板……巫潔靈曾笑說，就算她在這裡被強暴，呼天搶地也不會有同事聽得見。

老闆辦公室始終是老闆辦公室，寬闊得就像酒店的行政套房，裝潢風格是東方色彩，除了花瓶瓷器，還有一些佛像和寶塔裝飾，綠色的壁紙也暗藏中式文化元素。

吊燈是個六角燈籠，燈面的圖像卻是西式的油畫，典故是伊甸園的故事。

那張老酸枝木的大辦公桌最爲顯眼，桌上擱著一個黑色的智能喇叭，透過語音互動，可以聲控整個房間的電燈和電子設備。桌前是迎賓的兩張軟墊靠背椅，內側擱著人體工學設計的太師椅。

紀九歌正坐在太師椅上。

掛衣架上懸掛著黑色的長版風衣，他只穿著單薄的長袖襯衫。

巫潔靈精神奕奕地打招呼：

「Good Morning，Boss～」

「早安。」

紀九歌的語氣是一貫的平淡如止水。

因爲在二〇〇八年發生的意外，他的雙眼不幸失明。不像其他瞎子會睜眼露出眼白，他的眼皮總是半閉著的狀態——正確的比例是「二分開、八分閉」，據說菩薩和佛的眼睛都是這樣，二分觀世間，八分觀自在。

在辦公室裡其他同事的眼中，這位大老闆就是一位世外高人。一年四季，他的衣著毫無變化，都是同一款及膝翻領長大衣，難怪同事暗地給他起的綽號是「中世紀的隱士」。

巫潔靈偷看過訂單，那件長大衣出自英國最古老的裁縫名店，價格是全球99.9%的凡人都買不起的奢侈品，而這樣的長大衣紀老闆至少有二十件。

紀九歌是位億萬富翁。

——他沒妻沒兒，也沒包養女人，要這麼多錢幹嘛？

巫潔靈總是覺得這個人很神祕。

「這麼早找我，是有甚麼急事嗎？」

她平時比較淘氣，對著紀九歌卻格外客氣，就像懷著一種幼兒園學生對老師的敬意。

「嗯。是很重要的事。」

紀九歌沉吟半晌，一臉嚴肅地說：

「接下來我對妳提出的請求，絕不是開玩笑，我希望妳會認眞考慮。」

出乎巫潔靈的意料，紀九歌說得異常誠懇。

「甚麼事？」

巫潔靈不由自主豎直了身子。

閉著眼的紀九歌明明看不見她，卻給她一種互相凝望的感覺。

沒想到紀九歌談的不是公事，巫潔靈在毫無心理準備之下，被他的話嚇得魂飛魄散，震驚得由椅子掉了下來。

她肯定沒聽錯——

他說的是：

「我們結婚吧！我要妳當我的妻子。」

15

二〇二一年十月下旬

紐約市的天空下，第一大道與四十二街的街口，有一座高聳入雲的建築物。

這裡是聯合國的總部，有「世界首都」的別稱。

瑪雅向職員告別，由正門離開總部大樓。

他穿著深藍色的西裝，臉上也戴著深藍色的口罩。

疫情、暴亂、政變……各國代表要討論的議題天天都多，也許世界從來就是動盪不安，只是發達地區的人歌舞昇平，才懶得理會世上有正在蒙受苦難的同類。

瑪雅代表墨西哥出任聯合國大使，這份工作做得愈久，他愈感到心有餘而力不足。聯合國的權力終究有限，樹大必有枯枝，某些成員國就是愛政治操弄，因此才爲聯合國帶來負面的形象。

避免世界大戰、保護和救濟難民、減少世界赤貧人口、令二十六億人獲得了乾淨的食水……無論做了多少成果，只要有一件沒達到別人的期望，聯合國就會成爲世人責難的「代罪羔羊」。

瑪雅已經很盡力了，但他還是常常自責。

「這可不是一份優差。」

因爲他總是要直視人類的不幸。

就像今年，緬甸發生了軍政府殺害人民的悲劇——所有極權政府都有不一樣的歷史和背景，卻有如出一轍的鎮壓手段。現代的武器今非昔比，監控科技也無孔不入，人民要反抗簡直比以卵擊石更難。

「自由與民主總是遭受考驗，這就是聯合國存在的原因。」

美國駐聯合國大使克拉芙特女士卸任前的發言，簡直說到瑪雅的心坎裡去。

嚮往自由是人的天性。

一九四一年，美國總統羅斯福發表「四大自由」的宣言：人人享有發表言論和表達意見之自由，人人享有宗教信仰之自由，人人享有免於匱乏的自由，以及人人享有免於恐懼的自由。

羅斯福的理念也促成了聯合國的《世界人權宣言》。

瑪雅置身戶外，趁著四周無人，暫時拉下了口罩，透一透氣。冬日的陽光不是眞的那麼溫暖，但還是曬得他心裡暖烘烘的。他仰起頭，每次看著廣場上方一橫排五彩繽紛的旗幟，目光最後都會落在墨西哥的國旗之上。

任期即將結束，瑪雅離職後會前往中東地區，尋找被恐怖分子綁架的妻子安吉……一年前，本來約好一起去土耳其度假，安吉先去那邊等他，沒想到會遭遇不測，此事一直令他引咎自責。

每天早上，一覺醒來，瑪雅看著旁邊的空枕頭，胸口都難過得好像裂開一樣。

前年，瑪雅在香港認識了樊系數博士，一個口口聲聲說要拯救世界的數學家。那幫恐怖分子連植物人也不放過，綁架了樊博士的妻子小蕎。這一年間，瑪雅與樊博士保持聯絡，共同目標就是要拯救妻子。

每隔一個月，兩人在網上會談，樊博士都一定會問：

「你有沒有夢見過一個金色的木櫃？櫃底有四個環和四隻腳，櫃頂有一對天使的翅膀，櫃裡有兩塊石板、一個金罐和一枝木杖……」

「你是問我有沒有見過約櫃吧？天呀，我眞的不是甚麼聖人。」

瑪雅被問得多了，也會不耐煩。

樊博士解釋說，他這樣囉嗦地問，就是希望刺激瑪雅作夢，因爲中文裡有句諺語叫「日有所思，夜有所夢」。

儘管如此，瑪雅還是沒夢見這件傳說中的聖物。

「有人說約櫃是在衣索比亞某間教堂，有人說是在丹麥的波荷木島，有人說是被摩門教徒帶去了美洲，也有人說是一直在耶路撒冷……瑪雅，你有何看法呢？」

每當樊博士這麼問，瑪雅都很想回答「鬼知道」，但他還是保持修養，禮貌地回「不曉得」。

樊博士相信來自未來的信息，只要找到約櫃，就能拯救世界……就當他說的是眞有其事，這件聖物已失傳了兩千多年，無數基督徒和猶太人耗盡心力、勞師動眾都找不到，樊博士又何德何能找得到呢？

這一年來，聯合國致力對付疫情，負責闢謠和呼籲各國團結。瑪雅忙得不可開交，但只要一有空，他滿腦子都在掛念安吉的安危。他曾向國際救援組織求助，無奈未有任何好消息。

難道要找僱傭兵幫忙？以暴制暴？

這不失為一個方法，瑪雅也眞的在存錢……

在聯合國總部外面的廣場，正當瑪雅邊走邊想，腦後忽然傳來陌生人的聲音，不停追著自己叫嚷：「EXCUSE ME！EXCUSE ME！」

來者是個亞裔男子，前額微禿的矮小中年人，戴著太陽眼鏡和口罩，身穿休閒襯衫，左手提著灰色的帆布公事包，右手拿著一本旅遊導覽手冊。

瑪雅以為對方是要問路，沒料到對方直呼其名：

「請問你是瑪雅．華奎斯嗎？」

看來這個人明顯有意在這裡等待。

瑪雅怔了一怔，難免起了戒心。

「是的……你是誰？」

男人摘下了太陽眼鏡，露出一雙惶恐不安的眼睛。他為了博取瑪雅的信任，竟拿出一張醫學院的畢業證，而且是耶魯大學的畢業證。由於瑪雅也在這所大學畢業，所以一眼就看出是眞的。

「我叫傑克，是一個醫生……由中國來的醫生。我會看相，可以憑面相看出一個人的好壞。你的長相告訴我，你絕對是一個好人……我急需你的幫助。」

傑克的英文算是流利，但語速過急，加上內容怪裡怪氣，瑪雅聽是聽得懂，卻摸不著頭緒。

「你要我怎麼幫你？」

有件事傑克說對了，就是瑪雅眞的是個大好人，很少會見死不救。

傑克毛毛騰騰，這副慌張的樣子不像是假的。

「因爲我知道了一些極度機密的事，我正被追殺……所以我來向你求助，請你救我一命！」

16

二〇二一年十月下旬

樊系數拉開陽台的玻璃拉門，迎面吹來地中海的海風。

柚木色的間隔牆、綠框棕色大方格的地毯、原木辦公桌和歐式高背椅……這裡是特拉維夫的防疫酒店，特拉維夫就是國際承認的以色列首都。

過去這一年，樊系數到世界各地考察，尋找傳說中的約櫃。在疫情時期旅行等於向死神挑釁，因病毒而致命的事故，乃超出術數可以計算的範圍。

縱是如此，樊系數也不甘心乾等。

衣索比亞、丹麥、美國、紐西蘭……除了南極洲以外的大洲，他都一一走遍，亦拜訪過很多研究約櫃的權威學者，無奈未有突破性的進展。

這個十月，樊系數再次入境以色列。

對，這是他第二次到訪耶路撒冷。

去年，他在聖城裡調查過一遍，結果當然是失望而回……還因爲擅闖禁區而被逮個正著，差點就被驅逐出境。

縱觀種種歷史考據，約櫃最可能的存放地點始終還是耶路撒冷。

二〇二一年十二月二十一日。

如果計算無誤，這一天就是最終決戰的日子。

現在是十月下旬，即是說，只剩下不到兩個月，救世主團隊若要勝出最終決戰，就必須找到傳說中的約櫃——樊系數也是有朋友的，當他們聽到這個旅行的理由，都懷疑這個高智商的博士燒壞了頭腦。

「WELL……你要辭職去尋找約櫃？祝你好運……」

這是大學副校長的祝福，樊系數再不解人情，也知道是言不由衷的應酬話。

每到一國，隔離十四天是基本消費，樊系數因此浪費了不少時間。防疫隔離期間他無法外出，唯一的心理慰藉就是筆記型電腦。

這個早上，樊系數吃完酒店送來的早餐，刷完牙卻忘了刮鬍子，因為他一心只想盡快開機。

「好，我要開始戰鬥了！」

在極度寂寞的自閉狀態，他有了自言自語的怪習。

樊系數挺身坐好，按著左撇子專用的電競滑鼠。

他點開桌面上的程式捷徑。

全螢幕模式啟動。

眼前是一款策略遊戲的開場動畫。

遊戲畫面是上世紀任天堂時代的風格，地圖、建築物和角色都是像素式構造，有點像那款叫「當個創世神」的電玩遊戲。

就這樣，樊系數全神貫注，玩了一個小時。

「靠！」

直到畫面出現「GAMEOVER」的一刻，他才由滑鼠上鬆開快要抽筋的左手，然後懊惱地抱著頭嘆息。

「超難玩呀！這究竟是甚麼人製作的遊戲？」

這是數個月前在網上發售的電腦遊戲，甫推出就成了熱門話題，由於破關難度超乎尋常地高，所以很快被封爲「**比相對論更燒腦、世上不足一百人能破關的超難遊戲**」。

遊戲除了內建防止玩家作弊的機制，更強迫玩家在一小時內玩完，系統根本沒有存檔和讀檔的功能。

人性就是犯賤，遇上這種虐待玩家的遊戲，反而激起世人的挑戰慾。

樊系數會被這遊戲吸引，乃因爲遊戲的名字：

路西法拯救世界。

遊戲的封面靈感來自一張經典的宗教藝術畫，左邊是撒旦，右邊是上帝，各自的信徒在中間的土壤上交戰。

樊系數記得小時候，他都要乘車往高登商場跑一趟，才能將想要的電腦遊戲入手。在恩師余老爹的電器修理店，有一天多了一台修好的白色電腦。這一份余老爹準備的禮物，爲樊系數打開數碼世界之門。

雖然樊系數有讀寫障礙，對指令碼卻有莫名其妙的親切感，比起移動滑鼠在圖形界面上操作，他更喜歡透過指令碼來操縱電腦。

要不是分心鑽研駭客技術，他在數學界的成就應該更高……但他從不後悔，比起當一個揚名世界的數學家，拯救老婆這件事更加重要。唯有加入駭客集團，他才能得到一般人接觸不到的情報，例如「九歌」和中東的恐怖分子結盟，組成了「IX」這個跨國恐怖組織。

樊系數洗了個熱水澡，摒除雜念之後，又再重玩遊戲一遍。

「路西法要怎麼拯救世界呢？」

他一邊自言自語，一邊選擇開場角色。

左邊是撒旦，右邊是上帝。

如果選擇當上帝，就會以地中海爲根據地，發展文明和擴張勢力。反之，選擇當撒旦的話，就會佔據東方，由亞洲開始培養自己的信徒。按照故事的設定，這是上帝和撒旦的約定，雙方以黑海爲界，比拚誰能創造出更美好的世界。

遊戲內的時間一旦跨越二〇〇〇年，就很容易觸發第三次世界大戰，這事件將會導致地球毀滅，上帝和撒旦的陣營同歸於盡……遊戲就此結束的話，就一定是壞結局，並不算眞正的破關。

根據網上情報，這遊戲是有眞正的完美結局——

在這結局裡，地球沒有毀滅。

有玩家貼出完全破關的截圖畫面，卻留下引爆公憤的留言：

「我應該是極度幸運才成功的，要我再玩一次也未必再做得到……但我很抱歉不能公開我的玩法。只要你成功到達完美結局，你讀了螢幕上出現的神祕信息，我保證你也會跟我一樣保密的。」

這是遊戲公司的宣傳伎倆嗎？

在萬眾質疑之下，相繼有成功破關的玩家在網上炫耀戰績。

他們都不約而同地說，他們也看到了神祕信息，所以絕不會透露攻略法。

有人目光銳利，在破關者上傳的截圖畫面之中，發現製作人名單裡有一個「Dove Martin」的名字——這個製作人，樊系數稱之爲「白鴿．馬丁」，被網民懷疑是「光明會卡牌」的插畫師，於是陰謀論四起，更推高這遊戲的人氣。

這個「光明會卡牌」的傳統桌上遊戲，樊系數也略有所聞。自從一九八二年遊戲發行以來，很多卡牌上的圖畫都像預言般成眞，最驚人的例子就是細緻畫出二〇〇一年的九一一事件。

遊戲結束。

地球毀滅。

樊系數已經玩了六十多遍，都是壞結局收場。

「所以說，不太可能單靠運氣來通關吧？」

他是數學家，看出這遊戲的計算蘊含高深的演算法，其人口數値竟符合眞實的數據……只有用上數獨門祕傳的算式，才有可能算得這麼準。

當今世上，數獨門只剩下三位傳人——

紀九歌、樊系數，和李斯。

李斯就是「九歌」的主腦。

「難道是他找人創造出這遊戲？」

樊系數知道，要找到答案，就一定要破關。

他滴了滴眼藥水，又再重玩一遍……

17

二〇二一年十月下旬

「我還是覺得你應該報警。這裡是美國……」

「不行的！追殺我的『那些人』勢力龐大，連紐約警方都可以收買。」

在會議室裡，瑪雅看著瑟縮發抖的華裔男子，不禁懷疑此人是因爲被害妄想症，所以才會瘋言瘋語。

對著這個自稱傑克的陌生人，瑪雅沒有拒於千里之外。最初傑克央求聯合國的「人道救援」，最好讓他躲在聯合國的總部大樓。這樣的事畢竟強人所難，瑪雅屢勸不果，還眞的心軟，幫他聯絡聯合國的職員，看看有沒有甚麼折衷的辦法。

不久，聯合國教科文組織致電回覆，可以提供空置的會議室，地點就在聯合國廣場附近的某棟大樓。

會議室沒有窗口，中間有張大長桌，旁置十張座椅。

傑克疑神疑鬼，一進來就走遍四個角落，還蹲下來窺探長桌下面有沒有竊聽設備。

「請放心。我們現在很安全了。傑克，請你告訴我，到底你在害怕甚麼人？那些人爲甚麼要追殺你？」

瑪雅帶傑克來這裡，純粹出於一片好心。至於傑克口中的甚麼驚世大祕密，瑪雅只是抱著一聽無妨的態度。

「對不起，在我得到聯合國正式承諾救援前，不便透露太多。我這樣做，也是擔心會連累你，因爲『那些人』一定會殺人滅口。」

「傑克，你甚麼都不說清楚的話，我真的很難幫得上忙……」

談到這裡，傑克忽然舉起灰色的帆布公事包。

「機密資料都在公事包裡。我只可以透露，我被追殺的眞正原因，是因爲我做了一個手術。」

「一個手術？」

「對。我有個『黑傑克』的外號。這外號來自一部日本漫畫……你有聽過嗎？」

瑪雅搖了搖頭。

「對不起。我不熟悉日本漫畫。」

「沒關係。總之拜託你幫我聯絡聯合國的高層，因爲我知道了國家級的機密，所以我需要尋求庇護。」

「這樣不行的。我幫你向聯合國求助，總要提出一個恰當的理由吧？」

「要找理由的話……你不妨說，我逃難來到美國，是因爲我知道疫情的眞正起源。」

瑪雅向傑克投以質疑的目光。

「疫情的眞正起源？」

「病毒源自中東的實驗室。那邊有個叫『九歌』的犯罪集團，他們當中間人的角色，將病毒帶到其他國家散播。」

瑪雅聽到這裡忍不住心頭一震，因爲病毒爆發的初期他正好身處香港，和樊系數等人與「九歌」的惡徒見過面。這樣的事未經傳媒報導，而傑克居然知情，看來他的話並非無的放矢。

「好的，我會向聯合國傳達你的事情。現在請你先回去酒店，一有消息我就會通知你。」

傑克卻糾纏不休，硬是要留在會議室不走。

「我不敢出去。我可以在這裡過夜嗎？」

「你連酒店都信不過？」

傑克忽然睜大雙眼，哭喪著臉道：

「我一直藏身的酒店是全紐約市最豪華的酒店之一。我自己有儀器，驗出酒店送來的晚餐有迷藥，所以我才逃出來。請你相信我……中國和美國都在『那些人』的勢力範圍，向聯合國求救已經是我最後的辦法……」

「那些人到底是甚麼人？」

「他們的眞正身分是甚麼人，坦白說，我也毫不知情，但我知道他們都在幕後操縱這個世界。他們可以操縱美國選舉，每一任當選的美國總統，都一定要私下跟他們密會……」

瑪雅抓了抓頭皮，才淡淡地說：

「你是在說深層政府嗎……」

「不管怎麼叫，就是有這一個黑暗勢力集團。美國的疫情爲何這麼嚴重？就是爲了幫美國政府減債啊！一堆老人家死光光，你知道國家可省下多少開支嗎？政府還可以由死人的身上榨取遺產稅呢！我還知道，他們已在實驗室造出更可怕的病毒，現在世界人口膨脹到危害地球的程度，他們準備播毒滅絕數以十億計的人類！」

這種陰謀論的假說，瑪雅也不是未聽過，只是從來都不會當眞。

「你手上有沒有甚麼證據，來證明你的說法？」

「抱歉，他們的手段太高明了，我手上沒有任何證據。」

傑克似乎感到尷尬，爲了證明自己不是信口開河，他立刻指著桌上的公事包，振振有辭地說：

「我公事包裡的東西，可以顚覆他們的陰謀！」

瑪雅盯著那個公事包，最多只是相信半成，暗地卻在煩惱如何脫身。

傑克想起一事，忍不住問：

「對了，這裡是甚麼機構的辦公室？」

「路西法基金會。」

瑪雅若無其事的一句話，竟嚇得傑克臉色大變。

「路西法基金會？」

「是的。這是聯合國教科文組織的常駐機構。他們聽到我提出的需求，很樂意借出空置的辦公室。」

剛剛進來，只見幫他們開門的女職員，她是個身材遠超ＢＭＩ標準上限的中年婦女。除了她和另一個男職員，辦公室裡空蕩蕩的，因為疫情而待在家裡工作，這樣的現象相當普遍。

「路西法、路西法……」

傑克喃喃自語，抖著手拿出手機，然後整個人抖個不停，很明顯是一種顫慄的發抖。他臉上恐懼的神情，真的如同看見惡鬼一樣。

「路西法基金會……這裡的地址是聯合國廣場六六六號？六六六！」

瑪雅懷疑他查到的是以前的地址，因為剛剛上來這裡的時候，大樓的門號並不是六六六號。瑪雅正欲安撫傑克，傑克已失魂落魄似地抱起公事包，急急忙忙衝向會議室的門口。

遇上這情況，瑪雅也懶得出手阻止。

——就這樣讓他離開吧……

正當瑪雅抱著這樣的想法，卻驚見傑克怎麼扭動門把都開不了門，會議室的門竟是鎖死的。

傑克發了瘋般吼叫和用力拍門。

瑪雅不曉得門是怎麼上鎖的，就在他和傑克拍門呼救之際，整個辦公室就像忽然停電一樣，周遭一切沒入漆黑之中。

邪惡襲來。

這一刻，瑪雅才感到不寒而慄……

18

二〇二一年十一月上旬

經過一個月的等待，巫潔靈終於收到了結婚執照。

她心中沒有絲毫驚喜，倒是有種說不出的感慨，自己就這麼糊裡糊塗和別人成婚了……

想不到在紐約這種大都會結婚，還需要結婚執照這樣的文書。她讀書時學過，這是源自中世紀的西方傳統，婚禮必須得到教會或政府的批准，有了「執照」才可以合法舉行。

這是她第一次看見真正的結婚執照呢！上面印著她和一個六十九歲老頭的姓名——她當然知道紀九歌不老的祕密，儘管他的肉體是年輕的，還是沒法令她接受他是個年輕人。

巫潔靈答應了紀九歌的求婚。

原因是為了「拯救世界」。

整個過程就像是祕婚，她自覺是以女祕書的身分出勤，陪老闆往市政廳跑一趟，申領真正的結婚證書。

簽字前，巫潔靈開玩笑：

「你不怕我分你一半財產嗎？」

「妳拿去吧……這是妳應得的酬勞。」

紀九歌說得滿不在乎，那可是好幾個億美元的鉅款啊……巫潔靈並沒有財迷心竅，但腦海裡不免冒出瘋狂購物的畫面。

原來這個六根清淨的老闆營商致富，竟然是爲了加入共濟會。

一個月前在辦公室裡的對談，至今記憶猶新。

乍聽突如其來的求婚宣言，她嚇得花容失色、無言以對。幸好紀九歌瞎了，看不見她的怪相。

他只是施施然繼續說：

「妳主修歷史及考古學，應該有聽過共濟會吧？」

「共濟會？那個古老的神祕結社？」

巫潔靈驚魂稍定，嚥了嚥口水，才說下去：

「共濟會——FREEMASON——直譯是『自由的石匠』。這組織確實存在，也常常是電影的題材，不過共濟會自古以來就相當神祕，會員從不會自爆身分……你幹嘛想要加入？」

紀九歌莞爾而笑。

「要知道他們的祕密，就只有加入他們吧？」

巫潔靈用手機上網查了查，共濟會的入會條件極度苛刻，必須是男性、有神論者、富豪等級……還需得到兩名共濟會會員的推薦，通過高級幹部批准，方始獲得入會的資格。

光明會則是共濟會的雙生組織，簡直就像尊貴版的共濟會會籍。除非是全球富豪榜上的大人物，否則就要展示極為罕見和不凡的才智，至少達到可獲諾貝爾獎的水平……要以華人身分入會，更是登天摘月的難度！

但巫潔靈知道，紀九歌有本事做到。

「你要進入共濟會調查？但……這樣的事，與跟我結婚有甚麼關係？」

「我會慢慢解釋。首先，請妳打開錢包，拿出一張一元鈔票。」

紀九歌提出奇怪的吩咐。

巫潔靈依言照做。

綠色的美鈔上最顯眼的圖案，就是圓框裡的金字塔和塔頂上的眼睛。

這顆眼睛有個廣為人知的名稱——

全知之眼。

「沿著金字塔的外框畫一個三角形，再按照相同的比例畫一個顚倒的三角形，就會畫出一個六芒星。這個六芒星又名大衛之星，亦是共濟會的標誌……請妳告訴我，六角星的其中五個尖角，分別指著甚麼拉丁字母？」

按照紀九歌的指示，巫潔靈畫圖之後，逐一唸出：

「A、S、M、O、N……」

「如果將這五個字母排列成有意義的字……」

巫潔靈冰雪聰明，很快想出了答案。

「MASON！·FREEMASON的MASON！·石匠！」

紀九歌瞎了眼，但他腦裡彷彿有永恆的影像，可以在記憶的宮殿裡探尋眞相。

「答對了。難怪有人說共濟會一直掌控著美國。接下來，請妳唸出金字塔下方的羅馬數字。」

巫潔靈瞇著眼細看，同時唸出和寫出那行字：

MDCCLXXVI

未待紀九歌開口，巫潔靈已經回答：

「我知道，這個羅馬數字等於『1776』。這一年，就是美國建國的年分。」

「妳把『M』刪掉，再刪掉重複出現的字母，即是『C』和『X』……這樣會剩下甚麼？」

巫潔靈再寫下新的羅馬數字：

DCLXVI

「魔鬼之數！」

巫潔靈驚叫出來，這個羅馬數字太特別，就算不換算，她也知道等於阿拉伯數字的「666」。

在西方文化中，「666」是表示魔鬼撒旦的數字，亦是猶太人眼中最爲不祥之數。反觀中國文化，這是個幸運的數字，與「祿」同音，有「六六大順」和「一帆風順」的意思。

巫潔靈來到美國這麼多年，真的沒想過司空見慣的一元鈔票，居然隱藏這麼多祕密。

紀九歌彷彿知道甚麼內情，一錘定音地說：

「如果這是故意的，就表示共濟會和撒旦有關係。妳再數一數鈔票上出現的事物，它們各自的總和都一樣，都指向同一個數字。」

金字塔有十三層、鷹上方有十三顆星、兩句拉丁文各含十三個字母、盾上有十三道條紋、橄欖枝上有十三片葉子、十三顆果子和十三支箭……雖然巫潔靈知道這是象徵開國時的十三個殖民地，但「十三」終究是個不祥的數字，這個數字卻一再重複出現在鈔票之上，肯定就是別有用心。再說，美國開國時，爲甚麼要有十三個殖民地？

巫潔靈心念一動，不禁嘀咕道：

「難道……這都是撒旦的計畫？」

紀九歌聳了聳肩。

「我有信心在共濟會裡面找到眞相。」

不知何時開始，桌上放著一個封蠟封口的羊皮紙信封，硃紅色的封蠟上壓印一個「G」和尺規組成的圖案。

紀九歌獲得了入會的邀請，但因爲失明這一點，有礙他參加共濟會的活動。

解決的方法還是有的。

「即使是會員的親人，也只准妻子隨行，陪伴進入祕密總部。巫小姐，我最信任的女性就是妳，希望妳能答應我的不情之請。」

就這樣，兩人成爲「有名無實」的夫妻。

這個十一月，這個月色迷離的晚上，巫潔靈和紀九歌乘上轎車，前往共濟會的紐約市總部。

「眞的這麼兒戲嗎？拿著最近才結婚的證書，對方不會懷疑嗎？」

似乎只有巫潔靈瞎操心，紀九歌從容得好像一尊佛像。

轎車司機是個老伯伯，聽說紀九歌救過他兒子一命，所以他這輩子都要忠心耿耿爲老闆賣命。

巫潔靈不懂車，但她知道這台勞斯萊斯超級貴。

車頂是光纖製成的星光頂篷，顯示眞實的星象圖——但紀九歌是瞎子啊！這麼奢侈的功能豈不是白費嗎？不管如何，她這輩子坐過這樣的車，超越了窮人只能看照片憑空的想像，總算是不枉出賣名分嫁人了。

目的地是曼哈頓金融區，這一帶巫潔靈不算熟悉，就算有明確的街號，她也不曉得要去的是甚麼地方。

車子停靠路邊，老司機說「到了」。

「是這裡？怎麼可能？」

下車前，巫潔靈看著外面的著名地標，驚愕得花容失色。

19

二〇二一年十一月上旬

遊戲顯示「路西法拯救世界」的開局畫面。

START——

在防疫隔離結束的前一天，樊系數在玩了一百一十多局之後，終於找到了完全破關的方向。

遊戲在載入資料的等待時間，鼠標會變成金字塔的圖標。

根據符號學，金字塔象徵「文明和智慧」。

「鼠標是箭頭，代表方向……指向金字塔……難道該這樣玩嗎？」

這遊戲名爲「路西法拯救世界」，要不是惡意欺騙玩家，那麼只要選用撒旦的陣營開局，就一定可以達成完美的結局。

爲甚麼所有成功破關的玩家，都不肯分享基本的攻略法？這也是樊系數想不通的謎團之一。

唯有靠自己破關，才能找到答案。

遊戲有兩大終極目標：

殲滅敵對的陣營及避免第三次世界大戰。

上帝和撒旦各自在不同的地域發展，就像宗教領袖一樣，只要獲得某個比例的人心歸順，就能奪得該地域的主權。

遊戲一開始，玩家選擇的發展路線極為重要，足以影響兩千年後的世界格局。

但無論怎麼玩，只要人口膨脹到達某個數值，就會出現全球流行的超級病毒，股票暴漲之後迎來大崩盤，經濟蕭條導致第三次世界大戰……這是最常見的結局，各國互射核彈，整個地球完蛋，變成一片活地獄。

樊系數控制著撒旦陣營的角色，依據金字塔在不同地域出現的時序，拓展撒旦的勢力版圖。

「埃及……中國……墨西哥……」

他昔日搜集關於秦陵的資料，已知道中國自古就有金字塔。秦漢時期的帝陵，在西方的譯名一直是「CHINESE PYRAMIDS」。在隋唐之前，帝王的墓穴上方都會疊土夯築，造成跟埃及金字塔一樣的錐體。只不過，中國的金字塔因為用了夯土這樣的材料，所以經不起風雨的侵蝕，不像埃及金字塔那樣歷久不衰。

阿撒茲勒、莫斯提馬、加薩斯……這些墮天使的名字，都是撒旦陣營中的主將。

撒旦——

這其實是墮天使陣營的統稱，而非僅僅是路西法的別名。

照劇情描述，亞當和夏娃偷出來的「禁果」並不是紅色的蘋果，而是一塊黑色水晶。「禁果」原來是縮寫，全名是「禁忌的科研成果」。

路西法率領三分之一的天使反叛，他們跟上帝最大的意見分歧，就是應否將知識和科技傳授給人類。

——開啓了人的智能，就會同時開啓人性的邪惡。

當遊戲中的時間到了公元十五世紀，又是抉擇的關鍵時刻。

繼中美洲之後，該往哪裡拓展勢力呢？

還有甚麼國家有金字塔？

樊系數想起美元鈔票上有金字塔的圖案，便決定賭一把，放棄阿茲特克帝國這一塊領土，將主陣遷移到北美洲駐守。多虧了這個決定，他才逃過了歐洲艦隊圍攻中美洲的浩劫。

這遊戲最恐怖的地方，在於數據太過眞實，簡直是預測未來的模擬系統。而遊戲中出現多達數百張事件卡，只要一使出，都會影響人類戰爭的結果以至國際大勢。

要達成完美結局，樊系數發覺必須收集到五張關鍵卡牌。

這五張卡牌分別是「召喚惡魔」、「龍的傳人」、「人造病毒」、「人口驟減」及「光明會的祝福」。

「人口驟減」可以將災難的效果加倍，而「龍的傳人」是一張很暴力的復仇卡，任何對本國的災難效果，都會再加倍向敵國奉還。

其中最關鍵的一步，就是配合「人造病毒」這張牌，看準時機使出「召喚惡魔」，喚醒在地底沉睡兩千年的惡魔。惡魔上場之後，只要地球上有人類死去，每個亡魂都會增加撒旦的魅力點數……即是說，死的人愈多，世上就會有愈來愈多人向撒旦歸順，成爲撒旦的信徒。

樊系數這樣的攻略法，就是以毒攻毒，在超級病毒出現之前，先用一連串組合災難卡來減少世界的人口。

「召喚惡魔」這張卡唯一的弱點就是會受到「約櫃激光」的剋制，但這時候只要祭出「光明會的祝福」，就能徹底封印「約櫃激光」。

當然，這個攻略法知易行難，只要出牌時機稍有差池，就會讓人工智慧操作的上帝陣營有機會反撲。樊系數對數字的觸覺極爲敏銳，才能算準最完美的出牌時機。

二〇三〇、二〇四〇……

遊戲中的時間跨越到了二〇五〇年，超級病毒仍然沒有爆發。

到了二〇九〇年，人類不再相信上帝，撒旦陣營全面佔據地球上每一片領土。

樊系數難以置信地盯著螢幕。

「沒錯吧？我終於破關了？」

任何玩家飽受半個月的煎熬才破關，到了這一刻都一定激動得想哭。

遊戲的完美結局像一齣荒誕劇，中國和美國竟然合併，再仗著超強大的軍事實力吞併世間諸國，創建了史無前例的大統一帝國，撒旦選中的人類就此在這片人間樂土裡生活……

樊系數生怕遺漏甚麼重要資訊，一邊觀賞結局動畫，亦用手機錄下整齣動畫和謝幕名單。

最後，畫面停頓了，停留在黑底白字的字幕。

字幕是一段呈三角形的文字：

根據ＩＰ位址，你是以色列地區首名破關的玩家。

我們發行遊戲的目的是爲了招募菁英。

我們將會派發10,000枚比特幣，

予各區首名破關者均分。

972.72.021.1221

恭喜你！

這遊戲支援多國語言，而樊系數選了中文繁體字的界面。

「哦！要均分獎金……難怪破關的人都不肯分享攻略法，原來都是錢作怪。現在一枚比特幣的市值，好像是四十多萬港幣呢……」

樊系數自言自語，目光停在第五行：

972.72.021.1221

這串數字有特別的意義。

樊系數一看見這串數字，就明白是甚麼意思。

20

二〇二一年十一月上旬

紐約市曼哈頓自由街33號，一片聳立的高樓之中，有一幢長方形的十四層高建築，外牆可見石灰岩拼砌的典雅石工，如同峽谷裡的碉堡。

這幢大樓的地基延伸到地底五層，堪稱是全球最大的金庫，收藏六千噸以上的黃金磚塊。

這裡也是擺放全球最強印鈔機的總部。

所有美元鈔票上都印著它的名號——

聯邦儲備銀行。

巫潔靈萬萬沒想過，紀九歌口中的共濟會祕密總部，居然就在這間全球最著名的銀行裡面。

下車時，紀九歌伸出拐杖，湊近巫潔靈的方向。

「那些開放給大眾參觀的共濟會教堂，都只是掩人耳目。這裡，才是真正的祕密總部。」

黑夜中，門外的兩名黑人警衛威風凜凜，緊握衝鋒槍，如同左右相對的魁梧門神。哪怕是在安寧的深夜，這兩人的雙眼都骨碌碌地凝視四周，擺出生人勿近的肅殺表情。

要向那邊走近，任何人都會心驚膽顫。

今晚，巫潔靈穿著莊重的黑色晚禮服，戴著價值不菲的手錶，挽著紀九歌的臂彎帶路。她知道要準時參加入會儀式，看了看錶，便向紀九歌報時：「還有一分鐘，就到十時整。」

當兩人來到門外，門後也走出一位穿西裝的黑人老者，他就像老管家的角色，諂笑相迎卻保持著不卑不亢的身姿。

「幸會。我叫羅恩，在這裡服務了四十年。」

也不知他說的是在銀行服務了四十年，還是爲共濟會服務了四十年……巫潔靈沒有多問，只是微笑以對。

紀九歌說了一些客套話，三人就穿過拱形大門入內。

眼前是一條長廊，而進去長廊之前，必須經過閘口檢查機。

沒有警衛在場，羅恩親自吩咐：「抱歉我們有嚴格的守則，不得攜帶任何飾物和手機。」

巫潔靈沒帶手機，將脫下的手錶放進籃子，再看著羅恩將籃子塞進了手推車上的保險箱。沒想到連紀九歌的拐杖都屬於違禁品，也得擱在外面。

通過閘口之後，巫潔靈盯著機架上的螢幕，發現螢幕上有個小鏡頭，正在對準她的瞳孔進行掃描。

羅恩就像入境櫃台的職員般問話：

「夫人，妳和紀博士結婚多久了？」

「我們同居了十年，這個月才註冊結婚，因爲他要給我一個名分。」

巫潔靈一邊說出早有準備的答案，一邊幻想自己是韓劇的女主角，對紀九歌拋出情深款款的媚眼。

羅恩笑了笑，轉身走在前面，繼續領路。

看來只要符合規定，他就允許她陪伴進入大樓……儘管過關了，巫潔靈還是忐忑不安。

羅恩不發一言，在長廊深處的電梯前擺手，示意走進電梯。

這是老式的電梯，需要人手關門，要是羅恩沒插進鑰匙，也無法讓電梯啓動。

往下，深入地庫。

巫潔靈不禁心想，這裡堪稱是世上守備最嚴密的銀行，共濟會利用國家資源來守住祕密，還眞是異想天開的妙計。

電梯停在最底層，彷彿來到了地牢深處的入口。

巫潔靈睜著眼，隔著未拉開的欄杆，只見外面並不是甚麼龍潭虎穴，而是一條木壁長廊，通往一個像書室的圓牆小廳。這裡的樓頂比想像中高，要是蒙著眼搭電梯，她還眞的不會察覺是來到了地底。

在小廳等待的時候，羅恩主動攀談，口吻如同閒話家常：

「紀博士，有件事很抱歉。今天有些會員無法出席，免得你誤會他們有所歧視，他們都委託我轉交他們的道歉信。」

「他們是有了甚麼麻煩嗎？」

羅恩的目光亮了一亮，似在佩服紀九歌的洞悉力。

「紀博士，你知道的，我們經常都要低調行事。這個城市，只要發生了甚麼離奇的意外，都會令人懷疑是共濟會的陰謀……因爲近日的大事，情報機關也許會盯上我們的會員。」

巫潔靈聽到這裡，忍不住打岔：

「近日發生了甚麼大事？」

羅恩打量了她一眼，才低聲回答：

「就是一星期前發生的命案啊……因涉及聯合國的大使，所以鬧得很大……妳沒看新聞嗎？」

巫潔靈吐了吐舌，打算不出聲蒙混過去。她只關心流行情報，追蹤網路上的時裝界紅人和偶爾玩玩抖音，平日眞的沒關注甚麼新聞。

圓牆小廳的擺設古色古香，但礙眼的是木櫃之間的黑色柵門——對，那裡有一道鎖上的欄柵。

來這裡之前，紀九歌已向她透露：

「樊系數不是要尋找約櫃嗎？線索都在共濟會裡。」

「哦！所以你才千方百計要入會？」

巫潔靈是考古系出身，對約櫃的故事耳熟能詳，也讀過共濟會繼承約櫃這樣的都市傳說……她不得不否認，比起樊系數，紀九歌的做法有希望多了。

不過，如果十二月二十一日是聖戰之日，現在只剩下不到五十天……在不足兩個月的時間之內，紀九歌怎可能深入共濟會，挖掘出只有元老級會員才接觸得到的眞相？

知其不可而爲之，紀九歌找她來幫忙，她也只好盡力而爲。

巫潔靈直視羅恩的眼睛，觀察他的靈魂形象。紀九歌說過共濟會和撒旦的關係，但就這樣看來，這個羅恩並非大奸大惡之人。

NOVUS ORDO SECLORUM——

建立世界新秩序——

這是美元鈔票上的拉丁文表達的意思。

有人說墮天使敵對上帝，只是因爲不滿上帝的做法，實質上他們的宗旨是建立一個更和平的新世界。

至今，共濟會仍只准男人加入，是個極重視兄弟情的組織……紀九歌曾透露這樣的情報，巫潔靈聽了，只覺得這組織的初創成員都一定喜歡斷袖分桃……

腳步聲。

電梯那邊。

巫潔靈仰起頭，瞧見廊道的遠端走來兩個男人。

及頸的尖帽蒙著兩人的頭，即使是眼孔也蒙著薄紗，徹底掩飾眞面目。因爲兩人穿著合身的高級西裝，所以怎麼看也不像是匪類。

羅恩挺直了身子，走向黑色柵門。

三人就像在進行神祕的儀式，各自用不同的鑰匙，分別插進柵門上的三個鑰匙孔。

「夫人，抱歉到這裡就要止步。」

羅恩開門之後，隨即朝巫潔靈走近。

「請妳在一個星期之後，回來接妳的丈夫。」

入會儀式竟然長達一個星期之久？

巫潔靈微微一怔，瞧向紀九歌。

他似乎早有心理準備，毅然踏前兩步，背對著她說：

「下週見。」

看來一切都在紀九歌計算之中。

但是……他有時也會失算的，就像秦陵那一次，差點就喪命了。

兩個蒙頭男牽著紀九歌走進去。

四周瀰漫著陰鬱的氣氛，巫潔靈看著徐徐關上的柵欄，心裡沉了一沉，湧起了難以言喻的不安感。

她跟著羅恩回途，想起他提及的新聞，暗暗嘀咕：

「這裡應該不會發生甚麼命案吧……」

21

二〇二一年十一月上旬

瑪雅穿著橘色的囚衣。

他看著眼前的不鏽鋼馬桶，又看著枕頭旁打開的《聖經》，臨睡前正好翻到《約翰福音》第十八章。

這種鐵窗生活已經過了一個多星期。

只不過因爲幫助一名陌生人，瑪雅就蒙上了不白之冤，被關押在布魯克林的聯邦大都會拘留中心。他回想起二〇一五年的時候，自己也蹲過墨西哥的拘留所。美國的待遇畢竟好得多，多虧了聯合國大使的敏感身分，典獄長幫他安排獨立的單人囚室。

瑪雅梳洗之後，就有人開門。

「你的律師來了。我帶你去會客室。」

監守人員對瑪雅至少是客氣的，沒有呼呼喝喝。

瑪雅來到會客室，看見好兄弟尼爾及一名梳著白髮油頭的白人男子，該就是尼爾帶來的律師。

「瑪雅！你這傢伙……和監獄眞是有不解之緣。」

「我的人生就是一部魔幻文學啊！」

尼爾看見瑪雅笑得出來，就知道他在這裡還過得去，只是面容稍微消瘦了一點。

「這是約翰。我以前曾在他的事務所實習，他是我最尊敬的殿堂級律師。」

「你眞有先見之明，當年在耶魯大學唸法律，就是爲了今天來救我吧？」

瑪雅向尼爾擠出笑容，隨即和約翰握了握手。

約翰相當嚴肅，一坐下就談正事：

「華奎斯先生，我很榮幸可以擔任你的辯護律師。你現在是刑事拘留的狀態，由於涉及十月二十六日在路西法基金會的謀殺案，當局將你列爲嫌疑犯，所以不准保釋。」

「明白。」

「謝謝你的信任。請你說說當天的事發經過。雖然尼爾已說過一遍，我還是想了解更多細節。」

瑪雅於是細說那一天的經過，自己是怎麼與傑克在聯合國廣場碰面，又怎麼熱心帶他上去路西法基金會的辦公室避難……然後談到灰色的公事包裡藏有機密文件，他和傑克忽然被困，無法打開會議室的門。

「房間一黑，我眼前也一黑。醒來之後，我發覺自己身處同一個房間，但傑克不見了，連那個灰色的公事包也不見了。」

「你昏迷了多久？」

「我大約昏迷了兩個小時，辦公室本來有一男一女兩位職員，但兩人都不在外面，好像是去買午餐。正當我猶豫要不要報警，我一到樓下，就遇上三個紐約警署派來的警察，聽說好像是傑克的女兒報警了。」

「嗯。之後呢？」

「我帶他們上去會議室，搜索了一會卻找不到傑克的蹤影。這時候又有一名警員上來，他帶著警犬搜索，警犬對著會議室的牆角猛吠，然後他們發覺通風口有異，就找到了死去不久的傑克！」

約翰拿出一張照片，就是那個有蓋的通風口，設置在牆身下側。通風口的長寬都是一公尺左右，恰好塞得下矮小的傑克。

「是這個通風口嗎？」

瑪雅向約翰點了點頭。

「傑克的死因是神經毒劑中毒。瑪雅，當時你在現場，警方帶你回去盤問之後，就將你當成嫌疑犯拘捕。」

「如果我存心要殺害傑克的話，就不會打電話通知聯合國的同事吧？」

約翰擱下了手上的筆，暫停抄寫筆記。

「那個幫你聯絡找避難所的同事不是重點。重點是辦公室裡的人證。那兩位職員都說除了你和傑克之外，就沒有人再走進那間會議室。辦公室裡面沒監視器，但辦公室外面有，根據錄影畫面，沒拍到其他人進入辦公室。」

「那兩個職員應該也有嫌疑吧？」

「但他們互相為對方作證，兩人是同時離開辦公室的。我也覺得這兩個職員有古怪，但警方就是盯上你，放過了他們。」

瑪雅只感到頭腦昏沉，當中一定有自己忽略了的細節。最想不通是眞凶如何潛入會議室，又如何令他和傑克昏迷。

尼爾在旁嘆息，輕聲道：

「很明顯你被陷害。再加上傑克當天早上曾向女兒發出短訊，說如果他遭遇不測，就去聯合國找一個叫瑪雅．華奎斯的人……傑克這麼說，應該只是向你尋求庇護，卻陰錯陽差導致警方對你起疑，不拘留你也不行了。」

原來傑克的女兒會報警也是因為收到傑克臨死前發出的求救短訊，而短訊透露了他所在地址。

尼爾難掩憂慮之色，繼續說：

「瑪雅，中國政府那邊發了聲明，那個傑克並非甚麼醫生，而是叛國的情報人員。」

「你說眞的？」

「你還沒看今天的新聞吧？壞消息一出，更陷你於不義，外界開始揣測你是墨西哥的特務……總之你這次超倒楣的，捲入這麼大的麻煩。」

瑪雅只是苦笑。

會談繼續，約翰又問清一些細節，接著十拿九穩地說：「案件疑點重重反而對你有利。美國法庭審判謀殺案很少單憑間接證據就判有罪。除非控方查出你獲得那種毒藥的來源，那就是別話了。」

「大概會在甚麼時候上庭？」

「我估計至少還要等一個月，就算等兩個月也不稀奇。這段日子請你忍耐吧。」

瑪雅想起與樊系數之間的約定，便將筆記型電腦的密碼告訴尼爾，拜託他當聯絡的中間人。

「這位樊博士，他跟我約好十二月要去耶路撒冷，但我應該去不成了。他答應過我一定會救出安吉，我把希望都寄予在他的身上。這兩天內，我會給你一封信，如果安吉眞的僥倖回來了，請幫忙把我的信交給她……」

「這不會是你的遺書吧？」

瑪雅遲疑了片刻，才說出心事：

「我想起了一個很可怕的夢……夢裡，有個殺手闖進囚室，用利器插進我的胸口。當我來到這裡，就有種似曾相識的感覺，這裡的環境跟當時夢見的幾乎一樣。」

尼爾知道瑪雅會作預知夢，據說都是靈魂穿越未來帶回來的記憶。

「你不是說近年作的夢都不靈了嗎？」

「我也不曉得。可能是我這兩年倒楣過頭，才會胡思亂想。」

「你眞是杞人憂天！這裡是監獄啊……哪有殺手這麼大膽，敢闖進來殺人？」

瑪雅只是聳了聳肩。

爲免尼爾擔心，瑪雅沒有再說下去。那個被殺的夢很有可能是眞的，細節會有偏差，但令他印象深刻的結局，通常都會成眞……

22

二〇二一年十一月中旬

一週前，樊系數成功完成遊戲，破關畫面出現神祕的數字。

972.72.021.1221

數學家一看見一串數字，腦海就會自動解讀數字的含義。

後面的「20211221」，令樊系數聯想到聖戰的日期。

前面的「7272」是個很特別的四位數，有人說它是個天使數字，因爲「7」是《啓示錄》顯現的靈數，「2」則代表陰陽——在《創世紀》中，上帝正是在第二天分隔天與地。

然而，在數學家眼中，這只不過是迷信。在數學上，「7272」是個卡布列克數（Kaprekar Number）。「7272」自乘之後，等於「52881984」，再拆分成前後兩部分相加，結果等於原來的數（5288 + 1984 = 7272），符合這項條件的數字就是卡布列克數。

但這些都不是重點。

數學家最大的毛病，就是常常會過度解讀數字。

樊系數身處以色列，在酒店待了兩星期，當然翻過酒店的服務目錄。以色列的國際電話區號是

「972」，本地號碼總共有九個數字。如是者，當樊系數看見「972」開頭的字串，便立刻聯想到是電話號碼。

「路西法拯救世界」這遊戲，玩家必須連線才能玩，間接就會洩露自己的ＩＰ位址。其他國家的玩家在遊戲破關之後，看到的應該是別的電話號碼，假如這些電話都是虛擬的線上號碼，最終應該都會連接到製作商那邊。

樊系數有心追查下去，撥出那個如同中獎熱線的號碼。這番猜想果然沒錯，那個號碼確實是製作商提供的熱線。那個服務員講的是印度口音的英語，樊系數跟他核對ＩＰ位址之後，筆記型電腦螢幕上本來停頓的破關畫面，忽然彈出一個新的視窗。

樊系數掃描視窗裡的QR CODE，真的收到一枚比特幣。根據現時行情，一枚比特幣約值四十萬港幣……對樊系數這個失業教授來說，這當然是一筆大錢。

「這一枚比特幣只是基本獎金，向你展示我們的誠意。我們正在世界各地重金禮聘招募人才，如果你有意願加入我們，歡迎再與我們的服務員聯絡，相約面試的時間和地點。」

這簡直就像騙案的布局……

這家公司顯然深諳人性，那枚比特幣就像賭場裡的泥碼，作用是刺激凡人的貪念。

現在已是一週後。

樊系數到了雅法老城區的鐘樓下面。

白天喧鬧的古城，到了晚上十點，街上變得冷清。樊系數嘗試約這個奇怪的時間，沒想到遊戲公司居然答應派人赴會。

雅法鐘樓是個著名的景點，位於兩條馬路夾著的安全島，兩側是石頭牆外觀的商舖。儘管鐘樓看來有某種歷史意義，樊系數還是覺得尖沙咀的鐘樓比較宏偉，也好看得多了。

鐘樓兩側的來車絡繹不絕，車燈幻影交織。

快到約定的時間，樊系數看了看智慧型手錶，螢幕亮出收到短訊的通知，寄送者是巫潔靈。

「噢？她找我？有急事嗎？」

樊系數正想閱讀短訊，瞥眼望向石地，忽然多了一條影子。

此人應該是由鐘樓的另一邊繞過來，他身穿黑色的修士袍，儘管兜帽蓋住頭髮，仍露出一張年輕俊美的臉。

「在以色列用中文繁體界面破關，我就知道是你。我該叫你樊博士，還是該叫你師侄呢？」

男人一邊說話，一邊揭開修士袍的兜帽。

黑髮細眼，瞳孔如黑曜石般閃爍。

樊系數盯著對方的臉，在秦陵的回憶立刻湧現。

「你……」

男人眼見樊系數結巴，便代他說出答案：

「李斯，字通古。」

雖然樊系數有預感會遇見「九歌」的人，但萬萬沒想過幕後大首腦竟然露面，這情況也不知算不算是釣到了大魚。

李斯講的是字正腔圓的中文：

「我一直很想找機會和你談談。」

樊系數有點不知所措，神經兮兮地回答：

「談完之後，你就要殺我了嗎？」

李斯似笑非笑地說：

「大家系出同門，如果你投降的話，我是可以饒你一命的。」

「投降？我豈不是愧對數獨門的祖師爺？」

「數獨門——眞懷念的名字。你有沒有想過，爲甚麼會有數獨門？數獨門又爲甚麼會有《連山》？」

李斯這樣一問，樊系數還眞的啞口無言。

數獨門傳到樊系數這一代，門派已經凋零，不少古籍在文化大革命中遺失，恩師余老爹談到門派的起源也是模稜兩可。樊系數站在歷史的尾巴之上，探本溯源更是談何容易？反觀李斯，他是古人，處心積慮潛入數獨門，也許眞的清楚眞相。

在異國的月亮下，李斯說了個神奇的故事：

「在黃帝統治的時期，龍神帶著他的兄弟來到了黃河流域。這幫兄弟就是西方傳說中的墮天使……他們帶來了超越時代的知識，開蒙了東方人的智慧。」

龍神？樊系數聯想到「路西法拯救世界」的劇情，這是亞洲大陸的人民對路西法的尊稱。

「龍神一眾將知識授予華夏民族，開創了輝煌的歷史。然而，墮天使之中出現了叛徒……又或者說，他一開始就是效忠上帝的間諜。這個叛徒除了精通術數，亦精通基因工程，他將畢生學問寫下來，那部典籍就是《連山》。」

正常人聽見華夏文明源自墮天使，一定馬上大罵胡說八道，但樊系數竟有幾分信以爲眞，繼續洗耳恭聽。

「那個墮天使的叛徒收華人爲徒，他傳給華人術數的本事，就是爲了要破壞龍神的大計。後來那叛徒受到制裁而死，那些繼承祕學的人潛蹤隱跡，一代又一代衣鉢相傳……數獨門就此而生。」

樊系數用衣袖抹了抹額上的汗珠。

「謝謝你告訴我這件事。既然如此，我更要完成數獨門的歷史任務，阻止你們滅世的大計。」

李斯卻冷笑一聲，反問道：

「你確定自己是在拯救世界嗎？」

樊系數按捺不住，微微轉動眼珠，瞄向遠處的屋頂。

——怎麼這麼久都沒有行動？

正當樊系數這麼想，就聽到奇怪的響聲。

嗶、嗶！

那響聲又來了。

李斯由口袋裡拿出智慧型手機。

他笑了一笑，就像耀武揚威一般，展示螢幕上的照片，照片中是一個倒地的軍裝男人。

「你安排在四周的狙擊手都暈倒了。你似乎太輕敵呢……我們的戰士都是特種部隊的級數。給你猜猜，現在，有多少槍口向著你的頭顱呢？」

23

二〇二一年十一月中旬

那天離開聯邦儲備銀行總部，巫潔靈有種由地底深處逃出來的感覺，她一回家累得倒頭就睡。

就這樣，過了一個星期。

「下週見。」

紀九歌的告別言猶在耳。

終於到了約定迎接他的日子，時間和地點都跟上次一樣。

這週巫潔靈都不用上班，享受紀老闆給她的「新婚假」——他是個悶騷男，當然不會說出這種俏皮話，這只是她自行腦補的說法。

「一個星期？共濟會的入會儀式怎麼那麼久？」

巫潔靈曾問。

紀九歌說，入會儀式每年舉辦一次，新會員發完血誓，就要留在密室接受歷時一週的考驗。就像英國大學宿舍的迎新營傳統，除了折磨一下新生，也會讓新生認識組織的文化和歷史。

經過一週的入門修行，紀九歌也只會成爲最初階的會員，如果他的目標是接觸共濟會的祕籍，只怕是遙遙無期。

說到共濟會的歷史，最遠可以追溯到公元前十世紀，所羅門王要修建一座聖殿，工匠都要嚴守聖殿的祕密。主建築師叫海勒姆，外號是「寡婦的兒子」，他曾被暴徒威逼說出聖殿的祕密。海勒姆寧死不屈，殉道而亡，他這種死守祕密的精神，亦成了共濟會奉爲圭臬的宗旨。

據說，共濟會的入會儀式當中最特別的環節，就是重演海勒姆之死的場景。

當然，這一切只是道聽塗說的傳說，是眞是假，就有待紀九歌帶回來的眞相，這一點巫潔靈倒是滿期待的。

這一週一眨眼就過了，尤其在十一月這種快活的季節，每當巫潔靈開啓網頁，都會彈出「黑色星期五購物節」的廣告……這一週，她都約朋友出來逛街，直到寂寞的時候，才會把紀九歌的事放在心上。

「眞是太漂亮了！」

巫潔靈讚美鏡中的自己，這套禮服是夢幻級的奢侈品，紀九歌付錢爲她量身訂做，總算沒有薄待她這個紅顏助理。

晚上十點就要過去曼哈頓那邊。

既爲了配得上高貴的禮服，也爲了展現上流女士的風采，巫潔靈換過休閒運動套裝，便過去附近的韓式美容院做臉部護理。

「我有預約。」

「請等等。」

巫潔靈坐在沙發，無聊翻起了雜誌。

其中一本雜誌封面的小圓框，竟有張熟悉的臉。

巫潔靈大失儀態，吃驚得叫了出來：

「甚麼！瑪雅是紐約市命案的嫌疑犯？」

每個月，樊系數都會辦一次視訊會議，所以她不會認錯瑪雅的臉……那是前一週出版的時事雜誌，當她讀完整篇「新聞」，才知道瑪雅正在還押候審，由於中國政府的介入和干涉，案情變得相當複雜。

——要盡快通知樊系數！

現在是下午三點，以色列與紐約的時差是七個小時，這樣算來那邊是晚上十點，樊系數應該還沒睡覺……但不知怎地，這傢伙就是已讀不回。像平時，他這個浪跡天涯的失業人士，通常都會很快回覆。

樊系數說過，七位救世主集合在耶路撒冷，就是聖戰之時，而他計算到的日子是十二月二十一日。

如果瑪雅無法準時在耶路撒冷出現，未來會變成甚麼樣子呢？

巫潔靈覺得頭腦好痛，索性放棄思考。說眞的，對她來說，只不過是錯失了到訪耶路撒冷的旅行機會。

「小姐，現在輪到妳了。」

巫潔靈正欲忘記俗世的煩惱，只想好好躺下來敷面膜，手機卻不識趣地響起來了。

這年頭大家都用訊息聯絡，通常有來電都不會是甚麼好事。

竟是陌生的沉厚男聲，一口彬彬有禮的英語：

「夫人，非常抱歉要通知妳，有個壞消息。妳的丈夫出了事故，他被送到了曼哈頓醫院……」

丈夫？

隔了兩秒，巫潔靈才想到是紀九歌。

來電者沒透露他是共濟會的人，也沒透露發生事故的地點，很明顯就是有心隱瞞。

巫潔靈匆匆趕過去醫院。

她這才想通了一件事，紀九歌與她成婚，可能就是需要她來擔當緊急聯絡人的角色。他抱著那種心態加入共濟會，就算沒惹上殺身之禍，應該也會嘗到教訓。

紐約的計程車司機既熱心又瘋狂，一聽到目的地是曼哈頓醫院，立刻踩盡油門飆過去。

當醫院大堂的自動門一打開，巫潔靈第一眼就瞧見紀九歌。

他正站在大堂中間最顯眼的位置，披著那件隱士式的及膝翻領長大衣。

他在等她。

太好了……

看來無恙……

巫潔靈鬆了口氣，徐徐走近的時候，才驚覺不對勁。

紀九歌的眼睛是張開的，眸子既清澈又明亮。

「怎會這樣的……」

巫潔靈鼻子一酸，嗚嗚咽咽地飆出眼淚。

眼前的紀九歌是個飄浮的靈體。

即是說，他過世了。

24

二〇二一年十一月中旬

鐘樓下，樊系數與李斯對峙。

以色列的初冬比香港略冷，寒風沿車燈交馳的馬路吹來，明明氣溫只有攝氏十度，樊系數卻感到背脊冒汗——那是名副其實的冷汗。

李斯的雙眼閃爍著自信的光芒，這種光芒彷彿凝聚千年的智慧。

「埋伏在四周的是以色列的國軍吧？你的人脈不錯嘛，得到以色列的支援。是因爲中國政府出面嗎？」

「IX」把以色列軍方的狙擊手都制伏了。

稍有江湖歷練的人，都聽得出李斯已掌握了全局，他這麼說只是要讓樊系數認栽投降。樊系數眞的沒轍，心中後悔莫及：「我以爲這傢伙只是冷氣軍師，哪想到他會親自出頭！」

「九歌」和中東恐怖組織「IX」結盟，他們需要思想偏激的「狂戰士」，近年善用電腦遊戲發布祕密信息，成功徵召世界各地的年輕人加入。這些年輕人具備反社會人格的特質，只要經過軍事訓練，舉起先進的槍械，殺起人來喪心病狂，衝鋒陷陣更是耍狠不要命。

樊系數自知身陷險境，只要有「IX」的狙擊手扣下扳機，一發爆頭的子彈就會令他一命嗚呼。到了生死關頭，樊系數豁出去了，怒斥道：「你們煞費苦心開發出那個遊戲，就是意圖向玩家洗腦吧？甚麼拯救世界呀，甚麼淨化人口，統統都是屁話，實際做的根本等同希特勒的大屠殺！」

李斯不慍不火地回答：

「你這個數獨門的傳人，該比誰都更清楚，遊戲中的世界就是模擬的現實吧？要保住地球，還是全人類滅亡，答案不是顯而易見嗎？」

樊系數用力搖頭。

「用殺人來拯救世界，這做法我絕對無法接受。」

「物極必反，任何數值都有極限，你自己算一算，地球有可能容納一百億以上的人口嗎？人口一多，戰爭不可避免，第三次世界大戰必然是核戰爭。一旦發生核戰，地球上死剩的人數，可能也只是幾億。」

樊系數一時想不出如何應答，只是不停搖頭。

但他難以否定，人口膨脹會導致萬劫不復的生態災難，因為這確實違反了大自然的法則。

李斯好像看穿了樊系數的想法，振振有辭地說：

「生靈塗炭，只是幫大自然重生的過程。要避免第三次世界大戰，方法只有一個，就是盡早令世界統一，只剩下一個國家，世上就不再有戰爭。」

這番話並非毫無道理，但眞的是宇宙級的天方夜譚。

樊系數想到了共濟會。

根據網上流傳的陰謀論，這組織有個邪惡的目標，就是要令全球人口暴跌至五億，繼而重建屬於他們的美麗新世界。

「就算你今天殺了我，我的夥伴還是會阻止你的。」

樊系數只是逞強，心裡其實沒譜。

李斯能言善道，說話有股蠱惑人心的魅力。

「只不過因爲有個墮天使背叛了撒旦，他需要一個團隊來阻止撒旦，所以才捏造出你所知道的救世主傳說。你們不是救世主，你們只是在玩扮演救世主的遊戲，自以爲要拯救全人類，卻令地球步向滅亡。」

樊系數悶哼了一聲。

「你要殺就殺，不要講一大堆歪理。」

「數獨門祖傳的預言，最多只到二〇一二年吧？我們手上，擁有完全版的『預言書』。我們清楚知道，在未來一百年，中亞一帶一路成立的共和國，將會侵略和征服全世界，到時候長生不老的獨裁者登基，未來世界會變成眞正的地獄。」

眞的？假的？樊系數半信半疑地瞪著李斯。

「你們的目的豈不是一樣嗎？秦始皇也是個暴君吧？」

「不同的。我們要創造出眞正的『神』。眞正令全人類信服的『神』。」

說到這裡，李斯朝天舉起了右手，捏了捏拳頭，明顯是對高處的狙擊手打出暗號。

「放心，我今晚還不會殺你。」

明明是下手的好時機，李斯卻長篇大論，可見他無意在今晚做個了斷。

樊系數仍然瞪著李斯。

「你是貓哭耗子，還是有甚麼詭計？」

「就算你變成了鬼，也會想方設法阻止我們吧？我知道消滅靈魂的方法。我留住你的命，就是要等你們全員集合，才將你們一網打盡。」

剎那間，樊系數腦中冒出秦陵時的回憶，李斯拿著沾著秦始皇鮮血的七首……

李斯肆無忌憚地發出挑釁：

「這次跟你見面，就當是正式宣戰。十二月那一天，我們將會在耶路撒冷發動恐怖襲擊。你們可愛的妻子都會在現場成爲人質……如果你們要當救世主，就來阻止我們吧！」

鐘樓下的地板鋪著土色石磚，不知由何時開始，路邊停靠了一架平平無奇的黑色轎車。

「下次再見面的時候，就是你們的死期。」

李斯拋下這句狠話，就上了那台車。

樊系數緊緊捏著拳頭，看著車尾燈揚長而去。

他不得不承認，和敵人首腦談話之後，他的內心眞的有所動搖。

25

二〇二一年十二月中旬

時間一下子來到了十二月。

這個月來瑪雅作了幾個怪夢，主角都是同一個人。

明明是他的夢，他卻像個幽靈，跟著夢裡的主角移動。這樣的經歷亦非第一次，只是主角通常都是陌生人，但這次的主角是瑪雅最近見過的人——

就是那個叫黑傑克的醫生！

相貌是一模一樣的，但夢中的傑克頭髮濃密，看來年輕得多。

這場夢就像電影的開場畫面，場景是在某機場，機場的旅客大都是華裔面孔。傑克拖著小行李箱，匆匆在人群中穿梭，後方跟著一大一小兩個女人，似乎是傑克的老婆和女兒。

傑克終於停下腳步，大聲朝後方的妻女呼喊，雖然那是瑪雅聽不懂的語言，語氣中的焦慮感卻是連外星人都聽得出來。

三人拖著小行李箱，提著大包小包的東西，看來比較像是逃難，而非出國旅遊。

瑪雅本來以爲三人是要趕飛機，才會這麼焦急。直到三人坐下來，瑪雅瞄到傑克手上的登機證，才知道他們是要乘搭由北京飛往紐約的航班，距離起飛尚有三個小時。

夢中的年分是二〇一二年？

難道這是傑克的回憶？

靈魂是一串保留記憶的電波。

由樊系數的口中，瑪雅聽過這樣的怪論。

瑪雅隱約有了頭緒，想起二〇〇一年的時候，他去過紐約九一一事故的現場，回家後也作過以第三者身分代入的夢，彷彿讀取了恐怖分子的記憶……當時的情況和今次的情況，共通點都是案發現場有罹難者出現。

——所以說，只要我接近亡魂，他們殘留的記憶就會在我的夢境出現？

這種異想天開的想法，瑪雅也只是純粹假設，要深究也難以深究下去。

傑克一家人太早來到登機閘口，現在這一輪旅客登機之後，只剩下他們三人坐在軟墊長凳上。

瑪雅繼續靜觀其變，傑克的老婆滿臉不悅，很明顯對他大發牢騷，這情況持續了將近十分鐘，展現出中國女人的東方毅力。

傑克似乎忍無可忍，故意用英語迸出一句話：

「以前我幫一個人做過手術，現在這個人青雲直上，將會成為不得了的大人物！」

傑克一邊壓低聲音說話，一邊直視著沒畫面的螢幕，彷彿他所說的「大人物」隨時會在電視上亮相一樣。

「我知道了他最大的祕密，我們再不走，全家死光光……」

傑克有點像瘋言瘋語，言談間面如土色，一對呆滯的眼珠溜來溜去。他的老婆一聽完，好像心領神會，頓時悶不吭聲，面色也變得非常難看。

瑪雅正期待傑克會透露更多內情，耳邊卻響起了刺耳的鈴聲。

鈴！鈴！鈴！

瑪雅睜開眼，離開夢境，返回現實。

這裡不是機場，而是昏暗的單人囚室。

鈴聲仍在耳邊繚繞，原來拘留中心響起了警報。

現在已是十二月十四日，瑪雅坐牢坐了一個多月，因爲疫情仍不明朗，開庭受審的日期恐怕要在新年以後。

入冬之後，天氣異常寒冷，瑪雅冷得直打哆嗦，聽到外面的叫罵聲，才知拘留所裡暖氣壞了。

警衛突然拉開鐵板式的囚門，吩咐瑪雅出來。

「發生了甚麼事？」

「火災。去中庭集合。快走！」

瑪雅料想這是暖氣故障的原因。

他的囚房在二樓，沿著鐵梯下去，再穿過樓下的大閘，便可以前往圍牆隔著的戶外中庭。

這時候，其他囚犯已聚集在樓下，大家要嘛穿著長袖衛衣，要嘛多添了外套，總之不會只穿一件單薄的橘色囚衣。

此情此景似曾相識。

瑪雅猶豫了片刻，當他攀住鐵梯的欄杆，正要走到樓下，樓下卻發出爆炸般的巨響，白色的大閘竟然往裡面飛脫，整面欄柵砰然倒地。

接著，一條人影踩在倒地的欄柵上面。

眾人呆呆看著這名力量驚人的入侵者。

入侵者竟是個亞裔男子，穿著奇怪的黑色寬袍，額頭中間有顆黑痣，腦後是束起的長髮。

此人用怪腔怪調的英語講話：

「各位晚安。我要找華奎斯先生。請問他在哪張床？」

所有圍觀者呆若木雞，瑪雅也是一樣，明明想逃，雙腳卻動不了。那男人散發著令人窒息的殺氣，一雙死神一般的眼睛，牢牢地釘在瑪雅的身上。

「你就是華奎斯先生吧？我是由中國來的殺手。」

殺手向瑪雅露出冷傲的笑容。

樓下有名壯漢叫嚣：「超級英雄的電影來這裡取景嗎？」也不知他是好勇鬥狠，還是不識時務，竟上前想揪住殺手的衣領。

短短一秒間，壯漢已被轟上半空，直撞向天花板才掉下來。

其他人不僅目瞪口呆，簡直連眼球都要掉出來。

那個夢是眞的。

瑪雅放棄了逃跑。

只要是預知夢中發生的厄難，都一定變成事實。

更何況，這裡四面鐵壁，根本無路可逃。

殺手身影奇快，竟然躍上了二樓，一手掐住瑪雅的脖子，將他舉到了半空，再按在牆上。

瑪雅無法反抗這股強大的蠻力，背部撞牆的一刻，雙手亦往外攤開，就像被釘十字架一樣掙扎不了。

這時候終於來了兩名獄警，兩人目睹這樣的暴行，都只是乾瞪著眼呼喝，卻不敢上前制止。

「我是奉命來殺你的。再見！」

殺手拿出匕首，刺進瑪雅的胸口，直沒至柄！

26

經歷了一陣撕心裂肺的劇痛，瑪雅昏了過去。

周遭的事物變得模糊，一片空白之後，又漸漸清晰起來。

瑪雅竟然看見倒地的自己。

兩名深藍色衣著的救護員到場，將儀器掛在瑪雅身上。

「無意識。脈搏四十七。」

瑪雅學過急救，失血初期脈搏會急升，但失血量超過一千五百毫升左右，脈搏就會跌穿正常水平，而低於五十的脈搏已是極危險的訊號。

血水染紅了橘色的囚衣。

瑪雅只感到輕飄飄的，毫無知覺，亦毫無痛楚。

這是臨死前的靈魂出竅嗎？

來也匆匆，去也匆匆，那個中國殺手就像一陣黑旋風，這一刻已經不見蹤影。雖然拘留所的保安沒監獄來得嚴密，但那名殺手也絕非凡人，竟仗著超乎常人的異能，可以無視阻撓出入自如。

這種事，瑪雅見怪不怪，去年在香港避難的時候，他就遇上一個叫賴飛雲的中國軍人。此人天生可以釋放人體磁能，照樊博士的說法，這是一種可以遺傳的「天使基因」。

由樊博士主持的網上會議，主要參加者是樊博士、張嫯和一個姓巫的靈媒。她披露通靈的經驗，說到不幸逝去的人，不管是意外、病逝或者被殺，其魂魄都只會在世上逗留七日。

瑪雅正在體驗魂遊的狀態。

眼前的景物轉瞬即逝。

拘留所的走廊、柵欄出口、停車場入口……

「天呀！他的情況還好嗎？怎會發生這麼可怕的事……」

警衛這麼問的時候，兩名醫護人員同時搖頭。

開鬧。

醫護人員將載著瑪雅的擔架床推上了救護車，一名警察也跟著上車。

開車。

就如司空見慣的場景，救護車鳴笛閃燈，急如星火在深夜的馬路上疾馳。

瑪雅可以肯定，現在的經歷絕不是夢境。

——我眞的要死了嗎？

抱歉，安吉，我最愛的妻子，我沒法去救妳，我先走一步了。

抱歉，尼爾，我最好的朋友，請你繼承我們的夢想，代替我走下去。

抱歉，世人，我這輩子很努力嘗試改變世界，但哪怕眞的將自己的生命燃燒殆盡，我始終無法改變這個充滿悲劇的世界。

原來，在生命的盡頭，人都會回想這輩子沒去做的事，還有林林總總未竟的心願。

如果沒有死亡，人生會不會變得毫無意義？

瑪雅想起了《美麗新世界》這本文學作品，當中探討的主題就是科技到達巔峰的時候，假如人類可以長生不死，人類還會不會有人性？

對了，瑪雅還需要向一個人道歉。

抱歉，樊博士，雖然你相信我是救世主，但我真的無法遵守與你的約定，也許我根本就不是你要找的人吧？

瑪雅時而昏迷，時而意識飄浮……

救護員垂下了雙手，似乎放棄了搶救。

與世界的聯繫終於斷了，聲音漸漸變小，四周全黑，靈魂彷彿往下沉，進入一片溫暖的黑暗。

在強光籠罩之中，瑪雅睜開眼，模模糊糊看見一個人影。

上帝？

「時間算得真準呢！剛好三個小時，你就醒來了。」

模糊的人影有窈窕的身形。

上帝是女人？而且是講英語的女人？

不對。

瑪雅再睜開眼，才發現他返回了現實世界，坐在他旁側的黑髮女人，一雙靈秀翦水的黑眸子正凝望過來。

「嗨！你記得我嗎？」

這是曾經聽過的聲音，瑪雅想起來了。

「妳是巫小姐？」

對方欣然點了點頭。

如同復活一般的經歷，瑪雅摸了摸自己的胸口，先前被利器刺中的位置竟然沒有留下甚麼大傷口，但繃帶棉墊裹住的肋骨下方，還是會有隱隱作痛的感覺。

這裡是……

瑪雅勉強保持清醒，視野狹窄得有點像魚眼鏡頭，映入眼簾的是像客廳一樣的空間，躺著的地方是由皮革高背椅劍成的床，頭上是米白色的拱頂天花板，兩側有兩排皮革沙發和齊整的舷窗。

這裡不是醫院，而是私人飛機的內艙。

這到底是甚麼怪狀況？

另一邊的皮革座椅有個男人，他就像家庭餐廳裡的顧客，一手撐在鋪著白布的餐桌上，另一手提著威士忌杯斟酒自飲。當他與瑪雅四目交接的一刻，露出七分冷傲和三分詭異的笑容，令瑪雅不由自主微微一怔。

額上的觀音痣是明顯的特徵，瑪雅不可能認錯人。

同機的乘客還有那個中國殺手！

27

私人飛機飛往何處？

爲甚麼會與殺手同處一室？

爲甚麼明明被刺穿了胸口，卻只受了輕傷？

眼前的處境詭異至極，瑪雅滿腦子都是疑問。對座的巫潔靈察覺到他的反應，遞了一瓶蒸餾水給他，便將一切因由娓娓道來。

「抱歉……我們別無他法，才用這種手段帶你出獄。即使我們背後有美國政府的支持，司法部也不能直接釋放你。碰上這該死的疫情，法院也關門了，我們只好僞造一宗意外，把你當成傷者運到飛機上。」

「眞是難以置信……」

瑪雅頭腦昏沉，頓了一頓，才說：

「這計畫的靈感是來自《沉默的羔羊》嗎？」

巫潔靈雙手合十拍掌。

「你說對了！就是這部電影！美國政府保證，他們會幫忙掩飾一切，外界根本不會知道你離開了美國。」

都到了這地步，瑪雅想說不行也不行，處身在亂世之中，像這種違法的事也無所謂了。根據樊博士本人透露，這個由他創立的「救世主團隊」，分別與美國政府和中共高層有聯繫，將中東恐怖分子「IX」視爲共同大敵。

巫潔靈突然瞪著那個中國殺手，面露惱怒之色。

「至於那傢伙爲甚麼會跟來，這可是我們計畫之外的意外！」

那個中國殺手就是王虢，他感覺到巫潔靈在說他的壞話，便輕輕仰起下巴，面帶詭異的笑容。

「妳有甚麼不滿嗎？我的服務堪稱完美吧？」

「任務完了，你就該消失，幹嘛這麼厚臉皮跟上了飛機？」

「沒辦法嘍。我這人天生多疑，擔心妳會擺我一道，所以我一定要跟著妳。我的經紀人會幫我注意新聞，確定美國沒通緝我，我才會放過妳。」

這番對話是用普通話講的，所以瑪雅聽不懂。

原來王虢在與賴飛雲的決鬥敗北之後，這名昔日天下第一的殺手就此引退，潛匿十年接受植髮治療，遍尋名醫才重新擁有秀麗的長髮。自從殺人百分之百成功的名聲破功，王虢也不再做殺手的勾當，難得這次美國政府在中間牽線，才成功請得他重出江湖。

到底是甚麼令一個殺人魔低頭？

原來就是一本美國護照！

「你不是很愛國的嗎？幹嘛要移民美國？」

巫潔靈也不怕對方行凶，就在機艙裡吵起來了。

王猇一副看透世事的神態，感慨萬千地說：

「這樣的事很荒謬嗎？排名第一的中國夢是甚麼，妳知道嗎？我老了，開始淡泊名利，只想呼吸一口自由的空氣。巫小姐，妳這種成功脫逃的過來人，應該很明白我的感受吧？」

雖然王猇曾追殺巫潔靈，但她明瞭了對方成魔背後的故事之後，也非常同情對方的遭遇。儘管如此，王猇始終是個喜怒無常的壞人，她絕不會放下對對方的戒心。

巫潔靈很怕直視王猇的眼睛，她轉臉望向瑪雅，回到剛剛的話題。

「那些接走你的醫護人員都是我們安排的特工。至於插進你身體的匕首，只是一件魔術道具。」

「可是，眞的有利物刺進我的胸口……」

「沒錯！爲求逼眞，我們要在你身上弄出血口，卻不會造成生命危險。那傢伙是超專業的殺手，他有辦法做得到，同時讓你麻醉昏迷。」

瑪雅感到嗜睡及全身無力，果然是麻醉藥的殘留作用。麻醉後靈魂出竅，這是時有所聞的神祕現象，這種狀態在醫學上的學名叫「DISSOCIATION」，簡直就像一種「死而復生」的體驗。

巫潔靈突然別過臉，向著空氣自言自語：

「在這裡講祕密眞的沒關係嗎？那邊可是有個超級大壞蛋呢！唉。你是老闆，你說ＯＫ就ＯＫ……」

瑪雅怔怔地問：

「老闆？」

「哦！我還沒向你解釋呢……這個空間還有一個人，只有我能看見他。應該說，他是最近變成了靈體的紀博士。紀博士是誰你沒忘吧？他現在附身在這串佛珠，跟著我移動和搭飛機。」

瑪雅只感到難以置信，盯著她頸上那一大串佛珠。

紀九歌在旁向巫潔靈保證，王琥只會講幾句蹩腳的英語。所以，只要她和瑪雅用流利的英語對談，就不必擔心王琥聽得懂。

「多虧了我老闆——紀博士的犧牲，我們現在確認了約櫃的位置。」

瑪雅想起樊系數解讀的未來信息——

只要找到傳說中的約櫃，就可以拯救整個世界。

「約櫃在哪裡？」

巫潔靈言之鑿鑿地說：

「耶路撒冷。原來由三千年前至今，都一直在耶路撒冷。」

「噢……所以這飛機的目的地，就是耶路撒冷？」

「對了，抱歉我忘了向你交代清楚。」

話音未落，巫潔靈又說：

「自從美國前任總統承認耶路撒冷是以色列的首都，現在美國和以色列政府的關係很好。我們直接降落在那邊的機場，以外交人員的身分入境，就可以豁免防疫檢查和隔離。」

特拉維夫是世俗的首都，耶路撒冷是宗教的首都，也是眾多以色列人心目中眞正的首都。這座聖城的主權問題相當複雜，常常引爆巴勒斯坦以至整個穆斯林世界的衝突，瑪雅對這樣的事當然耳熟能詳。

好聽的說法是「找約櫃」，實際上是不問自取吧？

如果要闖入耶路撒冷做出這樣的勾當……豈不是同時得罪三大宗教？

瑪雅單是想一想，已經心慌得冒出冷汗。

接下來，巫潔靈就要告訴瑪雅，紀九歌潛入共濟會總部發生的事。

28

紀九歌會說鳥語，這是他天賦的奇能。

一般盲人會用導盲犬，而紀九歌會用導盲鳥。

共濟會的入會儀式在地庫六樓舉行，那裡是全世界最神祕的地底空間，其保安的嚴密程度舉世無雙。紀九歌早就知道，入會儀式是在黑暗之中亮起燭光舉行，他也趁著無人注意之際，趁機由袖口放出暗袋裡的靈鳥。

入會儀式一結束，新會員就要接受微創手術，由名醫出身的資深會員執刀，在新會員體內植入迷你膠囊。那膠囊的迷你程度，就跟寵物晶片一樣，內含癱瘓神經的劇毒，極微量便足以致命，共濟會就是用它來對付叛徒。

這是現代的做法，古代的共濟會人應該有另一套做法，以保共濟會的機密不會外洩。說到底，共濟會成員都是絕頂的天才，富可敵國，權傾天下，一個人到了這樣的人生境界，反而會渴望解開宇宙的祕密。

共濟會深藏的祕典是來自未來的知識，除了一本「全知之書」，亦包括一本「預言書」，預言公元二一二一年以前的世界大事。

新會員入會當晚，就要留在地下的靈修室，關閉七天自修，學習共濟會的歷史和會規。這七天也是斷食的修行，只要熬過這七天，新會員便是順利入門，獲得「學徒」的資格。

十二月二十一日是聖戰之日，紀九歌哪有時間磨蹭？他透過靈鳥的傳話，知悉有兩位共濟會元老也來了總部。原來在新會員修行的時候，元老也會趁機重溫自古相傳的祕籍，向晉級的會員揭露共濟會的祕密。

紀九歌自己也準備了毒膠囊。

他自殺後靈魂出竅，「天眼」奇能也復原了，因利乘便，索性潛進元老的記憶深處窺探祕密。

由於紀九歌一直獨處，保持著圓寂一般的坐姿，故此共濟會的管家到了第七天，才發現他斷了氣的事。

一週後見——

結果，紀九歌眞的依約見面，只不過他是以靈體的形態出現。

說到這裡，巫潔靈忍不住在瑪雅面前抱怨。

「紀博士說他變成鬼之後，行動上比較方便，又看得見東西……他後悔沒早點變鬼。我聽了，眞的覺得很無言。天下老闆都是這麼欠揍的嗎？」

巫潔靈繼承了紀九歌極爲龐大的遺產，但一想到這個老闆可能一輩子纏著自己，她就眞的一點也高興不起來。

紀九歌相信，李斯等人持有的和氏璧，記載的內容必定比共濟會的祕籍更加詳盡。所以哪怕跟王猇同處一室，讓他聽見對話也無妨……關於王猇的底蘊，紀九歌亦用天眼查過，確定他沒受到李斯那幫人的收買。

在只開暗燈的機艙中，巫潔靈瞟向餐桌那邊，王彪一直是環臂閉眼，也不知他是否眞的睡著。她心想，這傢伙我行我素，性格畸形反反覆覆，始終有成爲大敵的可能性。

先前瑪雅仍在麻醉恢復期，意識很不清醒，第一次在飛機上醒來不久，又再沉沉入睡，這一睡就睡了六個小時。等到瑪雅醒來，巫潔靈才重提共濟會與約櫃的話題，如此聊了一個多小時，瑪雅才搞懂現在的情況。

「如妳所說，共濟會人知道約櫃的所在地，他們爲甚麼不去奪走約櫃？」

這次瑪雅睡醒之後，頭腦變得清晰多了。

「好問題。請等等。我等紀博士回答。」

巫潔靈向旁豎起了耳朵，隔了十來秒，才驚訝地說：

「因爲那地點是一般人去不到的。」

「一般人去不到？」

「這點我之後會向你解釋。原來啊，共濟會的前人眞的曾經找到約櫃，他們亦偷走了其中兩件東西……」

兩件東西？

瑪雅竭力回想《舊約聖經》的經文。

巫潔靈不賣關子，直接解惑：

「那兩件東西就是嗎哪的金罐和發了芽的杖。」

瑪雅點了點頭，同時提出疑問：

「偷走這樣的東西又有甚麼用？」

這次巫潔靈繞了個圈子，循序漸進地解說：

「嗎哪是《聖經》和《古蘭經》上記載的神奇食物，由上帝賜給在曠野中流浪的以色列人。這只是字面意思，根據神學家的解讀，嗎哪象徵的眞正意義，所指的是基督的屬靈生命。而金罐裡的嗎哪，乃是顯現出來的靈性，耶穌基督降生爲人，就是神所顯現出來的聖靈。」

瑪雅若有所悟地凝望著巫潔靈，靜待她說下去。

「至於發芽，寓意就是誕生，在符號學上有『復活及重生』的深層意義——初芽的形狀就像十字架。發了芽的杖，根據紀博士由共濟會帶回來的情報，其實是一支保存『基督基因』的試管——即是聖血。」

巫潔靈說得頭頭是道，瑪雅只聽得一愣一愣的。

「照妳這麼說……發芽的杖是聖血，而金罐藏著聖靈？」

「嗯。所謂的金罐，也只是鍍金的罐子，因爲眞正的黃金很軟，不是適合置物的容器。以那時代最普及的材質來看，這金罐可能是個銅罐，經過三千多年這麼久，我猜早就生鏽褪色了啦。」

瑪雅想起曾作過一個很長的夢，有個主教闖進了瑪雅金字塔的密室，打開了一個生鏽的銅盒，發現銅盒裡空無一物之後，絕望地跪地痛哭……

——有些東西，是眼睛看不見的。

瑪雅也是認識巫潔靈之後，才深入了解靈魂的奧祕。

聖靈與聖血。

這些事，的確與瑪雅的身世有微妙的關係。

「當人類的生物科技發展到一定水平，就可利用聖血做出胚胎。共濟會內部自古相傳，只要在聖靈可能出現的地點懷上聖胎，帶著聖血的新生命就會與聖靈互相吸引，兩者最終就會結合……」

說到這裡，巫潔靈看著瑪雅深思的模樣，便決定停一停，不去打擾他的思緒。

當年某情報部門曾找上紀九歌，委託他追查幼童瑪雅的去向。紀九歌一見那個生辰八字，便曉得是數獨門預言的聖人。這是人與人之間奇妙的緣分，縱使未曾相見，彼此也會因爲間接的小事而有所牽引。紀九歌決定暗中相助，於是向負責案件的探員提出交易，勸他放過瑪雅一馬。

那名探員叫努比斯，兩年前死於「IX」的暗殺，巫潔靈曾跟著紀九歌到凶案現場，與努比斯的亡魂對話，因此瞭解到整件事的來龍去脈。

瑪雅回過神來，第一個問題就是：

「既然約櫃裡的東西已經失竊，我們爲甚麼還要尋找約櫃？」

言下之意，就是詢問尋找約櫃的意義。

巫潔靈不假思索就說：

「約櫃裡面不是空的，還剩下最重要的聖物。」

瑪雅心念一動。

「妳是說摩西的兩塊石板嗎？」

那兩塊石板就是上帝給摩西的信物，上面刻著希伯來文的十誡。

巫潔靈目不轉睛地盯著瑪雅，彷彿在看穿他的靈魂。

「噢……我還以爲你早就想到了……」

沉默半晌後，她終於說出驚人的眞相：

「只要你看見石板上的字跡，就會喚醒你的前世記憶！」

29

韓非的後人曾找過紀九歌，透露尋回前世記憶的方法。世上有極少數的人，只要重讀自己前世書寫的手稿，就可以重獲前世的記憶。

這是極爲罕見的靈魂能力，並不能透過基因改造而實現，故此具備這種特質的靈體，在上帝與撒旦的世紀爭鬥之中，都會深受重用，承擔長達千年始可完成的歷史任務。

——只要看見石板上的字跡，就會喚醒前世記憶！

乍聽這種匪夷所思的話，瑪雅先是怔了一怔，然後大惑不解地問：「字跡？前世記憶？爲甚麼看見字跡會恢復記憶？這是甚麼邏輯？」

巫潔靈乾瞪著眼，甚覺詫異。

「嘆？樊博士甚麼都沒跟你說嗎？關於那些靈魂規則呢？」

「我未聽過。」

巫潔靈想了一想，才向瑪雅回話：

「你就當我沒說過吧……樊博士、紀博士……他們最愛把人家蒙在鼓裡。眞是惡劣啊……」

哪怕紀九歌之靈就在旁邊，她也百無禁忌，故意講他的壞話。

飛機突然晃了一晃，似乎是遇上了氣流。由美國東岸起飛至今已經過了七個小時，飛機應該快將抵達目的地。這架私人飛機上面沒有服務員，巫潔靈和瑪雅覺得餓了，也只有櫃子裡那些乾糧可以填肚。

當巫潔靈正欲過去拿巧克力，瑪雅卻叫住了她：

「所以，你們的目標是帶我去耶路撒冷，然後不知是用挖的還是偷的，總之就是要找到約櫃。你們覺得我看完兩塊石板，就可以發揮拯救世界的神力？」

瑪雅不是傻子，很快理出頭緒，一言道出這趟行程的全貌。

巫潔靈心想很難蒙混過去，便只好承認：

「是的。」

「太荒謬了……」

瑪雅接連搖了三次頭。

「這樣的事，根本只是奇幻小說的空想。」

巫潔靈不忿地說：

「我問你，《聖經》是一部奇幻小說嗎？亞伯拉罕活到九百多歲，撒拉九十歲懷孕生子，古代社會一堆神人身懷特異功能……這些事不是更奇幻嗎？」

瑪雅頓時啞口無言。

巫潔靈不再隱瞞，直言正色地說：

「此行將會相當凶險，共濟會和『IX』都是敵人。紀博士說，因爲有著共同目標，共濟會和

『IX』很有可能合作。他們首先要滅世，然後在滅世之後建立新的世界，讓長生不老的人類菁英變爲神，由他們來管治世界……一句話，這就是超越極權的『神權統治』！」

這番話如同危言聳聽，瑪雅滿臉質疑之色。

「共濟會又不是邪教組織，怎會有這麼偏激的想法？」

「你問我，我也不曉得呢……紀博士叫我告訴你，共濟會的最高要旨是兄弟情，這個信念就是來自以路西法爲首的墮天使。」

「路西法？」

瑪雅不禁想起，他就是在路西法基金會蒙冤入獄。

「對，就是《聖經》中引誘夏娃偷走禁果的『蛇』，也是在荒野中試探耶穌的『蛇』。《聖經》是按照上帝的旨意寫成，『蛇』應該只是個比喻，就像我們也會罵人是豬是蠢驢一樣。」

巫潔靈這麼說的時候，瑪雅驀然想起昔日恩師馬丁。這位神父解讀《創世紀》的經文，曾說過人人認爲禁果是蘋果，乃是源遠流長的誤解。此詞的原文是「*mălum*」，在拉丁文裡是「罪惡」的意思，但因爲與蘋果（*mālum*）的發音相當近似，後世的人才混淆了。

至於「禁果」是甚麼，馬丁神父也無法考證，他只能由經文推敲，這東西一定和知識有關，開啓了人類智慧之門。

智慧是原罪。

原罪的本質就是智慧，人因爲變聰明了，才會懂得犯罪。

——那人已經跟我們一樣，有了辨別善惡的知識，他不可又吃生命樹的果子而永遠活下去。

瑪雅又想起《創世紀》中記載的故事，伊甸園中有兩棵很特別的樹，一棵是「知善惡樹」，另一棵是「生命樹」。在亞當和夏娃吃了知善惡樹的果子之後，神擔心兩人會繼續犯罪，進而吃了生命樹的果實而得到永生，便將這兩個傢伙趕出了伊甸園。

「我在大學時寫過一篇論文，題目是『蛇的圖騰崇拜』。埃及法老王的王冠、瑪雅文明的羽蛇神、還有中國的龍和女媧……全部都和『蛇』有關係，我的結論是這些民族都受過路西法的恩惠，感激他賜予的文明。」

巫潔靈本身也是對神祕學有興趣，才會選擇考古系這門冷門學科。當年教授稱讚她這篇論文有趣，卻打了個很低的分數，以致她一直懷恨在心。

「上帝與撒旦的爭鬥已有好幾千年，如果你不認同滅世的做法，你就要成爲眞正的救世主，來阻止他們的陰謀！」

儘管巫潔靈誠心懇求，瑪雅還是沉默以對。

寂靜之際，突然傳來王猇的聲音：

「喂，你們要去耶路撒冷，那個姓賴的也會出現吧？」

巫潔靈本來誤會王猇在偷聽，轉念才想到早在登機時，他已分別威逼機長和副機長說出目的地。

她用敷衍的態度回應：

「你關心他幹嘛？」

王猇冷笑著說：

「我金盆洗手之後，最大的心願就是再找他決鬥，親手扭斷他的脖子。」

巫潔靈也不怕王猇發難，就是要跟他頂嘴。

「你不是很講行規的嗎？名義上，我是委託代理人，即是你的老闆。你想要綠卡的話，就要乖乖聽我的話。」

王猇自恃掌握生殺大權，目露凶光地說：

「妳應該知道我討債的手段吧？你們的委託我已經結案了。現在的我是自由之身，我要找誰算帳、殺甚麼人，妳都管不著。」

巫潔靈暗自嘆息，這次的劫獄行動是兵行險著，若早知道僱用的殺手是王猇，她一定撕破臉反對到底。幸好她清楚王猇的弱點是頭髮，只要安全和賴飛雲會合，王猇要殺人得逞也沒那麼容易。

突然，王猇抽了抽鼻子，向巫潔靈喝問：「喂！這是怎麼回事？」

由他掀開的舷窗之中，射進來雲霞上層的陽光，窗外似乎出現了異狀。

巫潔靈湊前，拉開另一扇舷窗。

「我的天呀！」

瑪雅也跟著她看出外面，頓時嚇得面色鐵青。

那是黃燦燦紅閃閃帶著濃煙的火舌。

外面的機翼著火了！

30

飛機機翼冒火，怎麼看都是死神來了的危急狀況。

這飛機上總共有五個活人，正副機長分別是黑人和白人，巫潔靈是華裔，王琥的血統卻有點神祕，他的面相有華人面孔少見的立體感。

白人副機長由駕駛艙出來，還未開口，巫潔靈已搶著問：「是不是快墜機了？」

寥寥數語，巫潔靈和副機長用英語聊完，便對王琥說：「這架飛機看來是不行了。機長會盡力令飛機保持平飛，我們要盡快跳傘！」

跳傘？

瑪雅和王琥怔怔地盯著巫潔靈，均沒想到這個看來弱不禁風的少女，竟可如此大膽果斷和臨危不亂。

「我學過跳傘。瑪雅，我帶你一起跳吧！」

巫潔靈這麼說的時候，已將頸上的佛珠塞進黑色腰包。她一直都穿著黑色的運動套裝，襟口有某「D」字開頭的商標，正是義大利的時裝名牌。瑪雅仍穿著單薄的藍色病人服，由於高空極爲低溫，兩人需要添加極地禦寒級數的羽絨外套，而機艙裡的衣櫃竟然早有準備。

在副機長協助之下，巫潔靈熟練地穿上跳傘裝備，也幫瑪雅扣上頭盔和安全背帶。

副機長有問過王猇要不要一起跳，但王猇不知何來的自信，竟說他要獨個兒跳傘，腰纏求生背包，就跟在巫潔靈的後面。

正常來說，在一般民航客機上跳傘是難以成功的事，一旦艙門打開，風壓就會將乘客吸出外面，甚至毀掉整架飛機。但這架私人飛機經過特別改裝，機尾的底板可以自動打開，讓穿戴好降落傘的人員滑出外面。

現在，機尾的底板已像滑梯往下打開，氣流像颱風一樣亂竄。

「好，我數到一就滑出去。三、二！」

巫潔靈數到「二」的時候已抱著瑪雅滑出去，兩人一前一後跨開腿坐著，就像一起溜滑梯。根本沒有猶豫的時間，瑪雅已身處在蔚藍色的天際之間，整個人也暈頭轉向地失去重心下墜，彷彿跌落凡間一樣。

哇啊！

瑪雅始終是人生首次跳傘，忍不住尖叫出來，緊張得心臟劇跳。巫潔靈首先打開一個小傘，這樣一來，兩人的臉部擺正方向朝下，接著兩人就像空中陀螺一邊旋轉一邊直落。

「你知道我為甚麼會學跳傘嗎？樊博士贊助我去學的，我就知道他有企圖……不過我也貪玩。」

巫潔靈掌背上戴著的電子錶，可以顯示距離地面的高度。

「嗖」的一聲，大傘急噴而出。

「耶！成功了！」

巫潔靈興奮地喊話。

繼她之後，王猇大約遲了五秒出發。

但因爲她比他先開傘，承受氣流減速的時間較長，所以彼此的位置在相同的垂直空間調換，相距大約三十公尺。

巫潔靈貼著瑪雅的後腦，看著下方的王猇，欣然道：

「總算擺脫他了！」

瑪雅聞言，板著臉問：

「這一切都是早有預謀？」

巫潔靈咭咭一笑道：「我們本來就計畫要跳傘入境。正好順便甩掉那傢伙。」

難怪她從來沒問他有沒有護照……

假冒救護員劫獄、爲求調查而不惜自殺、製造空難意外……瑪雅覺得超級離譜，這個「救世主團隊」根本是一幫瘋子，再這樣下去他也脫不了干係——不過，只有瘋子，才會妄想拯救世界吧？正常人面對殘酷的現實，通常都會選擇屈服。

巫潔靈看著半空迫降的飛機，發出由衷的感歎：

「老闆就是不一樣，看破了紅塵，連三百萬的私人飛機也即用即棄……」

不過她知道私人飛機最後會迫降在海面，這條飛行航線經由機長精心策劃，機翼上的火勢亦在可控範圍之內。再說，那台飛機的雙引擎本就不在機翼上，所以機翼著火也不會是致命的故障。

瑪雅俯瞰著沙漠般的大地風景，背著巫潔靈說話：

「我們這樣下去地面，誰會來救我們？」

巫潔靈心中有數，從容不迫地說：

「我身上綁定ＧＰＳ定位，如果順利的話，他們會在我們落地前找到我們。」

「他們？」

瑪雅才說完這句話不久，頭上已傳來嘈雜的異聲。

兩人扭脖子一看，只見有一架藍色的直升機漸漸逼近，隨即懸停在降落傘的正上方。

直升機放下兩條帶著鎖釦的鋼索。

巫潔靈將鋼索扣在自己和瑪雅身上，接著出現強大拉力，可知直升機裡的人員正在回收鋼索。

她仰臉看著那架像飛船的直升機。

二〇〇八年至今是多少年？

十三年了。

那個似遠還近的男人，帥臉依舊，英氣不減，一身藍色的迷彩軍服，像騎士般單膝跪在艙口旁，向她伸出戴著手套的右手。

「小怨哥。」

巫潔靈默默凝望他一會，才淡然吐出這個昔日的暱稱。

31

二〇〇八年是命運的轉捩點，巫潔靈由秦陵脫險之後，下決心遠走高飛去美國，賴飛雲卻心如堅石要留在中國。

「笨蛋。」

少女不識愁滋味，巫潔靈罵完賴飛雲笨蛋，瀟瀟灑灑就去了美國。這些年來兩人也很少聯絡，但每當回想當年同生共死的驚險經歷，她都有種「青春就該這樣」的感慨。

他的容貌幾乎沒有改變，仍是個雄赳赳的小帥哥……巫潔靈看著當正規軍人的賴飛雲，有點妒他沒怎麼變老。她知道，這是「天使血統」的特質，他這種人除了比正常人長壽一倍，自然衰老也異常緩慢，三十歲的肉體依然處於巔峰的狀態。

「我是奉命來保護妳的。」

久別重逢，賴飛雲劈頭就說這樣的話，沒有熱情打招呼，語氣中也毫無一絲興奮的情感。這傢伙在裝甚麼軍人本色？

「笨蛋。」

巫潔靈脫口而出，見面說的第一句話，居然和她告別時的話一模一樣。

賴飛雲只是怔怔站著，露出尷尬的微笑。

在他背後，還有五個兵哥兒，其中兩人正在合力拉起瑪雅。

巫潔靈在事前聯絡已得知，這架直升機屬於中國空軍，而這些兵哥兒都是派遣出國的特種部隊精兵。多虧了一帶一路的影響力，中國與以色列的外交關係不錯，兩國軍方分享情報，造就了這次聯手打擊恐怖組織「IX」的計畫。

不過，此行的目的是為了尋找約櫃，這件事必須瞞著以色列政府，巫潔靈等人始終無法光明正大入境。於是他們搭上這趟「順風直升機」，藉軍事合作的機會偷渡入境，再直接趕赴耶路撒冷。

「咦……怎麼不見了呢？」

在直升機的內艙裡，巫潔靈左顧右盼，倉倉皇皇繞了個圈子。

她發現紀九歌消失了。

「紀老闆！紀博士！」

巫潔靈中英夾雜亂喊一通，機艙裡的兵哥兒茫然不解，只有瑪雅知道她在尋找紀九歌的靈體。

一波未平，一波又起，巫潔靈自覺心臟不夠大顆，無法再承受變本加厲的突發意外。

唯今之計，就是要向樊系數求救，這時候本來就要向他報平安。

巫潔靈由背包裡拿出平板電腦，插上特別的裝置，順利連接上網，再登入「暗網」與樊系數聯絡。由於直升機很吵，所以她也戴上了有線耳機和耳罩。

螢幕彈出視訊會議的畫面。

「嗨！聽說妳結婚不到一個禮拜，就變成了寡婦……」

樊系數一露臉，便說出令人尷尬的話。

巫潔靈面上一紅，氣沖沖道：

「現在不是開玩笑的時候。這次出狀況了！紀博士跟丟了我，現在不知他飄去了哪兒！」

「妳最後『見』他是甚麼時候？」

「跳傘前。可能是跳傘時跟丟的……他不會飄到外太空了吧？怎麼辦？除了我，好像沒有別人能找到他……」

在巫潔靈的心目中，樊系數一直是團隊的靈魂支柱，沒想到他聽到這個壞消息之後，表情竟一下子崩壞了，顯得極度沮喪。

「七個救世主全員集合，就是聖戰之時……如果無法集合呢？唉，首先，紀九歌變成了靈體，我不知道這情況還算不算集合。加上最近我有點低潮，不禁開始懷疑聖戰到底打不打得成？」

所謂聖戰，就是「IX」對耶路撒冷發動的恐怖襲擊。

如果他們成功殺光救世主團隊，日後啓動病毒滅世的陰謀將會再無後顧之憂。

相反，只要救世主反客爲主將李斯等主腦一網成擒，這一戰就可以將「IX」的勢力連根拔起。

但自從樊系數跟李斯見面之後，他的內心眞的動搖了，開始質疑自己救世的意義。

隔著螢幕，巫潔靈反過來安慰樊系數：

「別擔心……我相信紀博士神通廣大，一定會有辦法到達耶路撒冷。對了，他交託了很重要的情報，我現在就要傳達給你。」

樊系數恢復正常的表情，一副凝神靜聽的模樣。

「他變成靈體之後，又再潛入共濟會總部調查，終於接觸到共濟會的高層元老……」

原來紀九歌令共濟會總部變成凶宅，也是爲了鬧大整件事，期盼引蛇出洞。結果亦一如他所料，成功引來了共濟會的元老級成員到場視察。

「紀博士說，共濟會的組織架構分爲三十三階，分別有不同頭銜。其中統領共濟會的領袖頭銜是『榮譽騎士團長』。這個頭銜等同整個共濟會的會長，地位簡直立於全人類天才菁英的頂點。」

「**騎士團長？共濟會好像和聖殿騎士團有關係噢？這位大人物的眞面目是誰？**」

「我也好奇這位大人物是誰……但紀博士見不到他。紀博士只好向那些高層元老下手，除了打探到通往約櫃所在地的入口，還知道了一個關於約櫃的祕密……」

原來「天眼」這種超能力也不是能爲所欲爲，基本上只是種讀心術，透過直視雙眼來讀取對方霎時的想法。換句話說，紀九歌在盲眼之前，也要利用言語誘導，才能獲取想要的腦電波資訊。

巫潔靈說出紀九歌帶回來的祕密：

「就算我們找到約櫃，也未必可以打開……因爲約櫃是上了鎖的！」

「**上了鎖？**」

「是的，開鎖密碼是一組六位數字。這組神祕的密碼乃是共濟會最高的機密，只有歷任團長才有權知道。到最後，紀博士還是等不到團長出現，而那些元老也眞的對密碼一無所知。」

螢幕畫面呈現樊系數沉思的樣子。

他一邊用手指捏著下巴，一邊接話：

「所以說，紀九歌盡了力，還是查不出那組開鎖的密碼……」

「沒錯。他說已完成了自己的使命，接下來破解密碼這回事，就要交給你囉！你是個眞正的數學家，他相信你一定做得到。」

樊系數卻搔著頭，百般無奈地說：

「六位數字有一百萬種組合啊！毫無提示的話，要我怎麼猜？唉……盡快找到約櫃，我們或許可以不停嘗試各種組合，不過看來不會這麼簡單。」

「當初是誰想出這種爛主意？眞麻煩！」

「好像是神的旨意呢……或者我們看見約櫃的實物，到時候就會有頭緒。」

原來巫潔靈還未說完，忽然轉變話題：

「另外，紀博士還講了一件很驚人的怪事……雖然與我們尋找約櫃的事不相干，但他覺得值得一提。」

「欸？」

耳機傳出樊系數驚呼的聲音。

巫潔靈咬了咬唇，仍覺難以置信地說：

「那個殺手——王虢——居然也有『前世轉生記憶』的面相！」

32

直升機晃了一晃，通訊畫面因爲斷線而定格。

「至於要怎麼找到約櫃……」

當視訊通話恢復正常，巫潔靈正欲透露尋找約櫃的入口，卻瞧見螢幕裡樊系數連眨了三次眼。

巫潔靈機靈過人，立刻會意過來，曉得這是提防隔牆有耳的暗號。由此看來，樊系數根本信不過機上的兵哥兒。

「王猇居然也有前世記憶？他前世是甚麼人？既然紀九歌這麼說，就一定是眞的，憑面相來看出這項靈魂特質的祕術，他也教過我……」

樊系數顧左右而言他，巫潔靈也隻字不提約櫃的事，就這樣留下懸念掛線，留待見面再說。

瑪雅顯然累透了，螺旋槳的聲音這麼吵，他居然也能坐著睡覺。

巫潔靈向賴飛雲打開話匣子，說出王猇要找他報仇雪恥的事。

賴飛雲卻露出比看見她更興奮的神情，目光炯炯地說：「他是我最期待的對手！」

巫潔靈差點就想揍人，心中直罵他武痴成狂。

不久，直升機與地面愈來愈近，旋即在乾旱的平地上著陸。

塵土飛揚的大漠之間，駛來一架綠色的六輪軍用卡車，駕駛員是個中東面孔的年輕女兵，竟懂得說普通話……由於她的美色，一眾特種部隊的兵大哥對她傳令都要強裝冷酷，殊不知巫潔靈在旁看著，洞悉到他們靈魂深處的悸動。

唯獨賴飛雲是眞正不爲美色所惑。

巫潔靈和瑪雅跟著他上車，開車後回頭一看，那台直升機已經升上了晴朗的天際。

沿途多是顚簸的山路，經過一個多小時的車程，時間到了四點半。在冬天的以色列，這時間開始日落，耶路撒冷是繞山而建的石頭城，當車窗映出天際線下夕陽如火的城景，巫潔靈、賴飛雲和瑪雅張目遠眺，都不禁發出感動的讚歎。

這座古老古樸的聖城，沉沒在紅日的暮景裡，最顯眼的圓頂清眞寺金光萬縷閃爍，城牆裡都是連牆接棟的樓房，全城彷彿只有一種顏色，就是渾然天成的石色。

巫潔靈憂心忡忡，暗道：

「倒數六天，這裡就會發生恐怖襲擊嗎？」

軍用卡車往東行駛，駛到了聖城東邊的橄欖山，舉目所見都是墓碑，瀰漫著一種懷古的幽情。

最後，卡車停在「七穹門大酒店」的正門。

樊系數預訂了這間酒店，作爲決戰前的臨時基地。

當巫潔靈、瑪雅和賴飛雲進入餐廳的包廂，眼前是一對穿著燕尾服和禮服洋裝的男女，這兩人就像剛完婚的璧人，坐在長形餐桌的中間位置。

男的，右眼戴著海盜眼罩，是張嫯。

女的，一頭俐落的短髮，是阿紅。

原來兩人假借交響樂團的名義入境，爲了交差，剛剛跟團去了演出，所以才穿得這麼隆重。

幸好巫潔靈先問清楚，才沒有表錯情，說出令人尷尬的賀語。倒是賴飛雲從不過問親姊的感情事，這對姊弟似乎天生都對異性冷感。

闊別多年，巫潔靈和阿紅擁抱之後，樊系數終於現身，蓬鬆飛揚的頭髮依舊是他的特色。

「好了。現在只差紀九歌，我們就是全員到齊！」

事不宜遲，樊系數進入正題，將迷你投影機擺在桌上，在白牆上投射他整理好的筆記，都是來自巫潔靈轉述的重要情報。爲了向紀九歌致敬，簡報的第二頁還置入了紀九歌的黑白遺照。

解說完畢後，樊系數拿出一台儀器在包廂裡來回踱步，人人都看出他是在偵測有無監聽設備。

巫潔靈等他做出「ＯＫ」的手勢，便接話道：

「有關共濟會的祕密，大致上就是這樣。只差一事未說——就是尋找約櫃的途徑。」

這一次，她終於要說出紀九歌最重要的發現。

「和《聖經》的記述一模一樣，約櫃存放在至聖所。共濟會有一首自古相傳的四行詩，原文是英文，我也順便翻譯成中文——」

眾人輪流傳閱她的手機，那首四行詩便是：

那是加百列守護的入口，

其狀如同耶路撒冷的水池。
欲達地下迷宮的至聖所，
必須與弓箭手同行。

巫潔靈嘗試解釋手機上的譯文：

「加百列是大天使，《聖經》和《古蘭經》都有他的故事。根據紀博士的見解，一切恰如字面的意思，我們要找外形像古城耶路撒冷的水池，那裡就是前往約櫃所在地的密道。」

阿紅聞言，面色有點難看。

「又要到地底探險嗎？」

誰都曉得她當年在秦陵受困，伴屍伴了整整一週，儘管事隔十三年，依然留下很大心理陰影。

樊系數卻不知好歹，向阿紅說：

「又到了妳發揮專長的時候！基本上這次就是盜墓，妳就是爲盜墓而生的女人……」

阿紅的面色更難看了。

張獒暗自冒汗，忙不迭扯開話題：

「弓箭手？爲甚麼要與弓箭手同行才能到達至聖所？」

巫潔靈眉頭深鎖。

「我哪知道？可能是有些機關，須要射箭才能過關吧……」

說到弓箭手，很明顯就是張㜺的角色。

樊系數沉吟道：

「這樣的話，你和阿紅必須同一組行動。」

張㜺拍了拍自己的胸口。

「這一點絕對沒問題。我與阿紅註定就是二人一體，自出娘胎以來就是天生一對。」

這番話說得好甜，贏得巫潔靈和樊系數的掌聲。張㜺瞥了瞥阿紅，她卻繃著臉無動於衷，面色比剛剛樊系數得罪她更加難看。

張㜺心碎了，但旁人早已見怪不怪。

用餐之後，眾人倦態畢露。

樊系數唯有結束會議，總結當前的行動目標：

第一道難關是尋找約櫃的入口，即是一個水池，而這個水池和耶路撒冷的形狀非常相似。

第二道難關是破解約櫃的解鎖密碼，這組密碼是一個六位數字。

樊系數很清楚，戰勝這場聖戰的關鍵就在可否趕在「IX」攻城之前突破上述難關。他比誰都心急，很想盡快找到那個水池入口，但這時候最重要還是休息，操之過急只會壞了大事。

「舟車勞頓，大家都累了。今晚好好休息，明天一大早，由我帶團進入古城區調查——保證一生難忘的『尋找約櫃一日團』。」

樊系數對天發誓，他不會辜負紀九歌用命換回來的線索。

33

果然就像旅行團的領隊一樣，樊系數一大早就打來電話。

「五點？有沒有搞錯？」

巫潔靈這十年好像未試過這麼早起床，一打開窗，漆黑中還傳來了鳥鳴聲。當她到達酒店大堂，賴飛雲已在門口佇候，換上了綠色的軍裝，四目交投的時候，以微笑代替說早安。

「快！車子開動了！」

樊系數由外面衝回大堂，向她招手。

這身淺灰色格紋襯衫和墨綠色外套，令樊系數變得老氣橫秋，巫潔靈覺得很不順眼。但她看著軍旅車側鏡中的自己，自問也沒資格批評別人，儘管是時尚名牌推出的運動服，也始終和時髦八竿子扯不上關係。

「我發誓，我拯救世界之後，一定會狂刷信用卡買時裝！再去耶路撒冷拍美照打卡！」

她一邊碎碎唸，一邊跟著上車。

樊系數說，今天分為兩組行動，他們是深入耶路撒冷古城考察的「調查兵團」，阿紅和張嫢則留守酒店，與中國的特種部隊組成「憲兵團」，共同保護瑪雅的安全。

又是昨天的女兵開車，她叫娜塔莉，芳齡二十一歲，是樊系數特地請來的僱傭兵和翻譯員。當巫潔靈覺得別的女人年輕的時候，她就意識到自己老了……青春無價，如果紀九歌的公司推出返老還童療程，她應該也會索取這樣的員工福利。

「妳興奮嗎？要是找到約櫃，妳就會成爲名垂千古的考古學家！」

樊系數說得一臉認眞，巫潔靈卻笑不出來。

「你想我被以色列政府和全球的教徒追殺嗎？」

只要是稍有常識的人都知道，約櫃是猶太教和基督教的聖物，苦尋兩千年尙未重現世上。猶太人都深信，末日降臨前會有幾樣徵兆，其中以色列復國這件事已應驗，餘下的預兆就是約櫃再度打開，以及彌賽亞降臨在耶路撒冷東面的橄欖山上。

由酒店過去古城南邊的錫安門，車程只需十分鐘。

巫潔靈說不出爲甚麼，第一眼看見耶路撒冷城牆時，她竟想起了西安，而西安的城牆卻更大更廣。

是的，耶路撒冷只是座小城，佔地僅有一平方公里，旅客一天內必定可以逛完。用樊系數的說法，就是「香港的米老鼠樂園也比這裡大」。

全城城牆分爲東南西北四面，輪廓像不規則平行四邊形，巫潔靈愈看愈覺得像一塊「斧刃」。

有城牆的地方就代表是昔日駐軍重防之地。在希伯來語中，耶路撒冷有「和平之城」的意思，然而諷刺的是，這裡卻是歷史上發生最多血腥戰役的地點，屠城焚屍的慘事不勝枚舉。

一座山，四個區，八個門。

這句話描述了古城的布局，一座山就是聖殿山，四個區分別是基督教區、猶太區、穆斯林區和亞美尼亞區。此外，耶路撒冷有八個城門，沿城牆的各個方位分布。

巫潔靈第一次踏進古城，心中有股難言的激動。

巷弄縱橫無數，四周磚石嶙峋，處處皆是古蹟。由於時間尚早，很多小店尚未開攤，晨曦中的古城更有一種哀怨肅靜的美。

樊系數徹夜做功課，歸納網上的資料，城內有三個著名的水池，分別是麻雀池、畢士大池和西羅亞池。這天入城，他帶著巫潔靈實地考察，賴飛雲和娜塔莉亦像侍衛般緊隨。

巫潔靈只是半吊子的畢業生，從沒做過正式的考古挖掘工作。但她憑常識也可以判斷，那三個水池方方正正，都是很標準的矩形水池，橫看豎看不可能是四行詩所指的入口。

「唔，果然不會這麼簡單。」

樊系數低頭尋思，顯得失魂落魄。

到了中午，巫潔靈抱怨說受不了，要找間咖啡廳坐下休息。

耶路撒冷的街頭鬧哄哄的，四處都有小販、頑童、全身包覆的黑衣婦女……最矚目的是年輕的男兵和女兵。以色列全民皆兵，連女子都要服兵役，這些長得像洋娃娃的女兵扛著大槍，拖著沉重的軍靴，猶如散步一樣沿街走過，構成了這地區獨特的景致。

「問題是……耶路撒冷有三千年歷史，城牆不停重建，我們到底要對照哪個時期的版圖呢？」

樊系數有的沒的，就會纏著巫潔靈討論。

「我猜是中世紀。不過，中世紀橫跨差不多一千年，這期間十字軍和阿拉伯人鬥得血流成河，城牆變化很大。當初想出這個尋寶遊戲的人眞是混帳，根本就是考慮欠周詳嘛！」

巫潔靈不情不願地抬腿走路。

樊系數看著手錶，心裡沒譜地說：

「這個下午，我們繼續地毯式搜索，不要錯過一磚一瓦！」

一行四人的足跡穿遍四個城區。

「哪有這麼痛苦的地獄旅行團啊！我要退出！」

城內有條著名的苦路，當巫潔靈走完全程，她也眞的苦不堪言。到了四點，將近天黑，她嚷著說就算明天是世界末日，現在也要找間咖啡廳休息。

到了咖啡廳，樊系數坐下來，看著畫滿叉叉的地圖，一個頭兩個大，心情沮喪萬分。

賴飛雲也不是閒著白走，一路觀測之後，也向樊系數提出見解：

「找水池這個方向會不會錯了？」

「此話何解？」

「我想起一位老同學講的故事。這故事是眞人眞事。同學的乾媽是武漢人，在湖邊有幢別墅，就像一間度假屋，他也去過好幾次。大前年他再去拜訪，路是一樣的，肯定沒去錯地方，但找了好久都找不到那幢別墅，也找不到那座湖。就算他用GPS地圖帶路，還是像鬼擋牆一樣……」

乍聽下，樊系數和巫潔靈眞的以爲是個鬼故事。

「照理說，房子和湖都很難消失吧？我同學開始懷疑記憶……就在此時，乾媽終於接電話了，哭著說大前天她回家，忽然看見挖土機在拆她的別墅，連旁邊的湖也被填平了……」

「哦……這不就是強拆嗎？」

賴飛雲不予置評，只是點了點頭。

這樣的故事比魔幻小說更離奇，但不知為甚麼，只要是發生在中國，聽起來就變得相當合理。

「以中國人的效率，三天就可以拆屋填湖，完全不留痕跡。一千年這麼久，就算有甚麼水池，也早已埋到地底深處啦。」

賴飛雲的看法很有見地。

樊系數受到啓發之後，忽然迸出一句話：

「不對！填池之前，一定要先抽水吧？」

巫潔靈和賴飛雲怔怔地看著他。

樊系數喃喃自語：

「除非是故意封住入口，否則工匠發現水池底有密道，又怎會不上報？咦……這裡是聖地，誰又敢動土呢？假如……假如是故意封池的話，就只有一個可能性……」

樊系數想到了甚麼似地，不聲不響站了起來，逕自走向前面的紀念品小店。店外的籃子堆滿手工藝品，五花八門，但他正眼不看，眸光一直向前，瀏覽著直立展示架上的明信片。那些明信片都是賣菜般的通俗款式，彩圖以耶路撒冷的景點和風景照為主。

「我好像找到答案了……答案原來這麼明顯……」

樊系數怔怔看著自己抽出的明信片。

找到答案的同時，他也哭喪著臉，彷彿掉入了絕望的深淵。

因爲他很清楚，那地方是全人類的禁地。

34

當瑪雅真正睡飽，在耶路撒冷醒來，才意識到日子已經是十二月十六日，距離樊系數所說的聖戰，現在只剩五天。

昨天，車子沿著山路爬坡，他定眼看著燈光閃爍的古城，心中泛起了一股天荒地老的感動，彷彿與遙隔兩千年的愛恨相通。

古陌荒阡，橄欖山上，客西馬尼園。

七穹門酒店就在山的高處，瑪雅站在窗邊遠眺，耶路撒冷古城風貌盡收眼底，中間的山麓密布數以萬計的墓碑，多得像一片滔滔橫流的石海。

瑪雅知道，不少墓碑有長達千年的歷史。

對虔誠的猶太教徒來說，人生最大的宏願就是葬在這裡，以亡靈之姿守候彌賽亞的到來。

安吉就在那些恐怖分子的手上，這一年間，瑪雅也不是坐以待斃，曾向這邊的人道組織求救。無奈中東局勢太亂，她的遭遇也不是孤例，每年都有不同國籍的旅客遭到恐怖組織綁架，而各國政府至今仍束手無策。

樊系數預料，「IX」會以安吉作餌，來引瑪雅上鉤。

有危就有機，到時候就是救人的最好機會。

兩年前，瑪雅和安吉本來約好在土耳其會合，然後一同前往耶路撒冷旅行……萬萬想不到，兩人會以這樣的形式來到這片憧憬之地。

哈利路亞——

一大早瑪雅就聽見有人在唱聖詩，聲音彷彿由窗外傳入，但他看了很久都無法確認歌聲源頭。

「頭好痛。」

瑪雅感覺頭痛欲裂，就像有怪蟲在腦子裡左竄右鑽，眼前漸漸模糊，思緒也變得異常紊亂。床頭有樊系數提供的平板電腦，操作界面很獨特，只能開啓預設的通訊軟體。瑪雅只想分心做別的事，一打開瀏覽器，立刻自動進入加密模式。

《華盛頓日報》報導了他遇襲的事，記者採訪了拘留中心的囚犯，新聞片段亦轉載了監視鏡頭的錄影片段。

——疑犯瑪雅・華奎斯正在監獄醫院療養中。

居然連醫生和護士都可串供，捏造虛構的眞相。

直到這一刻，瑪雅不再天眞，終於相信世上有個「深層政府」。

那個叫黑傑克的華裔男人，他的恐懼果然不是空穴來風，遇害原因很明顯是他手上的那些機密資料。每當瑪雅想起此事都感到內疚，後悔當初沒有盡信其言，還把他帶上去那間死亡辦公室。

「唉。連甘迺迪總統都會遇刺身亡，我能撿回小命已是萬幸。」

瑪雅唯有如此安慰自己。

哈利路亞——

是誰在唱歌？

瑪雅頭痛得趴在床上。

三點半，張獒和阿紅來敲門，三人都未吃午餐，便一同前往餐廳，享用此行第一頓地中海料理。主菜之外，小冷盤源源不絕，樣式之多令人眼花繚亂。要不是想到此行的目的，眾人還眞的感覺像在度假。

瑪雅沒甚麼胃口，勉強吃完，擱下刀叉。

「請問你們有沒有頭痛藥？」

阿紅回答一句「我有」，接著就去拿藥。

瑪雅捏著太陽穴，向張獒訴苦：

「原來頭痛是這麼痛苦的。我這輩子第一次頭痛。」

「第一次頭痛？眞的假的？」

張獒只覺得是開玩笑，又或許是英語溝通上的誤會。

再過片刻，阿紅回來，帶來知名藥廠的頭痛藥。瑪雅服藥後隔了半個小時，依然一張苦瓜臉。

「要多久才會見效？」

「給你的是速效配方，應該馬上有效啊……」

比起阿紅，張獒的聲音更加溫柔：「別擔心，這是正常的，麻醉甦醒後會有頭痛的現象。」

置之死地而後生，樊系數妙想天開的劫獄計畫，張嫯和阿紅都是知情的，都很同情強行被拐帶過來的瑪雅。

「你們有聽見有人在唱歌嗎？」

瑪雅突然講出極不尋常的話。

張嫯與阿紅互換一個眼色，才搖頭道：

「阿紅的耳朵超靈，沒有她聽不見的道理。」

「好奇怪……我好像有幻聽。」

瑪雅面色很難看，顯得有點精神錯亂。就在張嫯和阿紅憂心的視線中，瑪雅蹣跚離開，回去客房休息。

阿紅隱隱覺得不妥，叮嚀道：

「向樊領導報告一下吧！天都黑了，不知道他們還在幹嘛？」

時間是下午五點，張嫯打開平板電腦，透過暗網呼叫聯絡。

不久，就收到巫潔靈的回訊，原來他們的調查有了眉目，此時身處以色列國家圖書館，正在翻閱古代耶路撒冷的地圖集。

對於瑪雅異常的狀況，巫潔靈回覆：

不會是患上耶路撒冷綜合症吧？

這是甚麼怪病？

張嫯聞所未聞，正欲上網查資料，巫潔靈已傳來了解釋：

這是至今仍難以解釋的神祕精神疾病，絕大部分患者在到訪耶路撒冷之前，自身都沒有精神病史。一旦發病，會出現幻聽和妄想的徵兆，外國旅客會認爲自己是《聖經》中的人物，又或者呼叫末日來了。

只是水土不服吧？

張嫯在回覆中表達異議。

不像哩。早在中世紀，已有關於此病的文字記錄。這是載入精神病學期刊的著名病例。奇怪的是，這個病只會在猶太教徒和基督教徒身上出現，卻從未出現過穆斯林教徒的患者。

這樣的事匪夷所思，張嫯閱畢巫潔靈分享的網頁，不知是否心理作用，也開始覺得有點頭痛，皮膚也有點癢癢的。

我這邊在忙，圖書館快閉館了。回來再說，請你好好看著瑪雅。

巫潔靈留下這段句子，隨即就離線了。

既然瑪雅說過要小睡片刻，張嫯也不便太早上去打擾，唯有留在酒店大堂把守。等到六點半，阿紅洗了個澡回來，張嫯便跟她一同去敲門。瑪雅的客房在走廊末端，張嫯又敲門又按門鈴，還是無人應答。

「他睡得也太熟了吧！」

張嫯借開，讓阿紅動手。

阿紅根本不用磁卡，三秒之內就開鎖了。

晚風透過紗窗吹入房中。

沒人。

「哈囉！瑪雅？」

張獒猛然回頭，向著阿紅道：

「他去哪兒啦？」

阿紅豎起耳朵傾聽，肯定瑪雅不在房內。

不在餐廳。

不在前庭。

不在後院……

酒店內外，特種部隊隊員個個穿著便衣展開搜索，找遍每個角落，卻四處不見瑪雅的蹤影。

「憲兵團」的職責是保護瑪雅，如今竟犯下最嚴重的錯誤。

這一晚，在安息日的前夕，瑪雅失蹤了。

35

夜空的穹頂鋪滿了璀璨的繁星。

穹頂之下是燈火闌珊的古城圍牆。

樊系數和巫潔靈正站在萬國教堂外面，這個景點毗鄰客西馬尼園，與城內的圓頂清眞寺隔牆相對，正是遠拍清眞寺與城景的最佳地點。

哪怕是深夜，圓頂清眞寺外仍有巡防，兩名穆斯林警員正在站崗。

樊系數收起望遠鏡，由喉頭深處發出深深的嘆息。

「這是上帝的惡作劇嗎？我們要找的入口，偏偏是在那裡……」

他的語氣有股絕望感。

巫潔靈也感同身受，眺望比城牆高出半截的圓頂清眞寺。

這個黃金穹頂成了耶路撒冷最著名的地標，穹頂下是一座八角地基的建築物，四周覆以青藍色系的彩釉陶磚。

此寺是伊斯蘭教三大聖地之一。

寺內有塊巨大的石板，長逾十七公尺，高達一公尺二，自古相傳是穆罕默德夜行登霄時的「登霄石」。

「我也覺得錯不了。應該就是那裡。」

巫潔靈拿出影印的古城舊地圖，這地圖的繪製年分大約在公元七世紀，即是伊斯蘭教創教的世紀。耶路撒冷屢次淪陷，城牆經過多番修建，古時曾有第三道城牆的時候，範圍比現代的城牆更加廣闊。

如果登霄石封住的地方本來是個水池，由水池底往上面看，再與古耶路撒冷的地圖比對，那個形狀和邊長比例就算不是一致，也是非常相似。

答案竟是如此簡單。

聖殿山之名歷史悠久，相傳這裡就是古代聖殿的位置，而穆斯林佔領耶路撒冷之後，就在同址蓋起清眞寺。

讀過歷史的人都曉得，基督教與伊斯蘭教誓不兩立，兩教的千年恩怨亦是由耶路撒冷而起。雖然眞相仍是未解之謎，但如果穆斯林發現聖殿山下藏著約櫃，的確有可能搬石封死密道的入口。

樊系數也上過聖殿山參觀，但因爲他不是穆斯林，所以沒法進入清眞寺這樣的宗教禁地。

就算可以接近登霄石又如何？

那麼巨大的一塊石頭，常人根本不可能搬得開。

「唉，如果我是恐怖分子就好了……就可以將大石炸開。」

聽到樊系數講瘋話，巫潔靈沒好氣地說：

「別傻了。就算你能炸掉登霄石，當你沿密道折返出來，外面可能已有幾百個穆斯林舉起步槍等你。這種事吶，搞不好會掀起宗教大戰呢！」

「除了炸石，還有別的方法嗎？」

「唉。」

巫潔靈也是垂頭喪氣，長長嘆了口氣。

不僅是這件事踢到鐵板，另一件事也相當令人煩惱……

瑪雅已失蹤了一天一夜。

酒店的閉路電視有太多死角，竟拍不到瑪雅離開酒店的路線。更頭痛的是瑪雅乃非法入境者，不可能向以色列警方求助。

「我和阿紅會負全責。」

一人做事一人當，張嫳便和阿紅出外尋人。

日子已到了十二月十七日。

兵分兩路，樊系數繼續帶隊調查，在出發之前，他問了賴飛雲一個很重要的問題：「如果要你在我們和國家之間做取捨，你會選擇哪一邊？」

樊系數早就料到，中國政府的目標也是約櫃。

由他向中方求助的一刻開始，就知道這是一場惡魔的交易。

但他別無選擇。

賴飛雲沉默了半晌，決絕地吐出兩個字：「國家。」

樊系數也開門見山地說：

「好了，接下來的調查，很抱歉我不能讓你參與。」

就這樣，賴飛雲沒跟著來，消失了整整一天。

巫潔靈只感到很可惜。

「紀九歌掛了，瑪雅失蹤，小怨哥又退出了……七減三等於四，我們這樣的團隊還行嗎？」

巫潔靈捫心自問，她也是騎虎難下，才肩負起拯救世界的大任……如果可以選擇，她也不願意蹚這渾水。

她只是隨便問一問，沒想到樊系數聞言，臉上竟出現一陣痛苦的痙攣，然後像洩了氣的皮球跪坐在地。

他露出絕望的目光，如泣如訴：

「坦白說，我也很想放棄。這個世界爛得沒救了，要改變一切，滅世重建也許不失一個辦法。」

「ARE YOU SERIOUS？」

「沒騙妳。這情況等於電腦系統崩潰，RESET才是唯一的正解吧？」

即是說，救世主團隊甚麼都不做，儘管縱容恐怖組織散播病毒，進入達爾文的適者生存模式，再由倖存者來重建美好的新世界。

不過……這樣豈不是見死不救？

不可以這樣的吧……巫潔靈心裡有個聲音吶喊。

要是連領導者也倒下，拯救世界的希望將會更加渺茫。

樊系數依然跪坐地上，身心萬分疲累。

「我辛苦了二十幾年……到底是爲了甚麼而戰？」

巫潔靈深深不忿地問：

「你眞的就要這樣放棄？」

樊系數沒回答，但下巴向下一墜，看來就像是微微點頭。

一陣陣刺骨冷風吹來，彷彿把他整個人吹散。

這個客西馬尼園也是不祥之地，當年主耶穌就是在這裡被捕，迎接絕望而無法改變的厄運。

也許，在上帝或者撒旦的劇本裡，一切結局早就寫好。

巫潔靈不知怎地無名火起，她就是無法接受這種宿命論，哪怕結果到頭來只是失敗收場，她也要當一名命運的反抗者。

在客西馬尼園裡，巫潔靈捋起袖子，揪起了樊系數的衣領，再指著漆黑夜空下的古城。

「辛苦二十幾年算得上甚麼？你看，這些以色列的猶太人顚沛流離兩千年，都沒放棄復國的希望。尋常人不停祈求如願以償，求了一輩子都沒用，早就該對現實低頭了吧？但猶太人從沒放棄，還教他們的子孫堅持下去。」

到底是多麼愚昧的決心，才會代代相傳一個虛無的承諾？

是因爲他們祖先口傳的奇蹟嗎？

「最多猶太人放棄的時候，一定是納粹屠殺當時。那時候，必定有很多猶太人放棄信仰，甚至埋怨他們的上帝……但是，這些公認頭腦精明的猶太人，偏偏抱著近乎妄想的信念。愈絕望、愈受壓迫，才有資格獲得名爲希望的通行證。」

巫潔靈愈說愈激動。

「兩千年，他們都願意等待。就因爲只有這樣做，前人的鮮血才不會白流。不放棄，前人的犧牲才會帶來意義。結果，在第二次世界大戰之後，以色列人眞的復國了！」

這番話當頭棒喝，樊系數一時不能言語。

數獨門相傳兩千年，祖師爺捨身在文革中保住祕籍，余老爹臨終託命……這一切都是爲了同一個使命，任重而道遠。

樊系數又想起年輕時的自己，爲了拯救小蕎的性命，無數個黑夜絞盡腦汁，未到最後一秒也不甘心放棄。

這一次也是一樣。

他也是爲了小蕎而拚命。

自從與瑪雅相遇之後，他就不停思索瑪雅眞正能力之謎——會不會像主耶穌一樣，神力強大到可以令死者復活？

這一切可能只是樊系數的幻想，只要阻止李斯的滅世大計，再救回小蕎，瑪雅的能力也許可以令她甦醒……然後，他和她在浩劫後共度餘生，這就是最美好的結局。

樊系數的目光重燃起光芒。

「問題是……我們還有甚麼辦法？」

出乎他的意料，巫潔靈竟有了靈感，邊比劃邊說：

「四行詩的第一句，你還記得嗎？」

「那是加百列守護的入口……妳是說這一句嗎？」

「我覺得這一句很重要。而我們之前忽視了。」

巫潔靈繼續信口開河：

「穆罕默德夜行登霄，與他同行的天使就是加百列……雖然我從未見過天使，但說不定天使也是靈體，這樣的話我就看得見吧？」

一語驚醒夢中人，樊系數激動得差點咬舌：「妳……妳……突破了盲點！」

「我猜，如果我有辦法進去，我就可以過去登霄石看看……看看會不會碰見加百列？」

話是這麼說沒錯，巫潔靈心裡也是沒譜，這個方案實在異想天開。

但這是唯一的希望，不管如何都要硬幹了。

「妳不是穆斯林，如何可以入寺？」

樊系數問到了痛處。

巫潔靈指著城牆那邊的清眞寺，大言不慚地說：

「當然是直闖！我要由正門直闖進去！」

36

猶太人的安息日由星期五的日落開始，直至星期六的日落結束。對猶太人來說，星期日才是一週的開端，哭牆下方人頭攢動，沿牆都是戴著黑禮帽的朝聖者。

哭牆，正式的名稱是西牆，依聖殿山的西側矗立，一牆之隔就是圓頂清眞寺，無怪乎這方寸之地極具爭議。

在十二月十九日早上七點，樊系數和巫潔靈已在排隊，先是經過哭牆外高懸的天橋，再通過安檢區的檢查，終於抵達了平坦開闊的廣場。娜塔莉因宗教緣故，不便陪兩人上去，只好留在下方靜候佳音。

聖殿山名曰山，也只比行人天橋高一點，所謂山頂都是平整光滑的廣場，高高低低鋪滿石板。晴空藍得發亮，樊系數站在圓頂清眞寺外的空地，盯著眾多駐足在門廊遺跡上的烏鴉。

他只是佯裝面朝那方向，心思卻在清眞寺入口那邊。

此時，巫潔靈已站在清眞寺的入口。她穿著黑色的罩袍，還戴著頭巾，從肩膀到腳包裹得密密實實，整身衣飾就是假冒的穆斯林。雖然她昨晚的措辭是「直闖」，其實也不是眞的要硬來，只不過是由正門進入的意思。

伊斯蘭教重男輕女，巫潔靈要進去是難上加難。可惜就只有她看得見靈體，樊系數無法代替她潛入。

穆斯林警員嚴守門口，長長鬍角如鉤，一副生人勿近的惡相。

當警員問起國籍，巫潔靈撒起謊來毫不眨眼。

「我是印尼人。」

樊系數一邊監視，一邊聆聽耳機傳來的話聲。

遠遠可見，巫潔靈依照警員的吩咐，出示她的護照。假護照上是個印尼常見的姓氏，這樣做也是爲了加強說服力。

一年當中有不少旅客爲求入寺奇計百出，警員火眼金睛在這裡把關，職責就是要趕走非穆斯林的參訪者。

「妳有沒有熟讀《古蘭經》？」

「當然！」

巫潔靈這麼回答的時候，樊系數知道又是謊言。《古蘭經》的原文是阿拉伯語，巫潔靈再聰慧也絕不可能一夜之間熟讀經文。

警員爲了驗證參訪者是否眞爲穆斯林，會抽考經文，要求參訪者即時答覆。

這種事，也在樊系數的預料之中。

當警員問到某段經文的教義，巫潔靈便裝出低頭沉思的模樣。

幸好樊系數所屬的駭客組織中就有穆斯林的夥伴。樊系數在這裡竊聽，也將同樣音訊即時轉傳，憑現時行動網路的網速，遙距音訊幾乎毫無遲滯。如同置身現場，駭客組織的穆斯林朋友在線上說的話，也會即時傳到巫潔靈戴著的無線耳機，頭巾正好遮掩掛在耳上的儀器。

彷彿有個隱形的顧問站在身旁，巫潔靈聽一句，唸一句，根本不明白是甚麼意思。她始終不敢抬頭，盡力掩飾正在作弊的異狀，事實上她的回答很簡短，如無意外也不會露餡。

只見那警員點了點頭，一臉默許之色。

太好了！過關了！

樊系數喜出望外。

在入寺之前，巫潔靈須脫鞋。

就在她彎腰之際，一陣怪風吹起了長裙。

那一刻，警員沒看漏眼。

「掀開裙，給我看看。」

耳機傳來警員用英語講的命令。

在樊系數眼中，那警員發威動怒狠狠瞪著巫潔靈，又直指著她腳踝位置。巫潔靈僵立在那兒，一副求饒的可憐相，還是不得不乖乖掀起長裙。

警員一看之下，接連搖了三次頭。

樊系數隔空低聲問：

「怎麼了？」

耳機傳來巫潔靈懊惱的聲音：

「我小腿上有蝴蝶的紋身。」

百密一疏，巫潔靈忘了這件小事，觸犯了伊斯蘭教的禁忌。

這下子就是完了。

機會僅有一次，失敗了就要離場……當天的開放時間只有三個小時，當值只有一更，那警員記住了巫潔靈的長相，她就不可能再闖關。

「出去。妳不准進去。」

警員像個鐵面判官般逐客，語氣嚴肅得令人畏懼。

樊系數掩著臉嘆息。

眼看巫潔靈就要被趕出去，她居然張大了嘴巴，伸臂指向樊系數這邊。樊系數不明所以，只看見那警員跟著她手指方向回頭，而巫潔靈竟把握刹那的空隙，不管三七二十一，豁勁往寺內狂奔。

警員發現上當，怔住了半秒，隨即馬上追向前面。

一眨眼間，兩人消失在視線裡。

樊系數瞠目結舌，下巴幾乎脫臼掉下來。

「她眞的使出了超必殺技！」

昨晚還熬夜商量應對細節，原來都是多餘的……到頭來迫不得已仍採取了「直闖」行動。

「跑吧！一定要去到登霄石那邊呀！」

樊系數猛冒冷汗之際，暗暗爲她喝采。在她入寺期間，他也不是閒著袖手旁觀，而是拿出手機，開啓通訊軟體搜尋「王萍」這名字。王萍是僞造專家，以她的功力，應該三小時內就可交貨。

「太好了。王萍在線。」

樊系數傳出巫潔靈的證件照，再附上那本印尼假護照的掃描檔。他委託王萍製作巫潔靈的精神病歷記錄，例如「智障證明文件」。要是夠運，在巫潔靈被抓去警局之後，也許很快可以將她保釋出來。

過了六分鐘，門口那邊開始有動靜。

兩名警員押著巫潔靈出來。

樊系數徑直上前，自認是她的旅伴，意圖幫忙解圍。

「我失敗了。」

巫潔靈向樊系數嘀咕，因爲她說的是中文，兩名警員都聽不懂。

「不用怕。只要妳在裡面沒搞破壞，應該不用坐牢。」

巫潔靈搖了搖頭，表示他誤會她的意思。

「我是說——我看不到加百列。登霄石那邊，連個鬼影都沒有。」

樊系數這才恍然大悟。

也就是說，最後的希望也破滅了。

37

十二月十九日，晚上十時。

「登霄石是至聖所的入口，這應該錯不了……難道我忽略了甚麼？」

巫潔靈沐浴的時候，滿腦子仍是這件事。

沐浴間蒸氣氤氳，她已待了二十分鐘，在少雨乾燥的以色列，這樣用水是很缺德的行爲……誰在乎呢？她也許活不過後天，當然要盡量讓自己舒服一點，只可惜回來太晚，錯過了水療按摩的服務時間。

女人的眼淚最好用，巫潔靈聲淚俱下道歉，在警局待了三個小時，只是受到訓誡就獲釋了。

但是，她高興不起來。

當她親眼見過登霄石之後，就知道除非引爆炸藥，否則絕不能將那麼一大塊巨石弄開。

「那是加百列守護的入口……」

這句話的意思很直接，怎麼解讀都不會有別的含義。

巫潔靈親身見證，登霄石那裡沒有任何靈體徘徊，即是說猜錯了，她建議的方法行不通。

那些西方歷史和考古知識，畢業後她都忘得差不多，但現在勝在有網上百科全書，能很快喚醒她的記憶。

《聖經》中曾提及不少天使，但有名字記載的天使就只有兩位——加百列和米迦勒。

下午回程的時候，巫潔靈想起一事，想叫娜塔莉載她去以色列博物館。上網查了查，才知道博物館週日休館，這一趟就去不成了。

巫潔靈會有這個念頭，乃因爲她想起了「加百列啓示石碑」。

死海古卷是考古學上最偉大的發現，這塊石碑也是同期出土的文物。碑文共有八十七行，以希伯來文寫於三呎高的石碑，體裁是啓示文學，預言一場發生在耶路撒冷的聖戰。

「我是誰？我乃加百列。」

由於重複出現這句自問自答的碑文，銘者自稱加百列，故此便有了「加百列啓示石碑」之名。

巫潔靈包覆著浴巾，又再查閱平板電腦上的譯文。

第二十五行開始的譯文，一直在她腦海揮之不去：

天上與地下都是萬軍之神的榮耀！

屬於以色列神明的七戰車，

就在耶路撒冷的城門，

等候著我的三位天使……

她認爲這段譯文有重大的揭示。

「若這塊石碑是眞的，就是說在聖戰之時，加百列會在古城等待，等待的地點有七架戰車……」

巫潔靈就是想不通，戰車就是馬車，但到了這個年代，還哪來的馬車？這幾天，她也算走遍了整座古城，別說是七架馬車，根本連一匹馬也沒碰上。

戰車會不會只是雕像或者石刻？

但她也沒見過類似的東西。

巫潔靈索性自暴自棄，直接在搜尋列輸入「SEVEN」和「CHARIOT」。

「咦！」

第一行出現的搜尋結果，竟然是一張塔羅牌。

羅馬數字「VII」的「戰車」。

塔羅牌的圖像是一個男人立於戰車之上，此男人頭戴冠冕，手持權杖，貌似國王的模樣。拉著戰車的活物並不是兩匹馬，而是左右各一隻斯芬克斯，即是古埃及神話中獅身人臉的怪物。

巫潔靈記得，塔羅牌的歷史可追溯至中世紀，基本的圖像元素早在當時已定形。塔羅牌本來有占卜的用途，卻因爲基督教禁止占卜，在中世紀便以紙牌遊戲的形式流傳至今。

突然，一個念頭如閃電般掠過腦海。

「對了！有可能是這樣！」

巫潔靈茅塞頓開，隨便穿上睡衣，頭髮還在滴水就匆匆衝出門外。樊系數的客房在同一層，但她不斷拍門，也沒人出來應門。

她到處尋人，最後在酒店主棟的二樓發現躺在沙發上的樊系數。這陣子他焦思勞心，今晚累得在公眾的沙發區睡著了。

七穹門酒店有七面宏偉的落地玻璃窗，整排玻璃窗橫貫整層二樓，在這個燈光全熄的夜闌時分，窗外明星晢晢，雲間透出皎皎的月光。

巫潔靈拍醒樊系數。

待樊系數一睜眼，她便衝口而出：

「我想通了！那首四行詩來自哪裡？是共濟會啊！我們從一開始就搞錯了方向！」

樊系數睡眼惺忪地問：

「妳說甚麼？我聽不懂啊……」

巫潔靈氣沖沖又說：

「如果我是加百列，被敵人知道了入口，我絕對會改變等待的地點！哪會笨笨地還在登霄石那裡等？換句話說，我們從一開始就不該盡信共濟會的情報。」

「所以說……」

未待樊系數說完，巫潔靈已搶著說：

「加百列會在聖城的某一處等待！古城區不大，如果有足夠時間，我們應該可以找得到的！」

樊系數本來萬念俱灰，聽到這番話，雙眼陡然亮了一亮。

「只剩一天，我們明天入城，要調查的地點就是之前未去過的地方！」

巫潔靈點了點頭。

她本來一臉欣然，忽然轉為憂色。

「我還想到了一件事……如果加百列石碑的啟示是真的，聖戰將會持續三天，真正的開戰日期應該倒數三天……就是今天了。」

「今天？怎麼會？」

樊系數看著手機螢幕上的時間，再過一個半小時，十二月十九日就要結束了。

就在此時，外面傳來驚心動魄的巨響，嚇了樊系數和巫潔靈一大跳。

兩人湊近落地玻璃窗，遠方半空閃爍著異常的飛行物體。為了看得更清楚，兩人打開二樓的玻璃門出去，奔向外面的瞭望台。這時候，全酒店的警報器一併響了起來，驚醒睡夢中的住客。

那些飛行物體是戰機。

想不到烏鴉嘴靈驗了……巫潔靈面如土色。

一排不計其數的戰機低速掠過，就像飛翼魚在夜空的海洋浮遊一樣，隨著它們完美編排的飛行軌跡，向地面投下一串串燃燒彈。

轟！轟！轟！

撼地搖山的震盪重重深入地底，甚至波及數里。

爆炸聲疊起，綿綿不息，遠處火光彤彤。

樊系數惶恐萬分，結結巴巴地說：

「那個方向是彈藥山，以色列軍隊布防的重地……剛剛飛過的……那是敵國的轟炸機嗎？這次可不是說笑的……」

樊系數失算了，他低估了李斯及其背後的勢力。

在十二月十九日結束之前——

眞正的戰爭爆發！

38

這是戰爭，眞正的戰爭。

中東是近代史上戰事最頻仍的地區。

一九六七年發生的六日戰爭，以色列大獲全勝，成功奪回了聖城。埃及、敘利亞及約旦等阿拉伯聯軍尚未出兵，已被以色列先發制人的空軍擊潰。儘管以色列以弱勝強，卻埋下了復仇的種子，中東糾紛永遠是個死結。

樊系數料想，耶路撒冷即將發生恐怖襲擊的情報，肯定已傳到敵國元首耳中。在這亂世中，敵國的抉擇不是雪中送炭，而是趁火打劫，乘機奪回耶路撒冷。

這是李斯在背後煽惑的陰謀嗎？

樊系數無法斷定，但這個可能性眞的極高。

在吵耳的警報聲中，他帶著巫潔靈回到酒店大堂。

「喂！妳要去哪？」

「我要回房間啊！」

「不行！先留在大堂。」

「你要我穿著睡衣去拯救世界？」

巫潔靈噘著嘴，欲哭無淚。

就在此時，全身黑衣的阿紅和張嫯下來了，兩人背後跟著一大票軍人，都是全副武裝的特種部隊，靴子的踏步聲響遍整條樓梯。

領頭的隊長向樊系數吩咐：

「現在全部人過去防空洞。」

這情況毫無疑問是緊急撤離，畢竟酒店位於山上的高點，很容易成爲空襲目標。

眼見無法回客房更衣，巫潔靈只好繼續穿著睡衣外出，一陣寒風吹得她打了個哆嗦。就在她冷得想哭之際，突然感到肩頭一暖，竟然有人替她披上厚重的軍裝外套。

巫潔靈一側首，賴飛雲已悶不作聲走向前面，本來她想講一聲「謝謝」，到嘴裡卻變成「哼」的一聲。

前方有三架引擎隆隆的軍車，中間那架車的駕駛員是娜塔莉。眼見樊系數在前座伸臂招手，巫潔靈匆匆上車，跟阿紅和張嫯擠進了後座。

阿紅看穿了巫潔靈的心事，柔言道：

「雖然我弟弟不會表達，但這次跟妳重逢，他心裡是高興的。」

「但他只是個愚忠的軍人。」

阿紅只是一笑置之。

軍車急馳之際，外面的天空也沒靜下來。

眼見敵國戰機又展開下一波突擊，遠方炸彈下雨般地灑在大地上，瞄準的是以色列軍方要塞。

兩方空軍開始交戰，空中出現了射彈的火光。

下坡路上，前面是中方駕駛的軍車，後面也是中方駕駛的軍車，樊系數當然曉得是怎麼回事，不由得嘆了口氣。

樊系數憑著術數的本事獲得中共高層的信任，但到現在終於覺醒，這是一筆與虎謀皮的交易。

忽然，阿紅莫名其妙吐出一句話：

「誰得到了約櫃，就會得到全世界。」

等樊系數看過來，阿紅才解釋道：

「這是我偶然聽見的祕密。我懷疑瑪雅的失蹤和那些軍大哥有關，我去偷聽他們的動靜，偶然間聽到這樣的話。」

樊系數沒向中方透露過尋找約櫃的事，所以當他聽見阿紅這麼說，忍不住怔了一怔。

「他們的目的也是約櫃？爲甚麼？」

阿紅聳聳肩。

「我哪知道。我是偷聽的，又不能把他們逐個抓回來拷問。」

樊系數只覺得頭腦好亂，現在這局面根本是各懷鬼胎，但各方的目標似乎都指向了約櫃。中共政府、共濟會、恐怖組織「IX」……究竟約櫃有甚麼魔力，可以惹來世人千古不息地你爭我奪，甚至不惜發動戰爭？

只是宗教的原因嗎？

還是藏著甚麼鮮爲人知的祕密？

以樊系數所知，約櫃裡明明只不過放著兩塊石板。

現在是兵荒馬亂的困境，他們還有可能找到約櫃嗎？

軍車駛下橄欖山的時候，巫潔靈透過車窗瞥見了夜空下的圓頂清眞寺，寺下就是東側的城牆和墳場。那墳場在夜裡閃著微光，忽明忽滅，彷彿成了一片野鬼出沒的冥域。

「這幾天走遍了城內每個角落，反而未去過城牆的外面……」

巫潔靈自語之際，心中陡然一亮，全身倏然一震。

聖殿山的正東方。

那城門。

「就是那裡！」

巫潔靈突然大喊。

這時候，軍車也恰好駛經古城，輪子壓著東側城牆外的馬路。

「八個城門之中，唯獨那個城門我們沒去過！停車！」

就在娜塔莉惘然之際，巫潔靈要求停車。軍車立刻靠邊停好，巫潔靈不由分說跳下車，獨個兒攀過矮欄，闖入了黑沉沉的墓園。

靈體不像肉眼可見的東西，並不會遠遠映入眼簾。巫潔靈一定要親自來到靈體附近，才能感應到靈體呈現出來的幻象，打個比方，她就是一台短距離的靈波接收器。

神祕鐘聲響起，肅穆的寂靜蓋遍了塵寰，巫潔靈拖著涼鞋奔走，穿梭在零散的墓碑之中。

——天上與地下都是萬軍之神的榮耀！

巫潔靈仰首，那個高高在上的城門，正是聖城最古老的城門——

金門。

這是八個城門裡唯一封閉的城門。

——頭戴冠冕，手持權杖。

巫潔靈想起第七號塔羅牌的意象。

根據舊約《以西結書》，末日時彌賽亞會由金門進入聖城。穆斯林也知道這樣的傳說，所以他們用石磚將兩個拱門內內外外封死了。

唯獨金門有雙拱門入口，符合這張塔羅牌的暗示。

古往今來，不管是兩匹馬，抑或是兩頭斯芬克斯，塔羅牌的「戰車」都是一架雙頭戰車。

這時間，這戰況，不可能有人會來這片墓園。

但巫潔靈看見了人影。

蒼涼的石牆底下，那是個陰鬱的人影，身穿異常的白袍，背對著小山坡而立。

巫潔靈站在坡下，喘氣不停，一時竟說不出話。

大地震動，天上的星辰彷彿墜落於地。

那白衣人回身，與她四目交投。

他一頭白髮，藍眼俊顏，身穿長袖及膝的大白袍。

——至聖者的同在，常在此門顯現。

白衣人聲震寰宇：

「妳是誰？我是加百列！」

最後周目

1446 B.C.

阿拉尋找摩西並遇見上帝。
她以為自己回到過去，
實際上是來到下一個時空。

258 B.C.

墮天使利用趙姬作為容器，
千古一帝秦始皇誕生。

206 B.C.

蕭何入咸陽，發現預言書。

~A.D. 30

耶穌受難。

A.D. 380

基督教正式成為羅馬帝國國教。

A.D. 621

阿拉尋找穆罕默德，遇見加百列。

A.D. 638

穆斯林軍隊佔領耶路撒冷。

一〇九九年

大衛王在這裡築起了城牆，
波斯人在這裡建立新聖殿，
羅馬人在這裡鋪設了馬路，
阿拉伯人在這裡蓋起清眞寺……
失去了故鄉的猶太人到處流浪，
只能守望著歷史，世代詠唱……
所謂的聖戰，由三千年前已經開始。
歷史縱橫馳騁，憎恨周而復始，
侵略者、統治者如走馬燈上台，
漫長的聖戰何時才會畫下休止符？

39

「我是加百列。」

彼得最初遇見這個靈體的時候，靈體宣告這個如雷貫耳的名字。

在十字軍東征的路上，他這一介平民，竟遇上了傳說中的天使！這是多麼奇妙的恩典和榮耀！

加百列會選中他作爲信使，主要是因爲他與生俱來的奇能——由懂事以來，他就可以通靈。這並不是值得炫耀的能力，彼得自小成爲別人眼中的異類，漸漸地他學乖了，都將這方面的遭遇深藏心底。

「你們這種人就是上帝的使者。」

加百列的話深深打動了年輕的彼得。

大多數時候彼得只聽得見靈體的聲音。偶爾當他精神異常亢奮，就會「看得見」靈體的眞貌。

只有在獨處時，彼得才敢和加百列對談，否則戰友都會將他當成自言自語的瘋子。

彼得將切碎的嫩肉放入大鍋子裡。

這鍋子有半個成年人的高度，鍋下柴火燒得正旺。彼得在軍裡地位不高，今晚就由他來做煮食的髒活。

這間磚屋是大軍侵佔的居所，位於大軍成功攻陷的城鎮，一個叫馬雷特努曼的地方。

大軍是在兩年半前的夏天出發，如今只剩下一萬多名疲倦的士兵，大部分是像彼得這樣農民出身的壯士。現在是寒冷的冬季，糧倉空空如也，連騎兵的將領都要常常挨餓，能吃上有肉的晚餐簡直是無比奢侈的享受。

上個月，大軍屠殺了將近一萬個異教徒。足足半個月，彼得的雙手幾乎抬不起來，除了砍人砍到手軟，也因為埋屍而手軟。他能估算出死者的數目，乃因為城裡空出來的床位數目，剛好讓軍中每一個人都有床可睡。

彼得看著眼前正在沸騰的鍋湯，向加百列訴苦：

「我犯下這麼嚴重的罪行，殺了那麼多平民……當我拿到贖罪券，所有罪過是否一筆勾銷？」

彼得想起站在聖壇上的主教，當日那位主教巧舌如簧，向大眾說起贖罪券的神妙力量，甚麼全大赦和甚麼限大赦，又甚麼一人得券全家得救，惠及列祖列宗，帶你的親人由煉獄的火焰中出來……這番話實在太動聽了，彼得和其他年輕人一樣，滿腔的熱血有如山林大火，就為了那張全大赦的贖罪券參軍。

「坦白說，贖罪券是騙人的東西。」

彼得聽加百列說出殘酷的真相。

「一切都是假的？那些主教太可惡了！那麼……我會下地獄嗎？」

怒罵之時，彼得面容扭曲，露出極為痛苦的表情，猛然停住了用木棍攪拌肉湯的動作。熬湯的時候，他都會站得很靠近柴火，烘得皮膚通紅，而粗糙的手臂上已留下不少灼傷的疤痕。

「如果我告訴你，死後根本沒有天堂和地獄，你心裡會比較舒服嗎？」

這番話由天使口中說出來，簡直是離經叛道。

彼得錯愕了很久，才抖著聲音說話：

「所以，無論我殺了多少人，我都不會下地獄嗎？」

未待加百列回答，彼得倉促又問：

「這樣的話，我的信仰還有意義嗎？」

磚屋內寂靜了半晌，加百列沙啞的聲音才再度響起：

「唉！不同信仰的信徒總是互相殺戮。但你不能否定信仰的價値。因爲，沒有信仰的國度，人類可以壞得更加徹底和恐怖。」

首先是有了一群人。

有人聚居的地方就會不停繁衍，部落成爲城邦，城邦再成爲國家。當國家成形的時候，一個特權階級必定隨之而生。這個階級爲了保住特權，就會獨佔統治的王座，關鍵就是掌握軍隊這樣的絕對武力，美其名是制止暴亂和保護人民，實際是阻止人民反叛的不二法門。

這是自古皆然的現象，放諸每個時代和每個國度，人類的文明演化到一定程度，物競天擇的勝利者脫穎而出，就會開始壓縮弱勢的下等人。

「爲甚麼要讓邪惡的人存於世上？」

對於彼得的提問，加百列發出傷感的聲音：

「這本來只是一場實驗。我們由一片本來無垢的淨土開始，希望創造一個美麗的新世界……」

結果有沒有成功？

話到嘴邊，彼得即時住嘴，只要看看他自小目睹的人間慘況，種種人性的貪婪和相殘的罪行，誰都曉得這是個醜陋的悲慘世界。

平民無法容許盜賊的強搶剽劫。

但他們竟然忍受統治階層的巧取豪奪。

因爲太多數人都選擇逆來順受，哪怕曾湧出過反抗的勇氣，到最後都只剩兩種悲慘的收場——不是低首爲奴，就是失去了頭顱。

「要操控人民其實很簡單。只要向他們灌輸崇拜的思想，他們就會甘願爲奴爲婢。所有統治者做久了，都會自稱是神明。而只要向整個民族灌輸這樣的思想，奴性就會代代相傳。這套統治法術就是『帝王之術』。」

羊群——這是《聖經》中對世人的比喻。

一個人的基因，伴隨子孫傳承下去。

一個民族的基因，也成了後代難以擺脫的宿命。

彼得需要贖罪券的理由，歸根究柢是厭世，厭倦了受壓迫的日子，只希望死得光榮，在死後的世界有更好的生活。

「如今，聖城受到異教徒的統治……我保證，只要你能夠光復聖城、完成我託付的任務，你的靈魂就會得到眞正的救贖。」

這位名爲加百列的天使，所講的道理顚覆了彼得既有的人生觀，儘管彼此只認識了一個月左右，彼得已經心悅誠服。

經過兩個小時的煎熬，鍋裡的肉也熟得差不多了。

靈魂不用吃東西。

但人有肉體，活著就要進食。

磚屋角落有一副矮小的人類骨架，骨架上纏附著削剩的殘肉，之後這副骨架還可用來熬湯。

彼得呑聲飲泣，就像個自言自語的瘋子，喃喃說著一些懺悔的話。

屋外，不時傳來騎士們的冷笑聲。

40

公元一〇九九年一月，征程重新開始。

自從加百列顯靈，十字軍每一戰都輕易取勝，精準狙擊敵軍的防守漏洞。

彼得贏得了令人艷羨的戰功，成了陣營中的大紅人，名聲更傳到了別的陣營。

「擁有神之視野的男人！」

對著一片讚美聲，彼得歸功於上帝派來的天使，但人人只當成是歌頌上主的謙詞。事實上，加百列在敵營自出自入，這樣的招數根本是作弊級的無敵，等於下棋時有棋神在旁邊指導一樣。

騎兵的團長召見彼得，在亮著燭光的軍營中相見。

「帕英先生，晚上好。」

「別見外啊！你可以直呼我的名字——于格。我允許你這麼做。」

于格是法國貴族，但在彼得眼中，這傢伙是個「愛吹牛的貪錢鬼」。這半年彼得受到賞識，才跟于格混熟，而在此之前，彼得對于格的印象都來自閒言閒語，其他陣營的將領都嘲笑他是「家道中落的下等貴族」。

這夜，于格穿著白色的罩袍，一幅布十字架由衣領縫到下襬。

「彼得，只要我們成功奪回耶路撒冷，消息傳回故鄉，一定會捲起一股朝聖潮！日後，一定會有無數基督徒踏上這條朝覲之路。」

「希望他們不會後悔。這趟旅程會比他們想像的凶險得多。」

「正是如此。你應該想到自己的遭遇了吧？離家遠行需要相當大的開支，旅人都要將大筆錢財帶在身上，這樣豈不是很危險嗎？」

「那也沒辦法吧？」

于格鋪陳這麼久，終於說出重點：

「我要為旅人提供『安心出行』的服務。我們分散兵力，沿途設下一個個據點，只要基督徒將錢存在任何一處，沿途就可憑票據來領錢。除此之外，我們也會擔當旅人的保鑣，酌收保護費。」

彼得想破了頭腦，也必然想不出這樣的商機。

貴族的想法果然和凡人不一樣。

于格這樣做，十字軍在征戰之後解散，反而可以成為一個龐大的組織。

「將來，我要成立一個騎士團。彼得，你是我賞識的人才，到時候我期望你可以加入。」

于格一番花言巧語，就算彼得沒有馬上心動，也默默認同了這樣的發財大計。為了證明不是空口說白話，于格翻開一卷羊皮紙，再交到彼得的手上。

「你看！我連騎士團的徽章都準備好了呢！」

燭光映著于格通紅的臉。

彼得看了看，羊皮紙上的徽章是個奇怪的圖案，兩個男人拿著盾牌，前後挨著對方，騎在同一匹馬上。

「爲甚麼兩個男人要同乘一匹馬？」

彼得很快自問自答：

「哦！我明白了！這是代表他們很貧窮的意思嗎？」

于格卻打了個哈哈，臉上一陣紅潮。

戰場令人變老，沙塵也令皮膚變得粗糙，因此于格看來像個大叔……但只看年齡的話，他仍然是個二十來歲的年輕人。

「不是這樣的……是因爲我深信，世間唯獨男與男之間的情誼才是眞正的高貴、無私和聖潔。有朝一日，我希望創造出一個只有男人的世界。」

羊皮紙上的徽章竟有這樣的深意……

彼得怔怔看著兩男一馬的圖案，眼神蕩漾著異樣的光芒。

于格咳了一聲，忽然以試探的語氣問：

「彼得，你說過，你是爲了全大赦贖罪券而參軍。你如此渴求這張贖罪券，到底是犯了甚麼大罪呢？」

彼得別過了臉，聲音壓得低低的：

「抱歉……這是我的祕密。」

「噢……」

爲了掩飾失態，彼得忙不迭反問：

「你呢？以你尊貴的身分，爲甚麼要上戰場？」

于格目光又變得熾熱起來。

「有幾晚我作夢，在夢中聽到同個聲音——千萬不要加入十字軍！這是以聖戰爲名的掠奪戰爭！」

彼得滿臉困惑之色。

照于格這麼說，他不是不該加入十字軍嗎？爲甚麼背道而馳呢？

于格一邊伸手包住燭光，一邊徐徐解釋：

「看著國家的國勢走下坡，我終於想通了，這種發財的機會千載難逢。以聖戰爲名來掠奪異教徒的財富，眞是一個絕佳的主意啊！就算我不去，別國的騎士都會幹這一票勾當吧？取彼之財，興己之邦，信奉基督的國家富有強大，才能證明神的偉大吧？我們都是神的士兵！」

貴族就是貴族，他們總是懂得把握致富的機會。

彼得一踏出于格的軍營，耳邊就傳來加百列的譏笑聲：「嘿！明明魔鬼沒有出手，人類已經自甘墮落！」

當國家面臨崩潰之時，當權者就會發動戰爭。

不管是利用國教，抑或是利用宗教，都是萬試萬靈的權術，可使壯士視死如歸，馬革裹屍追求殉道的榮耀。

軍隊在紅色十字的旗幟下衝鋒陷陣，他們一邊緊握兵器，一邊吟唱聖詩來激發殺人的勇氣。荒野上有屍體，小路上有屍體，在太陽炙烤的土地上，都是死無葬身之地的屍骸。

公元一〇九九年六月，十字軍遙遙望見了征途的終點。

聖城耶路撒冷！

這是多麼振奮人心的時刻。

一眾男兒泣不成聲。

彼得回想長達三年的苦旅，激動得跪在地上，哭到眼白都紅了。

于格騎著馬，一晃一晃，來到彼得的身邊。

這位滿身盔甲的騎兵長，遙遙指著城牆上閃爍的黃金圓頂，信誓旦旦地說：

「奪回聖城之後，我就要以聖殿山爲根據地，創立名垂不朽的騎士團。騎士團的名字我想好了，就叫——聖殿騎士團！」

41

盛夏，乾熱的風狂吹。

自古以來，朝聖者帶著臨終的心願來到這裡，死後就葬在聖殿山下的山坡。

這是無數靈魂嚮往的墓地，墓園圍繞著耶路撒冷四周，整座城稱得上是墓地之城，地底是枕屍千里的藏骸所。

如今，在十字軍團團包圍的中心點，這座聖城彷彿成了孤立的骷髏堡。

據探子回報，城內兵力少則兩萬，多則四萬，主要是埃及軍隊的駐兵，另有猶太人和穆斯林的民兵。城內的基督徒早已被驅逐出城，這些基督徒當中有人投靠十字軍，告之駐兵已在城外的水井下毒。

加百列說，如果是個英明的領主，這時就不會驅逐基督徒，這個決策將會鑄成大錯。

十字軍的總兵力是一萬兩千名步兵，再加一千兩百名騎兵，分成兩大陣營，分別在城牆的南北紮營。

于格和彼得隸屬北方的陣營，而布永的高佛瑞是這一方的統帥。在決戰前夕的最後會議，于格站在高佛瑞的面前，緊張得連屁也不敢亂放。

高佛瑞是個充滿霸氣的領袖，他按著彼得的肩膀，親切地說：「彼得，謝謝你的奇計，才讓我識破混入軍中的間諜。」

在鄉村的時候，彼得連馬靴有刺的事也不曉得，想不到自己這個月又立功，獲邀參加這麼重要的首腦會議。至今他仍不知道，歷史將會記載他所做的神祕事蹟，卻對他的身分不留任何記錄。

于格瞧著彼得的目光，有種說不出的敬意——多虧了彼得，軍隊才派人過去雅法的河岸，在那邊遇見了乘船而來的熱那亞水手。拆掉了大船，就有了製造攻城武器的木材，當中最重要的攻城塔，更是由彼得親口指導的成品，那絕對是所有人見過最精良的攻城塔。

為甚麼造得出這樣的攻城塔？每當別人問起，彼得都是支吾以對。

會議中，有一名步兵的團長說：

「明天是最後的機會了，再不分出勝負的話，敵方的援軍一趕到，我們就沒戲唱了。」

高佛瑞仰天長笑，面無懼色地說：

「嘿！我們還有退路嗎？」

三年征途，喪師無數，他們跋涉千里而來，就是為了這一場攻城戰。

眾員枕戈待敵，準備在晚間開戰。

于格率眾吆喝而出。

「奉主之命！」

標槍、箭矢、巨石……

空中也出現了飛人，竟是那幾個被抓到的間諜，被捆綁成人肉砲彈，放在投石器上射向城牆，結果當然是活生生摔死。

一開始，攻城並不順利，城牆上噴射而下的希臘火，一一擊退疾衝而上的騎兵。雖說是騎兵，他們都沒有騎馬，因爲他們早已餓得把戰馬吃掉了。希臘火是當代最恐怖的燃燒武器，不少騎兵都全身著火而死。

如此耗了半夜，太陽升起來了。

彼得聽完加百列的密告，立刻轉告高佛瑞：

「弱點是東北角！」

攻城塔如同巨大的木馬般前進，十個士兵合力推著帶木輪的高塔，緩緩接近城牆的東北面。攻城塔總共有四層，高佛瑞身先士卒，站在最高的一層，揮手舞劍指揮大局。

那一處果然是守城軍的盲點，來不及架好希臘火的發射台，攻城塔的橋板已由最上層伸出，直接搭在城牆之上。

塔內眾兵隨著高佛瑞攀登進城。

守城的箭兵由城牆上墜落。

當城門大開的一刻，耶路撒冷就淪陷了。

屠城時間長達三日。

長矛、闊劍、戰鎚……

生命就是如此地脆弱，一擊魂飛魄散。

彼得終於明白，爲甚麼加百列會說驅逐基督徒是大錯，因爲如果基督徒尚在城中，他們就可以成爲肉盾，現在城內清一色是異教徒，十字軍殺起人來不用猶豫。

只有經歷過戰爭的倖存者才知道，戰爭是多麼地殘暴，敗者的下場又是多麼地悲慘。

戰場上，人人都是喋血的魔鬼。

勝利者可以奪走死者的一切。

攻城前，統帥下令：

「活口一個不留！」

彼得也殺紅了眼，追著一大群手無寸鐵的平民，砍下他們的手臂，即使是女人也慘遭毒手。

在廣場上，陌生的騎兵來到彼得面前，腳踏一具無頭死屍，倏地一劍插下，向橫剖腹開肚。當死者的肚子一爆開來，隨著腸子掉出來的東西竟是金燦燦的錢幣！還有沾滿血的紅寶石！

原來猶太人在逃難前吞下金銀財寶，死到臨頭也捨不得放棄財富。

一旦發現了猶太人的祕密，十字軍就像玩尋寶遊戲一樣，開始剖屍和掏出血淋淋的內臟。

求饒的哭聲愈來愈少，呻吟的聲音也漸漸消失，只剩下勝利者大喜若狂的嘲笑聲。

彼得累了，還劍入鞘，撫著地上一具死嬰，不禁慟哭流涕。

滿街，滿巷，都是一堆堆殘缺不全的屍體，既有死不瞑目的頭顱，也有花花搭搭的斷手斷腳。

加百列竟然冷漠地說：

「眞是美妙的景象！」

沿著血路行走，彼得失魂落魄地問：

「假如……沒有攻城塔……十字軍放棄攻城，應該就會撤退，這些人就不會被殺……加百列，我這樣做對嗎？」

加百列的聲音娓娓動聽：

「只要你完成使命，打開傳說中的約櫃，基督就會復活——你的靈魂就會得到眞正的救贖。」

這句話就像萬試萬靈的咒語，令彼得疲累的軀體重現力量。

「神啊！請祢再臨的時候，帶我去樂園……」

彼得想起了《路加福音》的故事，那個在十字架上懺悔的囚犯。

他蹣跚走近噴水池，伸手舀了一把水，沖走臉上的血塊，接著又不停澆水，洗滌身上的血污，就這樣不停洗不停洗……

那一刻，他竟感到愉悅，露出了詭異的笑容。

42

這裡是亞伯拉罕獻祭以撒的山丘，這裡是大衛王爲猶太人建立的國土，這裡是耶穌基督死亡與復活的墓園，這裡是穆罕默德登霄遇見眞主的天堂。

既是至高無上的聖城，也是充滿悲劇的罪惡之城。

神的殿堂、民族的首都、宗教的聖域……

從摩西的族人到古羅馬的王裔，從耶穌門徒到薩拉丁戰士，從中世紀的朝聖者到後世遊客……

在教徒眼中，這裡是最接近上帝的地點。然而在俗世之人眼中，這裡只是一片屢屢破滅又重建的廢墟和遺跡。

「這就是，耶路撒冷，我們選中的最後戰場。」

加百列深沉的聲音，在彼得耳邊徐徐響起。

彼得遵照吩咐，月落烏啼之時，來到了聖殿山上。

屠城後，城內滿布邪惡的氣息。

靈魂會在世上逗留七天才消失，因此在彼得耳邊出現無窮無盡的亡魂之聲，鬧嚷嚷沒完沒了，騷擾得令他的精神崩潰。

天空死寂，山脈鬼哭，星河像血口，暗雲凝固了。

彼得摸黑拐步而行，朝圓頂清眞寺走近。

將城裡敵人一個不留殺乾淨後，戰士們正在安寢酣睡，得到充分的休息，相信這是自征戰以來最甜美的一覺。不久前，王公與僧侶在聖墓教堂裡唱歌和鼓掌，通宵狂歡，那邊的燭光直到半夜才熄滅。

城裡還是有倖存的猶太人和穆斯林，他們都成了俘虜與苦工，被迫收拾殘肢和搬屍。家破人亡，私產盡散，這些可憐的平民只剩下生命，他們眼中流不出淚水，嘴裡也喊不出聲音，只得任由悲傷的命運擺布，對征服者唯命是從。

彼得往山下張望，地面一點點熒燎的紅光，都是焚燒人肉的篝火。

「末了，就將這些勞工全部殺掉。」

高佛瑞這麼說的時候，于格勸告不要這麼做，大膽進言：「我看出當中有人出身名門，留住命，可以換贖金。」

到底人類的邪惡有沒有盡頭？

彼得同流合污，加百列也冷眼旁觀。

今晚，彼得精神異常亢奮，令他看得見靈體現形的模樣。

在他眼中，加百列是個身穿黑衣的高大壯男，擁有一頭美麗的黑色長髮，英明神武，俊美得超乎常理，足以令彼得心旌搖惑。

加百列說過，這座清眞寺所蓋的位置，就是所羅門王聖殿的遺址，這裡藏著通往至聖所的密道入口。

至聖所存放的聖物就是約櫃。

正如其名，約櫃是上帝與以色列人立約之櫃。

「世人都誤以爲這份契約是十誡……哼，有些祕密，的確不可以在《聖經》裡揭露。」

加百列莫測高深地說。

彼得立足寺門之前，已經聞到臭絕無比的血腥味。

「約櫃裡有甚麼？」

加百列毫不隱瞞，緩聲道：

「基督的靈與肉，還有由伊甸園開始傳下來的記憶。」

這個答案令人匪夷所思，超出彼得可以理解的範疇。

與其胡亂猜想，不如眼見爲實……今晚就可以看見傳說中的約櫃。

彼得提著燈，跨過了門檻，踏進了清眞寺。

眼前是擠滿了死靈的暗廊，千千萬萬不計其數，層層疊疊毫無空隙……很多通靈者畢生見過的亡魂總數，恐怕也未及這裡的百分之一。

腳下血水淹上了腳踝。

這樣的事顛覆了彼得的想像，血量多到了成河的程度，原來血液就不會凝固。幾千個死者的血量，溢滿了寺內的地板，假如有地獄，應該也是如此的景象。

滿室血水之中，彼得艱難地舉步前進，緩緩穿過無數怨靈的幻體。

「約櫃是櫃中櫃的結構，在約櫃裡面還有一個小櫃。要打開這個小櫃，就需要一組開鎖密碼。猶太人亡國之後，天使將這組密碼拆開成六個數字，分別交給七間教會保管。」

「七間？爲甚麼不是六間？」

「單是知道數字是沒用的，還要知道數字的順序。第七間教會，就是要保守這樣的祕密。」

「哦！想得眞周到呢。」

加百列的聲音在室內迴盪，只有彼得聽得見：

「這組密碼是六個阿拉伯數字……就是阿拉伯人發明的數字。對你來說，看來都只是一堆陌生的符號吧？那七間教會歷代的領袖應該也是一樣，根本不知道自己保管的符號竟然都是異邦人才看得懂的數字。對了，這七間教會的名字你也聽過的，保羅的書信曾有記載。」

彼得很久沒翻閱《聖經》，但憑著模糊的記憶，他還是想起來了，《新約全書》中提及的七間教會，好像是叫「亞細亞的七教會」。

手上的提燈驅不走無盡的黑暗，照到的牆柱滿滿是血手印。

在黑暗籠罩之中，彼得喃喃吐露心聲：

「我不想當英雄。完成使命之後，我只想盡早歸鄉……」

彼得穿過了拱門的迴廊，情不自禁仰望上方。

哪怕室內只有微弱的燭光，圓頂和繞梁的金飾依然熠熠生輝。

穹頂之下——

如同地板的登霄巨石。

「是這裡了。動手吧！」

早前，在加百列的指示下，彼得在城內挖開一個神龕，獲得一把古老的劍。這時，彼得拔出腰間的佩劍，以獨特的指法握住劍柄，撥弄劍尖向下，刺向覆蓋著整個圓廳的巨石。

一瞬間，奇蹟出現。

巨大的岩石如斑點般碎散，幻化成撒滿半空的粉塵。

彼得目瞪口呆，衷心讚歎神的力量，由天使借著他的雙手來顯現。

哈利路亞！

當他在驚奇中高聲哼唱之際，地板外側的血水洶洶灌向了凹陷處。原來巨石下是個大水池，彷彿是眨眼間發生的事，血水將水池染成了血池。

彼得站在池邊，怔怔凝望著前面，一股震懾人心的壓逼感襲來。

如同幻象的奇景。

血池之上——

飄浮著白髮白衣的男子！

43

寂靜的圓廳裡只有靈魂的回聲。

白髮白衣的俊美男子化爲一團白光，射向血池旁的黑髮男人。

黑髮男人沒入黑暗之中。

旋即，黑暗中有團黑影飛出，大得如同蝙蝠，半空繞過了白色光波。白光一閃之後轉折方向，黑影也變作一個狂飆的光波。

血池之上，金頂之下，白色的光波追逐著黑色的光波。

這一切皆爲幻象，靈魂的激戰帶來巨大的波動，只有靈媒體質的旁觀者才感受到這股震盪。彼得連日來心力交瘁，如今再也承受不住，竟一下昏倒過去，倒在凝滿血泊的地板之上。

「這是老朋友打招呼的方式嗎？」

「你太卑鄙了！冒充我的身分去煽惑人心！」

黑色光波發出低沉的嘲笑聲：

「加百列啊加百列！你還是這麼固執！都已經幾千歲了，你還不明白嗎？歷史已經證明，要用愛來感化世人根本不可行！」

白色光波變回人形，落在迴環門廊那一邊。

這個白髮白衣的男人才是眞正的加百列。

他已在這裡等了一千年，就爲了一個承諾。

看盡耶路撒冷的悲歡離合，加百列一直漠視無情的殺戮，直到公元七世紀的時候，他才察覺到大事不妙，撒旦的勢力已經入侵羅馬教廷。

站在那個歷史點之上，加百列才窺見命運的全貌，於是去了麥加的山洞，找到一個看得見他顯靈的男人——這男人就是創立伊斯蘭教的穆罕默德。

十一年後，加百列帶著穆罕默德，還有超越時空而來的少女阿拉，經過聖殿山下的密道，來到放置約櫃的至聖所。阿拉的任務和來歷，上帝早已交代得一清二楚，加百列肩負的重任就是向她揭示約櫃的所在地，並且讓她看清楚約櫃裡有甚麼東西。

白杖是聖血。

銅盒是聖靈。

當加百列教人打開約櫃的外箱，才發現約櫃裡的銅盒已失竊，白杖裡暗藏的試管亦不翼而飛。

原來在當初所羅門聖殿奠基之時，有一名叫海勒姆的天才石匠，他收到所羅門王的密諭，暗中建造地下密道和宮殿。當地下聖殿接近完工之日，海勒姆害怕自己會被滅口，爲了獲得自由，他竟借助撒旦一方的力量，裝死而逃過了一劫。

撒旦一方最後得到了海勒姆的靈魂，得知前往約櫃的密道和方法。

加百列本來一直把守密道的入口，沒想到在他去找穆罕默德的時候，撒旦一方看準千載難逢的機會，乘虛而入偷走了聖物。

不幸中的大幸，約櫃裡嵌著一個超合金櫃，藏著更為重要的兩塊石板。由於賊人不知道開鎖密碼，所以沒法偷走櫃裡的石板。

既然羅馬統領的基督教日漸腐敗，加百列便讓穆斯林取而代之，以三股宗教勢力之爭，合力守護著聖殿山。在穆斯林佔領的初期，他們亦與猶太人和基督徒和平共處，共享同一個耶路撒冷。

誰也不敢亂動封印密道入口的神聖登霄石。

直到這一刻，受到操縱的十字軍士兵用工布劍破壞了這塊巨石。

這一切，都是撒旦的陰謀——

黑色光波飛到血池的另一邊，在加百列眼前呈現真身。

「到此為止。我們休戰吧！」

黑髮男子全身赤裸，精壯的肌肉刻著蛇的圖騰。

「在精神力的層面上，你與我勢均力敵。這樣鬥下去，我們都會同歸於盡魂飛魄散。」

這三天在耶路撒冷發生的大屠殺，加百列一一看在眼內，感到悲慟萬分。無奈他在城內找不到可以傳話的靈媒，以致讓敵人攻城的奸計得逞。

加百列隔著血池向黑髮男子怒吼：「你絕對罪無可恕！阿撒茲勒，你這忘恩負義的傢伙！」

阿撒茲勒。

簡稱「阿撒」，此乃黑色魂魄本來的名字。

在遙遠的東方大陸，公元前的戰國時代，曾發生一場震撼天地的神魔大戰，天使團隊與撒旦團隊兩敗俱傷，雙方近乎全滅。

如《聖經》所云——

米迦勒同他的使者與龍爭戰，龍也同他的使者去征戰。

大戰的結果足以改寫這個時空的未來。

他捉住那龍，就是古蛇，又叫魔鬼，也叫撒旦，把他捆綁一千年……

最後，米迦勒暗殺了路西法。

路西法死了，但一切尚未終結……

「那東西你們藏在哪裡？」

加百列向阿撒茲勒喝問。

「你有沒有想過，超級病毒的起源——就是由你們帶來這個世界？」

44

清眞寺飾窗漸亮。

加百列想起與路西法邂逅的那個早上，他就像一顆明亮的晨星。

——在希伯來語，「路西法」的發音爲「hay-lale」，意思是黎明的使者〔註〕。

阿撒茲勒對加百列散發出怨恨的情感。

「我也不會原諒你們……明明我們有約定，西方歸你們，東方由我們來管。你們卻全體突襲，暗殺了我的摯友……我們的後代，你們亦要殺得一個不剩。」

「因爲你們的基因太危險了。」

「憎恨周而復始，當初是你們推動這個巨輪的！」

路西法喪命之後，阿撒茲勒繼任成爲撒旦一方的首領。加百列十分清楚，阿撒茲勒暗助十字軍攻入聖城，都是爲了實現路西法的遺願。

加百列義正詞嚴地說：

「你們始終不肯棄置超級病毒，必然會爲這世界帶來無可挽救的浩劫。」

阿撒茲勒語帶不屑地說：

「你錯了。一切都是宿命。我們研究了幾千年了吧？我們這一方的結論就是，超級病毒絕對會出現——只要這個星球一到極限，就會啓動自保的生態防衛，所以病毒是自然的產物。」

個體以至群體的命運皆是由基因決定。

正是此故，在基因剪輯的技術出現之前，他們都不能改寫既定的宿命。他們擁有這方面的知識，無奈欠缺了相關的精密儀器和設備。

在盤古初開的蠻荒之地，哪裡會有供應晶片的廠商？就算他們手上擁有晶片的藍圖，恐怕也要花上好幾千年才造得出來。

「就算你們有這樣的結論，毀掉超級病毒也是百利而無一害吧？別忘了，你們的結論純粹是推測，有可能是錯的。」

這次見面，算是雙方陣營的首腦會談，加百列沒放過說服對方的機會。

阿撒茲勒仍然毫不動搖，斬釘截鐵地說：

「你和我都知道，除了剪輯基因，還有一個方法可以改變命運——這就是病毒。病毒可以改變基因，原理也一樣。我們帶著超級病毒來到這世界，一切可能只是偶然，但這樣的偶然，有可能成爲拯救這個世界的契機。」

加百列也發現了，在最初的時候，他們都以爲歷史循環不息，就像在圓軌上行進的火車，命運

註：hay-lale與「熙來」的粵語近乎一樣，而比起國語，粵語的發音比較接近古漢語。

都會重蹈覆轍……後來他們才發現，原來有辦法稍微改變這個時空的歷史。正因爲拯救世界的方針出現分歧，他們才分裂成兩派，各自爲了理念而戰，甚至不惜以身殉道。

加百列看著眼前的血池，想起阿撒茲勒來這裡的不軌意圖。

「你曾遊說約書亞，要他加入你的計畫，但他拒絕了你……所以你們使出此下策，來奪取他的靈肉嗎？」

「如果當時他答應的話，我們眞的願意奉他爲萬國之主。」

阿撒茲勒與約書亞之間微妙的關係，加百列當然是知道的。就在銅盒失竊的一刻，加百列亦洞悉了撒旦一方眞正的陰謀。

隨著亞細亞的七教會相繼傳出壞消息，最糟糕的情況也終於出現——開啓約櫃內櫃的密碼已洩露了。

這時，阿撒茲勒盯著溢滿的血池，不由得佩服加百列的手段。

「這方法眞絕。」

「當七間教會淪陷的時候，我就知道你們一定會來。」

加百列未雨綢繆，早在清眞寺興建的時候，他已差遣穆斯林灌水，封住這條通往至聖所的地下道。在沒有潛水裝備的時代，要潛入密道是絕不可能的事。哪怕十字軍將會佔領耶路撒冷，他們也不會曉得排水的竅門，只要撐到穆斯林重奪這裡，就能保住約櫃不失。

「哼，你阻撓我們的計畫，又有甚麼意義呢？」

阿撒茲勒繼續嘲諷謾罵：

「你們這伙所謂正義的使者，當初只是需要實驗對象和奴隸，卻沒想過要怎麼收拾爛攤子吧？別忘了，你們的研究員大多數都離開了，對這世界的人類棄之不顧……明明人類已被你們捨棄，爲甚麼不讓我們試試看呢？」

加百列無言以對，只是流露出哀傷的情感。

雖然他的夥伴有一半乘坐太空船離開，但還是有一半選擇了留下來。既然加百列是選擇留下來的那一半，他就要承擔這樣的責任。正如洪水要毀滅世界的時候，他也曾否決過這樣的決定……

阿撒茲勒眼見此行徒勞無功，臨別前留下一句話，在圓廳中迴響：

「我一定會再回來的。」

只屬於黑暗的使者，在曙光乍現的一刻消失。

加百列也知道，阿撒茲勒一定會再回來的。

不是二〇一二年，就是二〇二一年。

爲了守護約櫃，加百列願意再等待千年。

這是他與約書亞之間的承諾。

當七位救世主來到這裡，他就會說出「十字架」代表的眞正意義——

《新約聖經》的原文是古希臘語，「十字架」的用字是「Σταύρωση」，僅指一根直杜或椿子。羅馬人處決罪犯，會叫犯人高舉雙手，再將交疊的雙掌釘在直樁頂端，這才是最殘忍的苦刑。要施刑的話，一根木柱就夠了，這才是省工夫的做法。

是的，眞正的十字架是一條直椿。

只是後世的藝術家誤解了，才畫成十字交叉的形狀。

加百列穿牆過壁，立於聖殿山之上，瞭望各各他山的方向，當時的情景彷彿歷歷在目。

那裡，曾有一個偉大的身影，以鮮血來揹負拯救世人的使命……

術数師

最後周目
A.D. 1187

阿拉伯人領袖薩拉丁重奪耶路撒冷。

A.D. 1259

異教徒將聖物由歐洲帶往南美洲。
羅傑・培根遊説主教出航失敗。

A.D. 1519

西班牙人成功征服阿茲特克帝國，
蘭達奉命尋找失落的聖物。

A.D. 2008

全靠王虓養父駱先生的日記，
賴飛雲和巫潔靈戰勝王虓。

最終決戰
A.D. 2021

當七位救世主齊集耶路撒冷，
就是最終決戰之時！

二〇二一年・最終決戰

上帝創世用了七天，第七天造出了人類，
用亞當的第七根肋骨造出了夏娃。
七這個神祕數字也在中國神話出現，
相傳女媧創世就是用了七天，
在正月初七造出了人……
「七」是個神聖的數字，
也是解開約櫃之鎖的鑰匙。
地下聖殿的深處有一個至聖之所，
這是當初所羅門王與上帝的約定，
藏著寡婦的兒子寧死不說的祕密。
生於蒼穹下，歸於史詩中，
一切一切終於要結束了……

45

聖殿山上的天空，戰機留下白煙的尾跡。

曙光照得滿城蒼白。

這片戰火連綿的大地，枕著多少寒骨和怨魂？

城牆東面有千千萬萬個墓碑，樊系數和巫潔靈身處墓園之中，遠方傳來空襲的警報聲。

「上帝選了這片應許之地，對亞伯拉罕的子孫來說壓根兒就不算是祝福吧？犧牲了無數性命，就是爲了守住約櫃……」

樊系數仰天長嘆之際，也瞟了瞟賴飛雲那邊。中方的特種部隊分散在墓園四周，形成一張保護網——樊系數心中泛起一種插翅難逃的感覺。

這是十二月二十日的早晨，以色列軍和敵軍徹夜互相轟炸，居民都躲在大樓地下室或防空洞。

因爲巫潔靈遇見了加百列，樊系數等人便一同留在戶外。

某程度上，古城也是阿拉伯人重視的聖地，除非發生導彈射歪的意外，否則這裡應該是最安全的地點。

這一夜，加百列藉巫潔靈之口，轉託重任。

出乎眾人的意料，加百列居然會講普通話。原因是近十年中國旅客湧至，聲量很大，加百列聽得多了，久而久之就學會了。

原來登霄石的確是直達至聖所的最短路徑，但因爲撒旦一方知曉了這樣的祕密，加百列不得不封死那個入口，再指使穆斯林另挖新的密道。

巫潔靈模仿加百列的語氣，說道：

「我會親自帶路。」

聽到這個好消息，眾員就知道很有指望找到約櫃。

——**欲達地下迷宮的至聖所，必須與弓箭手同行。**

在至聖所的外面，有個機關需要弓箭手才能通過，昔日加百列會選中穆罕默德，就是因爲他通靈和射箭的本事。

當阿紅和張獒去找弓箭的時候，樊系數極度好奇，把握這個難能可貴的機會，向加百列問了好多問題。巫潔靈百無禁忌，竟坐在某個墓碑的上面，繼續擔當加百列的發言人。約櫃是櫃中櫃的結構，打開內櫃需要密碼，這樣的事也得到了證實。

「加先生知道開鎖的密碼嗎？」

樊系數不想透露加百列的身分，便用了「加先生」這個稱呼。在巫潔靈朱唇欲啓之前，他又叮嚀了一句：「回答我知不知道就好了，千萬不要講出密碼。」兩人對談的時候，他一直避重就輕，唯恐隔牆有耳。

沒想到巫潔靈搖了搖頭。

「原來他也不知道密碼。」

「不知道？怎麼可能。」

「沒騙你唷。本來由七間教會負責保管，哪想到那麼早就全滅了。不過，他說，救世主之中有數學家，他的責任就是要找出答案。」

「數學家？這不就是說我嗎？」

樊系數細想來龍去脈，在七教會淪陷之後，撒旦一方取得了密碼……紀九歌也說過，共濟會的歷任會長即是「榮譽騎士團長」，都要負責保管一組六位數的密碼。

「答案是六個阿拉伯數字……說起來，所羅門王的時代，爲甚麼會有阿拉伯數字呢？」

這彷彿是所羅門王發出的挑戰，激起了樊系數解謎的好勝心。當務之急是要找到約櫃，也許約櫃上的雕刻會有謎面或重要提示。要不然的話，樊系數眞的不知要從何處著手。

早上七時，張嫯和阿紅回來墓園，兩人往市區跑了一趟，應該是發揮了開鎖盜竊的本領，弄來一套競技用的弓箭。以前兩人都曾接受盜墓的訓練，這次又派上用場，很快找齊了必須的裝備。

張嫯雙肩揹著軍用背包，再掛上大弓。

「是不是只有我們三個進去？」

「嗯。我決定在外面留守。」

樊系數說話的時候，瞥了遠處的賴飛雲一眼。

——就在耶路撒冷的城門，等候著我的三位天使。

正如《加百列啓示石碑》的預言，張獒、阿紅和巫潔靈就是加百列要等的使者。七位救世主各司其職，缺一不可，就是爲了打開傳說中的約櫃，利用約櫃裡的石板來喚醒「聖人」的神祕能力。

巫潔靈離開自己坐著的墓碑。

「入口在這裡。」

眾人合力搬開一塊封墓的石板。

石板下果然有條密道，黑漫漫向下延展，通往地底的深處。

樊系數別無選擇，不得不在特種部隊面前披露密道的位置。巫潔靈主動吩咐，就是說得到了加百列的默許。

「妳估計這一趟要去多久？」

樊系數向巫潔靈發問，其實是徵求加百列的答案。

「五個小時……嗚，來回不就是十個小時嗎……嗚，我會盡力的。」

巫潔靈換上棕色軍裝，幸好娜塔莉在車上有備用服，否則巫潔靈眞的要穿睡衣去拯救世界了。

根據加百列的說法，地道裡沒有陷阱，也不會有甚麼怪獸，此行應無太大的凶險。

樊系數拍了拍張獒的肩膀，說道：

「萬事小心。尤其是張獒，你一旦出事，中方就會使出最後的手段，不分敵我一同死光光。」

這一點，眾員在出發前就一清二楚，張獒的右眼是機械眼，只要他心跳停頓，裝置就會啓動，向人造衛星發出定位信號。

軒轅九天斷魂槍——這是中國自主開發的終極武器。如同美國總統的核按鈕手提箱，國家最高領導人一旦核准，人造衛星就會向大氣層投下從未亮相的武器，瞄準張獒身亡的地點。

這件武器的威力有多大，樊系數也不知情，只怪自己入世未深，而張獒又有一顆愛國心，經歷過秦陵那次絕望的慘敗，就向中方求援，答應了軍方提出的條件。

暫別前，樊系數向巫潔靈問了最後一個問題：

「滅世不是撒旦的最終目的……撒旦是要建立一個新世界。我好奇，他們要建立一個怎樣的新世界？」

巫潔靈似乎聽見難以置信的話，令她瞪大了雙眼。

「神經病！簡直是有病！」

聽她罵完這一句，樊系數急不可耐地問：

「答案很驚人嗎？」

巫潔靈雙眼瞇成一線。

「他們要建立一個……只有男人的世界。」

46

瑪雅恢復神智的時候，已來到了曠野。

自從來到耶路撒冷，他的思覺變得迷迷糊糊，一直以爲是夢境，一步一步往前走……到他猛然驚醒，才發現自己剛剛在夢遊，無意間已離開了酒店。

「跟我走。」

是幻聽嗎？瑪雅聽見神祕的男聲。

「你在這裡會有危險。那些中國人連魔鬼也可以利用。我會指引安全的路徑，帶你去尋找你的妻子。」

曠野的黑夜吹來荒涼的風。

瑪雅向著黑暗問話：

「你是誰？」

風中的聲音回答：

「我是魔鬼。你曾經救過我一命。但你不記得了。」

魔鬼？

對方如此坦白，瑪雅反而不怕他。

「你認識我？抱歉，我怎麼不認識你？」

「那種被人類背叛的痛苦回憶，你忘掉了也是好事。我曾問過你要不要成爲萬王之王——我的力量，再加上你的能力，就可以得到全世界。而你，最後選擇了去送死。」

——耶路撒冷綜合症的患者，都會以爲自己是《聖經》人物。

瑪雅疲倦至極，只當是作了個怪夢。

不知是麻醉藥的後遺症，還是時差影響，瑪雅常常打瞌睡。他在野外迷路了，有時走得累了，就躺在橄欖樹下休息。耳邊的神祕聲音說中了他的心事，他的確擔心前世記憶是真有其事，所以才匿跡在荒野中獨處。

夢境和現實交疊，瑪雅漸漸懂得分辨，只要聽得見魔鬼的聲音，就代表他置身在夢境裡。

這個魔鬼會問他很奇怪的問題：

「如果人類終有一天自取滅亡。但科學家給你一台時光機，然後告訴你，你只能回到過去讓人類不存在於這世界上，或者讓人類滅亡的歷史重演一遍……你會怎麼選擇？」

瑪雅想了一想，認眞地回答：

「我會讓人類誕生。當一個人誕生在世上，生命就有了靈魂。就算人類文明會有滅亡的一天，就算地球和太陽徹底消失，每個靈魂也依然存在，會在天堂重遇和團聚。」

「可是，人會犯罪，地獄才會客似雲來。」

「犯罪的人類只要懺悔，還是可以上天堂。哪怕是在黑暗時代，總會有人性的光輝，這樣的光輝格外珍貴。上帝本來要降大洪水滅絕世人，卻因爲看見了善良的諾亞，改變了最殘忍的決定。」

魔鬼又說：

「問題是黑暗往往蓋過了光明。宗教、倫理、嚴刑峻法……我們經過無數的實驗，最後的結果都是失敗，任何制度都抑制不了醜惡的人性。自作聰明的人類一旦掌握力量，他們就會欺壓和剝削同類，到他們凌駕一切的時候，甚至會傲慢得以爲自己就是神明。」

瑪雅繼續爭辯：

「被壓迫的人類終會站起來反抗的。因爲人類終究嚮往光明。」

「你是說革命嗎？在歷史上，成功的革命寥寥可數……」

魔鬼以嘲諷的語氣說下去：

「當軍事科技進步到某個程度，平民的革命更加沒可能成功。何況，你本人不是試過了嗎？像你這樣的革命分子，最後落得甚麼下場？當人類形成了萬惡的特權階級，每個意圖推翻暴政的反抗者，最後都會被折磨至死。最好笑是那些自甘爲奴的民眾，還會站在暴政的那一邊，一同取笑你的死相。」

瑪雅靜思了一會，才徐徐回答：

「你說的也許是事實。歷史不停在重蹈覆轍，但總要有人願意踏出第一步，才能帶領其他人尋找光明。如你所說，人類一旦有了智慧，他們就不再是牲口，智慧的最終形態就是靈性。你可以摧毀一個人的肉體，卻無法湮滅他的靈魂。」

這個答案竟換來魔鬼的嘆息。

「你這樣的人若可以統治世界，將會為世人帶來光明。偏偏你就是沒有野心……權力鬥爭中，勝出的都是卑鄙小人。大衛王、所羅門王……全不是甚麼好東西，甚至邪惡得超越魔鬼的想像。」

這一次的夢與別的不一樣。

魔鬼終於現身。

他是個極為俊美的男人，有一頭美麗的黑色長髮，還有一副精壯結實的栗色胴體，赤裸裸展現在瑪雅眼前。

蛇的圖騰，來自未來和古代的戰士——他自稱是魔鬼，卻長得氣宇軒昂，毫無凶神惡煞之相。

「這是你的夢境，也是即將發生的現實。」

瑪雅一眨眼，就來到了城牆裡面，眼前是凹凸不平的石板路。

看見路牌，他猜出這裡是古城區，只是冷清得極不尋常，街巷裡沒有絲毫人聲。

牆下，有一台救護車，車身上有顆六芒星。

瑪雅邁近，打開了車尾的掀門。

車內有兩張醫療床。

魂牽夢縈的妻子就在床上。

是安吉！

瑪雅激動得熱淚盈眶，也認出了另一張床上的女人，她就是樊系數的妻子。

假如魔鬼不打誑語，這個夢一定會成眞。

忽然，魔鬼說出一個預言：

「在上一個時空的歷史，太空武器降落耶路撒冷，威力就像一顆巨大的隕星，整個地區的所有人都會慘死……而你，也是死者之一。」

這番話像是老朋友的忠告。

「我會死嗎？」

瑪雅彷彿早有預感，露出豁達的笑容。

「命運沒有意外——本來是這樣沒錯。但也許有改變命運的方法，這也是我們努力嘗試的事情。」

魔鬼轉身而去，歸於陰影之中。

「我消失的時候終於到了。我要去完成最後的使命。再見了，我的朋友——」

空靈般的餘音縈繞。

假如我沒有見過太陽，
我也許會忍受黑暗。
可如今，太陽把我的寂寞
照耀得更加荒涼。

瑪雅看著魔鬼孤獨無比的背影，驀然想起這首艾蜜莉．狄金生的短詩。

儘管理念不同，這個魔鬼沒有加害於他，還處處流露出對他的尊重。

「你是誰？至少，讓我知道你的名字。」

魔鬼在化爲幻影之前，喊出一個名字：

「阿撒茲勒！」

47

樊系數寸步不離，守在地道外面。

巫潔靈、阿紅和張獒已進去七個小時。

以色列的天空戰火瀰漫，由中午到日落，樊系數不斷聽見轟炸聲。他親眼見識到全世界最先進的「鐵穹」防空系統，仰望天際，可見火箭砲和導彈縱橫交錯的硝煙。

這就是現代的戰場。

彈指間，一枚導彈，奪走一幢大樓數百條生命。

等待的時間極爲難熬，樊系數在墓園裡踱來踱去，除了推敲解鎖約櫃的密碼，也在思索撒旦的計畫。

地球人口滅絕到五億以下，創造出一個只有男人的新世界……乍聽下是荒天下之大謬的計畫，但樊系數定心一想，居然也有可行的理據。

物種爲了求存，就會盡最大的能力繁衍。

當人口到達某個水平，就會形成國家，而國家會與其他國家戰爭，霸權吞併弱國，這是千古不變的規律。但是，只要人口受限，資源豐富充沛，世人或許眞的可以和平共處。

這樣的事也曾在人類的歷史上發生，中世紀的賤民生活艱苦，黑死病導致人口大減之後，倖存者卻因禍得福，繼承了大片農地。窮人得到翻身的機會，勞力變得珍貴，就不用再受地主和奴隸主的剝削……這是歷史學家公認的美好時光，民生大大改善，歐洲人精神昇華，才有了顛覆性的文藝復興。

所謂只有男人的世界，就是一個「人類絕育計畫」。

由伊甸園的亞當和夏娃開始，罪惡之花盛開，因爲人類最原始的慾望就是要將自己的基因散播開去。

亞里斯多德說過，人類犯罪的三大原因是貧窮、情慾和放肆。

樊系數想起以前上宗教課，老師歌頌大衛王的豐功偉績。到他長大，自己翻閱《聖經》，才發現一國之君黑暗的一面——大衛王垂涎拔示巴的美色，偏偏她是忠臣烏利亞的妻子。大衛王與拔示巴通姦之後，就用詭計謀害了烏利亞，而這一切的罪過皆由情慾而起。

所羅門就是大衛王與拔示巴的兒子。

當然，像大衛王那樣的人物，一定兒女成群。

爲了穩坐王位，所羅門殺害了他的兄弟。

假如所羅門王代表智慧，這樣的智慧就是爲了私利而無惡不作，再將獨攬的權力和財富留傳給後代。

反過來說，如果世上只剩下男人，再賜予這些被選中的男人永生，這種不再追求繁衍的社會形態，眞的有可能將人的靈性昇華到新的境界！

科技繼續發展下去，將會以機械孕母育成嬰兒，便可以限制胚胎的性別。女人的性染色體是「XX」，而男人的性染色體是「XY」，所以一旦有需要，還是可以用兩個男人的基因來製作嬰兒，以此填補人口缺口……

「糟糕！我怎麼認同了敵人的計畫？」

樊系數罵了自己一句，可惜現在兵荒馬亂，無法打電話和哲學系的教授聊聊。

加百列還告訴巫潔靈，現在籠罩全球的疫情只是小兒科，未來將會有更厲害的超級病毒出現。當生化技術進化到某個地步，人類甚至可以透過基因編輯，來製造出只殺女人的變種病毒，以此實現「人類絕育計畫」。

「咦！不對啊！干將莫邪……敵人的核心成員不是有女的嗎？」

樊系數自言自語之際，目光一掠，賴飛雲正緩步走近。

「我和莫邪交過手，雖然她的體型是女人的體型，但我隱隱覺得她可能是個僞娘……」

「甚麼!?」

「我猜，她本來是男人吧！」

想不到眞相如此駭人。

樊系數察覺到更重要的事。

「怪了，隔那麼遠，你怎麼聽得見我的話？」

賴飛雲竟然不打自招：「不只是你的話，剛剛你們的對話，我們都在竊聽。」

樊系數心裡沉了一沉，雙眼直勾勾地看著賴飛雲戴著的耳機。他口中的「你們」和「我們」，豈不就是劃清界線的意思？

「你們到底想怎樣？」

樊系數已有翻臉的打算。

賴飛雲平心靜氣地說：「你說過，一旦發生第三次世界大戰，世界只會剩下兩個國家。對不對？」

「是的。」

「在戰爭中，戰敗國的國民都會相當悲慘，往往淪爲奴隸。這樣的話，我當然要爲自己的國家而戰吧？」

樊系數明白這樣的立場，但他自小接受西式教育，實在無法認同一個獨裁的政權統治全球。獨裁政權可以將國家資源完全集中在軍事方面，利用國教和愛國情操來使軍隊視死如歸。昔日遙不可及的戰爭，如今竟然近在眼前，要是人類迎來第三次世界大戰，這樣也是歷史演變的必然結果，而獨裁政權在戰爭中將會佔有極大的優勢。

樊系數想通這一點，所以不怪賴飛雲，只怪命運讓他成爲軍人。

「我是代表軍方來跟你談判的。我們幫忙收拾恐怖組織『IX』，約櫃跟和氏璧就歸我們所有，你們也等於拯救了世界。如果你同意的話，我們就可以好好合作！」

賴飛雲提出一個似乎是雙贏的方案。

但樊系數明白，只要中方奪得和氏璧，就可以利用來自未來的科技，輕易征服全世界。

這裡是唯一的出口，當阿紅等人拖著疲憊的身軀出來，面對一眾特種部隊，他們的反抗只會是螳臂擋車。

樊系數可以不答應嗎？

就在苦惱的時候，一聲巨響嚇得他怦然一震。

轟隆！

怎麼回事？

近處傳來疑似爆炸的巨響，眾人抬頭望向圓頂清眞寺的方向，那裡竟冒出濃濃的黑煙。

「不會吧……」

樊系數想到了最壞的可能性。

事態極不尋常，特種部隊派出遙控的航拍偵察機，升空飛到那邊，再繞進室內偵測。

爆炸果然在清眞寺內發生。

由航拍機傳送回來的畫面可見——

登霄石被炸開成一個大坑。

48

「甚麼？亞當是世上第一個戴綠帽的男人？」

在幽暗的地道裡，加百列向巫潔靈揭祕，幾乎有問必答，不少眞相讓人極爲震撼，令她聽得一愣一愣的。

巫潔靈對這種八卦很感興趣，口裡唸唸有詞：

「該隱是撒旦之子，難怪他得不到上天的恩寵……他控制不了自己的神力，一時錯手才打死了亞伯……眞可憐的孩子。」

阿紅和張嫯不熟悉《聖經》故事，所以聽得一頭霧水。照明的強光由張嫯額頭射出，他戴著含射燈的頭帶，爲了這趟地下迷宮之旅，背包裡帶備十排行動電源。阿紅憑著聽聲辨形的異能，走在最前方帶路。

一行三人加一個靈體，走了快七個小時，雖然有些窄路要爬上爬下，但大致上沒有甚麼太大的凶險。

地下迷宮比想像中複雜，人工開鑿的地道岔路眾多，看來都是近乎千篇一律的石壁。靈魂之眼就像攝影機的鏡頭，在毫無光源的情況下，加百列也無法接收現實世界的影像。所以就算靈體能穿牆越壁，他也無法探路，指引最正確的路徑。

「有個攻略法可以破解這個迷宮。」

巫潔靈轉述加百列的話。

「只要貼著右邊牆走，就一定可以抵達終點……如果有密門的話，加百列會提醒我們的。」

登霄石那邊的入口是最初的入口，也是通往至聖所的最短捷徑，只需半小時左右的路程。無奈那條密道早已曝光，在加百列諭示之下，穆斯林繞道挖了新的密道，再在完成的密道裡灌水。千年之後，密道的積水已經枯竭，巫潔靈等人摸著乾涸的石壁行走，無法想像這裡昔日是一片像地下水道的地方。

途中經過封頂很高的殿堂，巫潔靈曾看過「國家地理頻道」的紀錄片，片中呈現中世紀騎士團挖建的地下教堂，那種奇觀令人嘖嘖稱奇。到底要挖多久才挖得出這樣的地下空間？如今她親眼所見和親手觸摸，不得不佩服古人的工藝和毅力。

不計休息時間，這條密道比起登霄石下的原路，路程要多出五個小時。巫潔靈纖纖弱質，走得相當費勁，費時便更久了。阿紅和張獒揹著沉重的行囊和大弓，偶爾也要停下來休息。

巫潔靈和加百列之間的對談，顯然相當精彩，滿足了她的胃口。

到了休息的時候，她會和夥伴分享重點：

「在不久的將來，將會出現可怕的超級病毒，地球瀕臨滅亡。加百列和他的夥伴都是人類選出來的菁英，國家派他們乘坐太空船離開地球……」

張獒忍不住插嘴：

「這不就是《INTERSTELLAR》〔註〕的劇情嗎？」

「是的，這部電影也是有根有據的。雖然加百列他們離開，但也不是完全放棄，太空船降落之後，他們希望研究出針對超級病毒的疫苗。可是，超級病毒就像是基因改造的終極化武，連植物都是它的傳播媒介，而且不停變種……加百列他們研究了半個世紀，都是毫無進展，失敗收場。」

巫潔靈瞧著無盡的地道，彷彿遙望著古老的過去。

「正當他們打算放棄，命運卻帶來了契機，他們遇見了路西法……」

「路西法？」

「對。路西法後來就是墮天使的首領。兩幫人在鬧翻之前，他們度過了一段美好的時光。但這些都不是重點，重點是——他們竟發現路西法體內有超級病毒的抗體！加百列借助路西法的基因圖譜，終於成功研發出超級疫苗，更用疫苗救活了路西法的摯友阿撒茲勒。」

這些都是加百列透露的祕密。

儘管是神話一般的扯談，但巫潔靈不得不信。

「可惜，再好的夥伴只要理念不同，都有可能變成敵人。後來，阿撒茲勒誘惑夏娃偷走禁果。所謂禁果，並不是真的果實，而是未來的儲存裝置，儲存容量之大，足以記載包羅萬象的一切知識和科研成果……」

「包羅萬象的一切知識？不就是和氏璧嗎？」

阿紅隨意打岔的話，竟令巫潔靈馬上開悟。

「原來如此！妳說的沒錯，夏娃偷走的蘋果，就是後來的和氏璧！知善惡樹、生命之樹……《歸藏》、《連山》、《周易》……一切都連起來了。」

巫潔靈氣喘吁吁，忽然就不說話了。

張獒覺得胸口鬱悶，偶爾會發出咳聲，滿頭汗水多得異常。

眾人時走時停，這趟地穴冒險也接近尾聲。

牆上刻著的暗號只有加百列可以解讀，他不時會通報位置。

「快到了！前方就是聖殿山的地底。」

巫潔靈高興得掉淚，只是一想到還有回程的路，實在無法笑得出來。

「等等。」

阿紅突然壓低聲音，叫停了眾人。

「前方有動靜。」

張獒用手掩住照明燈，和巫潔靈屏息凝氣，只透過微弱的光線細看阿紅緊繃的表情。

隔了十來秒，阿紅回頭說悄悄話：

「前面好像有人。」

註：台譯《星際效應》。

巫潔靈光張著嘴，只有她聽得見加百列的呼喊：「怎麼可能？難道……有人破壞了登霄石？」

這麼狂妄的事只有恐怖分子做得出來——巫潔靈立刻想到「IX」，那伙人真的就是恐怖分子。

阿紅閉目，聚精會神，仍在傾聽黑暗中的動靜。

十秒。

二十秒。

銀光一掠，阿紅向黑暗擲出刀片。

一秒。

兩秒。

黑暗中的遠處發出了慘叫聲。

49

儘管只是螢幕上曇花一現的影像，樊系數還是看得一清二楚，登霄石爆開之後，露出底下人工開鑿的大坑，坑裡的密道入口封印千年，終於重現世人眼前。

接著，畫面一黑。

「航拍機墜毀了。剛剛有槍聲。」

阿兵哥面色一沉。

這支特種部隊屬於一個中隊，一共十二人，這一刻都在軍車旁集合。

「不妙！」

樊系數向賴飛雲結結巴巴道：

「敵人闖進了地道……阿紅他們會有危險……小賴，你快去救他們！」

這件事就算他不說，賴飛雲也想得到。難就難在他不可違背軍人的身分，無法在危急之際離隊，自作主張行動。

指揮官是個中年兵哥，樊系數的話也傳入他耳中，但此人就是無動於衷。對他來說，大局是戰勝恐怖分子和奪取戰利品，因爲救人而涉險這樣的事，根本就不在他的考慮之內。

「小賴，就只有你能救他們！」

面對樊系數的求助，賴飛雲只是咬著唇，仰望晚霞的方向，沒回答半句話。

一名手持望遠鏡的阿兵哥通報：

「橄欖山上有埋伏。」

指揮官如臨大敵，隨即下令：

「作戰開始。我們準備突襲，攻下制高點。」

部隊沒有就此放過樊系數，留下了兩名成員。樊系數心裡是雪亮的，甚麼保護自己都是狗屁理由，這兩個阿兵哥擺明是盯人的爪牙。

樊系數看著整裝待發的軍人，又看著指揮官，怒火中燒地說：「張獒不能死的！他一死，就會發動終極武器！這件事你應該知道吧？」

指揮官卻冷冷地說：

「到時候我們會來得及撤退。」

這番話說得明明白白，樊系數也終於看破，原來救世主團隊的利用價值只是誘餌，等到恐怖分子要員齊集一地，軍方就可以一擊殲滅所有人……到時候，責任也是由他們這些死者扛，世上尚知道和氏璧祕密的情報機關，毫無疑問就只剩中方。

樊系數萬念俱灰，向賴飛雲再問一次：

「你要對夥伴見死不救嗎？」

這番話沒有奏效。

賴飛雲頭也不回向前邁步，繼續追隨大隊的行動。

一切都變了。他已不是當年滿腔熱血的少年。

早前得知賴飛雲滿腦子黨意識，樊系數已失望透頂，如今這名劍士鐵石心腸，變成一個只懂服從軍令的機械人……這個曾共患難的故友，既教樊系數感到陌生，又感到痛心疾首。

蒼天之下，只剩下自己孤身奮戰。

「唉——死就死吧！」

樊系數喊完這一句，竟然拔腿就跑，擺脫盯著他的兩名阿兵哥，奮力朝古城方向狂奔。

阿兵哥在後面大聲吆喝，樊系數只跑得更快，這麼亂來的奇招，竟然令阿兵哥遲疑了片刻才從後追趕。

繞過城牆、繞過馬路……

眼前就是糞廠門，這裡是最接近哭牆的入口。

樊系數只回頭看了一眼，兩名阿兵哥來勢洶洶。

儘管他這幾年一直苦練長跑，但絕對比不過特種部隊的體能，恐怕他未跑到哭牆那邊，阿兵哥已迎頭趕上。樊系數這樣逃跑只是一時衝動，根本沒計算過後果，但反正左右都是一死，他賭命反抗也不要坐以待斃。

就算只剩自己一個，他也寧死不屈！

越過城門後的停車區，就是通往哭牆的檢查站閘口，整段路也只不過是一百多公尺的距離。

黑夜降臨。

哭牆之下，愁雲慘霧。

樊系數精疲力竭，上氣不接下氣，來到哭牆那邊的廣場，竟看見詭異光景。牆下密密麻麻坐滿了人，既有猶太人，也有穆斯林和外國人……這時竟像羔羊般混成一團，瑟瑟蹲坐，哭喪著臉。

——這些人是戰爭的難民嗎？

砰、砰、砰！

三下驚心動魄的槍聲。

樊系數一回頭，才發覺剛剛追著自己的阿兵哥已垂軟身子臥地不起。本來還不知那兩名兵大哥是生是死，直到半空擲下的東西當場爆炸，霹靂般的閃焰熏天而起，炸得肉塊紛飛，那兩名兵大哥肯定就是死定了。

那是手榴彈發射槍。

樊系數仰望上方，看著這件先進的殺人武器，來自一個疑似游擊隊成員的手上。

此人戴著黑色頭罩，站在階梯上面埋伏。他身旁的人同樣戴著黑頭罩，上身套著全黑的軍服和防彈衣，下身則是迷彩軍褲。

至少有二十個像他一樣打扮的惡徒立足於廣場之上巡邏，眼神裡都有股煞氣。這些人的突擊步槍有一副機械骨架，科幻感十足，就像未來戰士會用的武器。

樊系數一目了然，這伙人是恐怖分子，而牆下這些平民都是他們抓來的人質。

有幾個槍口瞄著自己，樊系數嚇得不敢亂動。

城內出了亂子，他還像個傻瓜一樣，不識好歹闖進來送死。

樊系數沒有反抗，遵循對方的手勢移步。

瞥眼間，在那堆人質之中他發現了瑪雅的蹤影。

——爲甚麼瑪雅來了這裡？

這疑問才冒出來，樊系數就感到一股寒毛直豎的壓迫感。

那一排恐怖分子當中，有個穿著黑色雲紋罩袍的異士。這個異士戴著的竟是鳥嘴面罩，一副中世紀瘟疫醫生的怪相。他一步一步朝樊系數走近，先是撥開兜帽，然後解下面罩，露出一對充滿邪氣的眼睛。

「我就知道你會自投羅網。」

這聲音喚醒樊系數內心深處的恐懼。

露臉者正是恐怖分子的頭目——

李斯！

站在他旁邊的男人也扯開了頭罩，那張臉屬於一個叫王翦的男人，此人武藝高強，負責擔當李斯的近身護衛。王翦右手套著很特別的臂刀，排滿鋸齒般的利刃，就像鯊魚的嘴巴一樣。

王翦用鋒利的刀尖抵住樊系數的下巴。

樊系數只好舉起雙手投降。

50

蕭刀門的刀就是飛刀。

阿紅的飛刀又快又準，還塗上了麻醉藥——這種由美國創世紀集團開發的麻醉藥，可以令人即時昏迷十個小時。

兩塊刀片，兩個敵人受傷倒地。

這樣的絕技，再加上阿紅的異能，她在黑暗中簡直就是無敵。張獒本來以爲會有一番槍戰，沒想到掩護巫潔靈的工夫都是白做了。

等到阿紅確定再無伏兵，張獒一邊持槍戒備，一邊貼壁前進。燈光直照的範圍之中，出現兩個橫臥昏迷的男人，都穿著黑色的軍服。張獒就像驗屍一樣，跪下來檢查他們的隨身裝備，攔截者防彈衣、內建耳機的頭盔、紅外線影像裝置、FX-05火蛇突擊步槍……

「不得了呢！好先進的裝備。」

張獒曾受邀擔當解放軍的槍法教官，因此也見識過新世代的軍備。他慶幸剛剛阿紅先發制人，否則一旦狹路交火，槍法就比不過槍械的殺傷性能。

巫潔靈瞧見敵人的肩章，立刻認出是「IX」的徽號。

「眞的是炸石進來的……這伙人不怕得罪全世界，果然都是瘋子！」

她話音未落，隨即又傳達加百列的說話：「敵人會朝這方向走，就是說他們迷路了，不清楚至聖所的確實地點……我們快走！由這裡到至聖所已進入最後衝刺的距離！」

阿紅聞言，立刻急奔，在前面探路。

巫潔靈和張獒竭力跟在後面。

哪怕會再遇上敵人，他們也不得不勇往直前，寧願冒險賭一把，也絕不可讓敵人捷足先登。

地道高高低低起伏不平，有的地方只能彎腰通過，有的流淌著淹及腳踝的積水。

沒想到是張獒先叫停大家，放慢腳步喘一喘氣。

「張大哥，你沒事吧？」

「沒事。我只是有點熱。」

巫潔靈看著張獒不停抹汗，心想他揹著那麼重的大背包，比較累也是無可厚非。巫潔靈回頭，望向前面，發覺阿紅也會用擔憂的眼神默默看著後方的張獒。

眾人昨夜根本沒睡，如此在地底緊張兮兮走了半天，彷彿連最後的力氣都要耗盡了……這地下的宮殿，根本就是西方版的秦陵！

到最後一段路，巫潔靈和張獒都不行了，不得不放緩腳步。

加百列是飄浮的靈體，沒有體力不支的煩惱，頗令凡人羨慕。這大半天，巫潔靈要問的事也問了，倒是好奇這位天使的心路歷程。

「加百列……你在同一個地方等了兩千年，不會覺得很悶嗎？」

巫潔靈實在無法想像，縱使擁有永生，但要活上兩千年，這是何等寂寞的一件事？國破城傾，星亮星滅，一個王朝又一個王朝，見盡了人性的善與惡，世間的愛與恨，還有血流成河的慘烈戰禍……這位大天使就像個安靜的觀眾，以靈魂的鏡頭捕捉塵世的光影。

「為了一個承諾，我願意等待。」

加百列的聲音響徹巫潔靈的腦海。

「人類的誕生是個偶然的錯誤。我們給世人自由的意志，也給他們選擇的機會。人有了智慧，就會利慾薰心，黑暗的時代彷彿永無止境。從善如登，從惡如崩，大多數人自甘墮落，就算有些人比較善良，也甘心為奴，淪為怯弱平庸的罪人……到頭來，我們只證明了人類都是罪惡的奴隸。」

人類在宇宙中誕生，原來只是個錯誤？

巫潔靈毫不避忌地問：

「因此……神才捨棄了我們嗎？」

加百列曾說過，他們的身分等同「外星人」，只是為了逃難才來到這個星球。但當他們成功研發了疫苗，又為太空之旅做好準備，便決定升空逆航，回去他們真正所屬的時空。

這一刻，加百列才交代之前沒說的眞相：「本來我們應該全員離開，就這樣丟下一切，讓這星球的人自生自滅……可是我們之中有一位成員說出一番感人肺腑的話，改變了一半天使的想法……」

巫潔靈忙不迭問：「他說了甚麼？」

「就算是奴隸和罪人，為了他們，我也願意奉獻自己的生命。直到那一刻，我們才領會曉悟這種高尚的精神才是眞正的神性……就算生命永恆，就算可以創造萬物，這樣也不算是神。因此，我們決定追隨祂，爲拯救這個時空的人類而努力。」

就是這原因，一半的天使才留了下來。

巫潔靈心裡有股難言的感動。

「你所說的……難道是……」

加百列的聲音莊嚴而慈祥：

「祂在凡間的名字叫約書亞，也就是世人稱頌的基督。祂降生爲人的意義，就是爲了世人而犧牲——」

在那遙遠而古老的星空下，加百列來到伯利恆，默默看著祂以人類之姿成長，再陪伴祂闖入耶路撒冷……祂說過，只有誕生爲人，與貧苦的大眾同休共戚，才會明白每個人活著的意義。

——**就算人類的誕生是個錯誤，他也要證明是個美麗的錯誤。**

約櫃就是靈柩，在入寢之前，祂向天使交託了一切，以加百列和米迦勒爲首，展開一項拯救人類的計畫。

千年的使命，就是爲了傳承重要的記憶。

一切終於要結束了。

兩千年的苦候，到了盡頭。

眾人停下腳步，因爲眼前地面斷裂，竟有一個如同深淵的大洞。目光瞧向深淵下面，看不見底，連強光燈也照不到盡頭。

最奇特之處是深淵上方有個圓頂，圓頂的弧度和斷裂的地面一樣，沿崖石柱間隔排列，形成一個個拱門似的大窟窿，令人聯想到黃金圓頂之下的門廊。

巫潔靈向張嫯借來強光燈，伸手照向上方，一道光束往環壁上打圈，然後停在一個乍看下無甚特別的位置，直到細看才會發現異物。

「現在我照著的地方，那裡有塊圓蓋，你看見了嗎？環壁上像這樣的圓蓋，總共有十二個。」

張嫯搭弩張弓，由箭筒取箭，逐一射向那些圓蓋。

他的箭藝是國家代表隊的水平。

每射破一個圓蓋，就會有水噴湧而出，妙的是隨著破口擴散，水勢也愈來愈大，到後來簡直是急流直下。

漸漸，環壁變成了一片瀑布，撒出瀲灩的靈氣，傾瀉湧落深淵之底。

一座白色的龐然大物慢慢浮上來。

巫潔靈由心底裡發出驚歎：

「這就是……傳說中的至聖所！」

當水位升到某個高度，如同聖殿的龐然大物呈現眞貌——

聖中之聖，朝見神明的聖所——

那是一艘圓形的太空船！

51

哭牆下，六百多名人質在寒夜中瑟瑟發抖，那些驚恐、無助和疲倦的面孔，都像來自幽靈古堡裡的蠟像。母親把孩子死命摟在懷裡，孩子臉上都掛著泫泫的淚珠，而在孩子面前，恐怖分子帶著槍凶巴巴地巡邏。

自從有人在這裡群居，戰爭一直纏繞著這座古城，千年以前受詛咒的士兵彷彿陰魂重生，換掉刀弓劍矛，帶著衝鋒槍重臨。

整片城區已被「IX」佔領，儘管聖城的以色列駐兵仍在負隅頑抗，實際上全城三萬多人口都已受到劫持。

樊系數一開始受縛，內心曾充滿了懼意，但他很快鎮定下來，因爲這是命運的使命，他就是爲了結束這場戰爭而來。苦在恐怖分子沒收了所有通訊設備，令他沒有辦法向外界求援。

廣場石地坐滿各種衣著的人，黑的白的，基帕或波卡……這些人祈禱的祈禱，誦經的誦經，都在向獨一無二的神明求救。

當戰亂成爲常態，在這片土地出生的人民彷彿習慣了槍聲，習慣衝突，習慣了流血和死亡……生靈塗炭就是他們的宿命。

這是一個燃燒的夜晚，彈殼就是星雨。

駁火的槍聲，爆炸的轟鳴，交織成恐怖的交響樂。

瓦礫之上，飄散著死亡的氣息，彷彿處處都在槍火的射程內。

「恐怖分子脅持人質，又佔據著聖城，以色列就不會射導彈過來吧？」

樊系數心想，這群武裝戰士並不是純粹的瘋子，有李斯當他們的參謀，再加上和阿拉伯聯軍合作，真的有可能成功侵略以色列。

「真糟糕！李斯帶兵來這裡搶約櫃……就算阿紅順利出來，恐怕也會遭受埋伏……唯一的希望就是看看她能不能帶著瑪雅逃亡。」

這麼想的時候，樊系數偷瞄了人群裡的瑪雅一眼。沒想到瑪雅發現了他的目光，居然不怕死似地，就像個在講堂裡蹺課的學生，矮著身過來樊系數這邊。

好大膽！樊系數擔心出事，望向李斯那邊，看不出這個戴著鳥嘴面罩的傢伙到底有沒有發現。

瑪雅竟穿著純白色的病人袍，這是他在救護車上更換的衣服。當他來到樊系數身邊，便說出好消息：「恐怖分子釋放了我們的太太。在救護車裡，她們都安然無恙，身體狀況正常，只是被灌了迷藥，還未醒過來。」

樊系數激動之際，也怔怔地問：

「你這幾天去了哪裡？」

瑪雅一臉迷糊地說：

「我也不曉得……我分不清楚現實和夢境。我斷食了好幾天，今天才吃了一點東西。」

樊系數心中有無數疑問，卻又不知從何問起。

瑪雅忽然指著李斯所在的方向，低聲問道：

「那個鳥嘴人——他是『IX』的首腦嗎？剛剛他站在救護車外面等我。他和我交換條件，只要我乖乖來這裡當人質，他就會叫人將救護車駛到安全的醫院，遠離這個戰區。」

樊系數腦裡思緒亂轉，實在想不透李斯的意圖。

只要救世主中的聖人一死，他們不是就贏了嗎？明明只要開槍，就可以立刻解決瑪雅，但李斯卻故意饒命，顯然是另有所圖。就像現在，李斯看來也是隻眼開隻眼閉，放任瑪雅自由走動。

驀然間，樊系數聯想到在秦陵發生的事。

當時，李斯拿著沾著秦始皇鮮血的刀，說死在此刀之下的人永不超生，靈魂將會完全消失……為甚麼秦始皇的血如此特別？

「在未來，世界將會出現超級病毒，滅絕世上九成半的人口。因超級病毒而死的人類，其靈體亦會受到破壞，徹徹底底消失。」

不久前，加百列透過巫潔靈透露超級病毒的情報。這位大天使亦說到，他以前尚有肉身的時候，也是一個有「陰陽眼」的靈媒，曾目睹因超級病毒而死的患者，因此才發現這種有違靈魂常規的現象。

樊系數心中一凜。

要保存病毒，唯一的方法就是冷藏，而這樣的事在古代難以實現……除非曾有「外星人」帶來超越時代的冷凍裝置……

冰棺！

當年冷凍秦始皇的裝置，就有可能做到這一點。

模糊的念頭終於成形，樊系數靈光一閃，哪怕大敵當前，他也情不自禁地叫出一聲「啊呵」。

彷彿眨眼發生的事，李斯已近在眼前，還脫下了掛在鳥嘴上的眼罩，露出充滿邪氣的雙眼。

樊系數瞪著李斯。

「秦始皇呢？他人在哪裡？」

李斯冷眼凝視，不屑地說：

「你現在是人質，哪來的膽子問我？不過，如果我告訴你，我們的計畫失敗了，秦始皇最終無法復活——你會相信嗎？」

樊系數感到難以置信。

「失敗了？」

「嘿。」

李斯三緘其口，老謀深算的模樣，眞的令人無從捉摸，看不穿他葫蘆裡賣甚麼藥。

樊系數直接說出剛剛想出來的答案：

「秦始皇……是超級病毒的載體嗎？」

這一次，李斯竟然微微一怔，然後直言不諱：

「可惜你知道得太晚了。」

與此同時，廣場上有個老人發出駭人的咳聲。

恐怖分子竟沒有走過去，只是袖手旁觀。

那個老人狂咳不停，臉上肌肉抽搐，隨即吐出一口鮮血，血花噴向周圍的人。

難怪恐怖分子全員都戴著防毒面具，原來他們這麼做的目的，就是爲了防範病毒——

一種眞正屬於終極武器級數的病毒。

「發作了……來不及了……」

樊系數以坐著的姿勢摔倒在地。

病毒由潛伏期到發作，並不是一時三刻的事。

可想而知，病毒早已開始散播，現在要阻止也爲時已晚。

「在超級病毒的基礎之上，我們可以任意改造核酸分子，連潛伏期都可以自訂。別說是當今世代，就算再過一百年，人類也做不出救命的疫苗！」

以耶路撒冷爲起點，超級病毒將會擴散到全世界。

用病毒這方法來決定誰能存活，死神面前人人平等，正是對世人最公平的「審判」。

李斯以狂妄的口吻宣告：

「先滅世界，涅槃重生！」

52

聖殿山下，地底深處。

遙遙三千年，無數人類捨命守護的聖物，終於重見天日。

地底裡的深淵溢滿了水，白色的太空船浮在水面，就像一座圓形的美術館。原來當水位升到某個水平，崖壁的排水孔就會導流，因此太空船會維持在固定的水位漂浮。

任何人都會驚歎古代的石匠，竟能創造出這種奇蹟般的工程。至於這艘太空船，就是加百列那伙人報廢了的東西，只剩下部分功能可用。

巫潔靈用雷射筆射向太空船，轉述加百列的話：

「張大哥，太空船外有個紅色按鈕，你看得見嗎？請你瞄準來射，要記得拔走箭頭喲！」

張獒依言去做，射出鈍頭的箭。

一擊中那個按鈕，太空船外殼的艙門隨即降下來，如同一條長達三公尺的水橋，架在半圓迴廊的邊陲。

阿紅、張獒和巫潔靈三人，一鼓作氣越過了那條橫跨水池的落橋。

不知哪來的電源，當有人進入，艙內自動亮起了淡淡白光。太空船內部也眞的像美術館一樣素淨，空蕩蕩的沒有雜物。

「約櫃！」

巫潔靈指著船艙中間，忍不住大聲驚呼。

傳說中的約櫃，果然就和《聖經》描述的一樣，眞的是個金光閃閃的方櫃！方櫃外包精金，四圍鑲上金牙邊，頂蓋是一對天使造形的翅膀，櫃底鑲有四個金環，環套兩條墊底的長槓。

巫潔靈難掩心中的興奮，一邊用樊系數給的運動相機錄影，一邊嘟嘟噥噥：「天呀！如果我公開這段影片，我一定會成爲超級網上紅人……」

如果是猶太教徒或者基督徒，看見這件聖物必然不敢亂碰。阿紅沒有這樣的顧慮，只覺事態危急，將背包卸在地上後，立刻嘗試掀起頂蓋，卻發覺外層有個暗鎖。阿紅一邊拿出開鎖工具，一邊向巫潔靈確認，問道：「我能直接打開嗎？」

巫潔靈點了點頭。

「可以的。這就是妳的使命。」

蕭刀門相傳的盜墓和開鎖絕藝，沒想到會用在這種地方，阿紅不認命也不行了。

「外部的結構有點像魯斑鎖。」

只用了十秒，阿紅就解鎖成功。

巫潔靈在旁驚歎道：「姊姊妳眞的好神！說不定妳不用知道密碼，就連內櫃都可以打開！」

阿紅稍微推開頂蓋，瞟向裡面的內櫃便搖了搖頭，貌似沒轍的意思。巫潔靈伸長脖子去看，立刻明白是怎麼一回事。

約櫃裡的方盒發出金屬的精光……

竟是一個銀色的密碼保險箱！

「這是甚麼黑科技？」

巫潔靈的雙眼瞇成一直線。

加百列的聲音傳入她的腦海：

「這是未來的智慧型密碼保險箱。不能亂試，一旦輸錯密碼，就要再等一天才能重新輸入。」

阿紅連摸也不用摸，就知道自己開不了這種鎖。她試著抬了抬，發覺保險箱鑲嵌得死死的，怎麼扳也扳不起來。

正奇怪張嫠怎麼沒來幫忙，阿紅和巫潔靈一轉臉，就看見他突然發軟癱倒在地。阿紅早前就察覺不對勁，過去看了看，發覺張嫠全身冒冷汗，便知道他生病了，不巧就在此時病發。

「別靠近我……有可能傳染……」

張嫠有氣無力地推開阿紅。

咳嗽了一聲之後，他勉強用手肘撐起上身，臉部痙攣了下，鮮血竟由鼻子和口裡流出！

巫潔靈聽見了壞消息，面如土色地說：

「怎會這樣的……加百列說……這是超級病毒的病徵……」

關於超級病毒恐怖之處，眾人早就知道得一清二楚，這是現代醫學水平無法治癒的絕症，中毒者在病發後四至六個小時就會暴斃。至於張嫠是怎麼感染上的，就連加百列也無法解答。

巫潔靈緩緩仰起臉，望向太空船的門口。

她竟看見一個高壯的男人，一頭烏黑的長髮，赤裸的上身展露蛇圖騰的刺青。

不是人，是靈體——

「阿撒茲勒！」

加百列向那個靈體大喊。

巫潔靈記得這是墮天使首長的名字。

阿撒茲勒怒吼一聲：

「加百列！我來了！」

就在巫潔靈退縮之際，又傳來加百列的聲音：

「這一刻終於到了……他是來跟我同歸於盡的。只有靈魂才可以消滅靈魂，離開永生不滅的狀態。我的千年使命到此結束，接下來就交給你們！」

加百列一說完，隨即化為一團光波。

大天使長與墮天使長的決戰！

「呀！」

巫潔靈掩著耳朵，差點昏了過去。

儘管阿紅和張嫯看不見，但他們憑著寒毛直豎的感覺，知道這裡正在發生一場靈魂的激戰。

艙內突然黑了一黑，照明燈停電似地閃了一閃，不到一秒又恢復正常。

巫潔靈抱著頭，雙眼骨碌碌地察看四周。

「加百列……不見了……甚麼都不見了……」

阿紅一臉憂心。

她關切張獒的狀況，只見他連站也站不穩。

意外接踵而來，阿紅本來只想速戰速決，沒想到拿不走約櫃裡的保險箱，張獒又中了超級病毒，現在連天使加百列也消失了……按照原定計畫，應該是張獒幫忙搬約櫃出去，但現在反而需要她來揹他出去。

阿紅豎起了耳朵。

聽聲辨形，她知道外面來了兩名敵人。

怎會這樣？

這次眞的是衰運連環大爆發。

阿紅沿牆滾到太空船門框，側伸身子，向外面擲出刀片，但敵人反應敏捷，躲在門廊之間的石柱後面。

砰、砰、砰！

在連珠砲般的槍聲響起之前，阿紅縮回了門框旁邊。

瞥眼間，她看見兩名敵人的長相——

化名「易牙」和「商鞅」的死敵！

53

砲火轟鳴，硝煙瀰漫。

現代戰爭是軍事科技的較量，眞正的交鋒不再是兵力的比拚，具備強大殺傷力武器的國家，短短幾天就可以令敵國投降。

但無論時代如何改變，步兵仍然是最主要的兵種。

特種部隊就是最強的步兵隊伍。

「報告！東北方，希伯來大學的據點，以色列特種部隊全滅！根據以色列幻影戰機空拍的照片，敵軍這支部隊只有十三人，簡直就是戰場上的怪物……」

低沉的聲音透過無線電迷你耳機，清晰傳入賴飛雲的耳中。

賴飛雲沒向樊系數透露軍情，原來在開戰後不久，敵軍有支很不尋常的神祕部隊，一路由約旦那邊殺過來，摧毀了以色列駐軍好幾個據點。死者都死得極爲悲慘，渾身浴血，割傷稀爛，沒有一個活口留下來。

這次的敵人並非一般敵人，所以賴飛雲必須陪伴他的戰友。

特種部隊的行動都是國家機密，隊員也不能以眞面目示人，只能做無名英雄。過去十年，賴飛雲不時在中東執行實戰任務。翻山、渡河、跨海、空降……大伙兒不畏苦，也不怕死，大大小小近百次的演習和實戰行動，令他們變成了鐵血剽悍的男子漢。

在戰場上，賴飛雲領悟了一個眞理：

人類要解決紛爭，最後的手段必定是戰爭。

這就是戰爭，要維護的不是世界的和平，而是民族的存亡和威嚴。

「既然第三次世界大戰無可避免，我就要爲國家爭取最有利的取勝條件。」

這就是賴飛雲的想法。

當賴飛雲穿上全身綠色的軍裝，他就要放下私情。

樊系數和巫潔靈曾與他同歷生死，阿紅是他的親姊，張獒於他有救命之恩……可是，軍中的兄弟也是他的生死之交。

因爲賴飛雲的異能，他的重要性遠超他的軍階。

在這個無眠的夜晚，對峙與衝殺，撤退與追擊，無數陸軍部隊都在地面交戰。賴飛雲戴著的耳機不停傳來陣亡數字，以色列軍隊處於劣勢，那支神祕部隊愈來愈接近耶路撒冷……敵軍勢如破竹進攻，似乎是要往耶路撒冷增援，軍事目的顯然是要全面佔領古城區。

與樊系數分道揚鑣之後，已過了八個小時。

耶路撒冷古城區淪陷的事，賴飛雲也略有所聞，但當務之急是守住橄欖山這個據點，要救人才能從長計議。

「萬國教堂那邊開始交火。賴上尉，你就在附近，請你立即趕往支援……」

賴飛雲戴著的頭盔連接智能眼罩，即時顯示衛星定位的資訊。

他和三名戰友組成作戰單位，不到十分鐘，火速趕到了萬國教堂。他們先在外面觀察形勢，正奇怪怎麼沒有交火聲，又聯絡不上在裡面的夥伴。

「請回應、請回應……」

再三朝對講機呼叫，終於有人應話：

「你們隊裡的人在我手上。」

耳機竟傳來陌生的聲音。

「我知道你們當中有個姓賴的傢伙，他專門用劍……叫他單獨進來，否則我會立刻處決人質。」

特種部隊的菁英撐不了十分鐘就失手淪為了人質，這樣的事眞是駭人聽聞。這次碰上了怎樣的對手，賴飛雲大概猜得出來。對方如此指名道姓要他單刀赴會，肯定就是和他有過甚麼深仇大恨的舊敵。

「這次的敵人，只有我才應付得了。」

賴飛雲向隊友打了個眼色，便由草叢站起，徑直走向教堂入口。

拱門敞開，暢行無阻。

萬國教堂的拱窗鑲滿五彩玻璃，竟然全不透光，因此深夜的正殿異常昏暗。賴飛雲凝神戒備，雙手握住隨時可噴出的伸縮碳化鎢劍，目光掃視每個可疑的角落。

空曠的殿堂裡沒有敵人的蹤影。

突然有一劍往他頭上刺來！

幸好賴飛雲除了眼觀四方，連頭頂也沒放過，飛身滾地成功躲開。

明明只是稍微劃過，頭盔竟然碎開，彷彿在眨眼間化爲烏有。

工布劍！

莫邪！

賴飛雲彈出伸縮劍，擺出二刀流的守勢。

「臭小子！我們來做個了斷！」

莫邪穿著甲冑般的防彈衣和腿套，仗著工布劍的粉碎級破壞力，不斷追殺賴飛雲。彼此在兩年前才比過劍，短短兩年的時間，劍術難以突飛猛進，所以她很有信心可以靠武器壓勝。

賴飛雲避開與她正面交鋒，把握每個後退的機會，竭力拉開與她之間的距離。

雙劍之一的莫邪在這裡，即是說干將也在附近埋伏。

突然有股排山倒海的力量貼地而來，砍破了祈禱區一連好幾排長凳。

賴飛雲瞬即察覺這是無形劍氣，而爲了躲開這一擊，他直接跳到了長凳之上，再借力抓住半空的吊燈，乘機在高處俯瞰大局。

遠處的干將正在冷笑。

剛剛就是他的新招——

低空無形劍氣！

而干將也穿著跟莫邪一樣的防彈甲冑。

「唉！不是冤家不聚首。」

賴飛雲看著兩人，就像看著兩個怨婦。他也明白，要對付自己子彈不入之身，對方當然就會派出這兩名劍客。

莫邪的劍近攻，干將的劍遠攻。

左閃，右躲。

只要賴飛雲全心躲避，莫邪的劍就碰不了他。

唰！唰！唰！

莫邪使盡渾身解數展開猛攻。

套路一成不變，賴飛雲正欲反擊，一腳踏在地上，卻驚覺無法再抬起腳來。

賴飛雲望了望地面，原來地面鋪滿了超黏膠水，由於殿內黑燈瞎火，以致他難以察覺。

這到底是甚麼搞笑的陷阱？賴飛雲不得不承認，這樣的奇招很管用，無論他怎麼用力抬腿，都無法甩開膠水。

他已被釘死在地上。

對干將來說，這是使出無形劍氣的大好時機。

賴飛雲穿著軍靴，短時間內難以脫鞋。

「臭小子！」

莫邪撲空下砍。

無法移步之下，賴飛雲只好硬接這一劍，雙手同時高舉伸縮劍，交叉托住莫邪的劍鋒，再加上磁勁來將她震開。

可是，伸縮劍一碰上工布劍，就會化爲碎粒。

金屬碎箔如撒花般灑下，賴飛雲雙手空空。

所有劍招都是幌子，干將和莫邪合作得天衣無縫，最終目的就是要毀掉賴飛雲手上的劍。

沒有劍的賴飛雲毫無攻擊力。

「你死定了！」

干將料到一定會與賴飛雲再度交鋒，所以便設下這個「蟑螂屋」一般的陷阱，如今奸計得逞，終於可以除去這口眼中釘。

莫邪已向後退開。

只見干將反手舉劍，做了個接近一字馬的劈腿動作。他用這個低姿勢揮劍橫劈，就可以砍斷賴飛雲的雙腿。

無形劍氣一出，必中無疑！

正當干將以爲志在必得，揮劍揮到四十五度角的瞬間，眼前竟出現一道閃電般的虹光，如雷射砲般貫穿他的右胸三角肌。

那一劍未揮完，泰阿劍就掉在了地上。

干將愕然瞧著右胸上完全穿透的血洞，彷彿死不瞑目般，雙眼滿布血絲，瞪著賴飛雲——這傢伙由始至終都沒動過半步。

「到底……」

他沒命說完的話就是：到底是怎麼出手的？又到底是甚麼暗器，可以貫穿連穿甲彈也射不穿的防彈甲冑？

賴飛雲又再出招，瞄準莫邪的方向。只見他兩指成劍，輕輕凌空劃過，彈指間竟射出光束似的空氣砲，不僅貫穿了莫邪的軀體，甚至轟穿了教堂岩牆。

這一招在空氣中留下帶電的虹光。

好誇張！

一招斃命，擋無可擋，而且直線的攻擊百發百中，遠勝泰阿劍的無形劍氣。

去年，疫情封城，賴飛雲在軍營無所事事，同伍的兄弟向他推介一套動漫作品——如獲究極神功的武學祕笈，賴飛雲一下子開竅了，只嘆自己與這部動漫相逢恨晚，錯過了令自己變強的機會。

「超電磁砲神劍！」

賴飛雲捏著特製的空心金屬彈，喊出這一招的名字。

電磁砲是當今各國傾力研發的先進武器，速度可達彈速的好幾倍，威力至少可轟穿六層鋼板。

當賴飛雲練成這招殺著，等於一連突破幾重極限，脫胎換骨進化到最強的形態。他甚至懷疑上帝讓他誕生於世上，就是爲了創造一件終極的人體武器。

「你終於殺人了！」

一聽見這聲音，賴飛雲仰起頭。

空中那人，正是王猇！

54

現在的時間已是淩晨三點，十二月二十一日。

到了聖戰之日，隨時死亡也不足爲奇，因爲這就是眞正的戰爭，生命渺小得如同螻蟻。

易牙和商鞅打消耗戰，守住離開太空船的必經之路。

阿紅等人已受困了四個小時，這期間張嫛的狀況愈來愈糟糕，吐血吐了三次。

他仍然緊握著手槍，靠近門邊埋伏。

「我用痲痺刀令你昏迷，好不好？」

阿紅帶著巫潔靈，躲在約櫃那一邊戒備。

張嫛聞言，只是淒楚一笑道：

「要死的話，我要死在戰場上。」

眼前局勢生死攸關，張嫛比誰都更清楚明白，阿紅以一敵二絕無勝算。易牙和商鞅顧忌他的槍法，所以才不敢貿然攻進來，造成現在雙方僵持的困局。

這四個小時，阿紅一直監聽外面的動靜，易牙和商鞅寸步不離，藉門廊石柱作掩護。這兩個傢伙比想像中機警，沒有落單一人去找援兵……如果是一對一，阿紅有信心放手一搏，無奈苦等了四個小時，還等不到乘虛而入的機會。

就算僥倖衝出重圍又如何？張嫠連走路都不穩，兩個女人又不夠力揹他出去……但再這樣坐以待斃，處境只是更加不妙。

阿紅一向冷靜得近乎冷酷，但她眼見張嫠隨時都會暴斃，竟也焦急得狂咬指甲，無奈想不出任何脫險的辦法。

這該死的病毒！至今阿紅仍不曉得感染源頭，說不定連她也遭殃了，只不過尚未病發。

「假如我死了……就將我的遺體留在地底。訊號傳不上太空，九天斷魂槍就不會發動……」

張嫠這樣說，根本就是在交代遺言。

巫潔靈邊哭邊說：「還有救的！你別放棄！」

加百列等人逃離地球的目的，就是爲了研發疫苗。關於超級病毒的情報，加百列亦已悉數告之，巫潔靈等人也瞭解了拯救世界的方法，只差在能不能完成最後一步，即是打開約櫃的內櫃來喚醒瑪雅。

前一世，或者稱之爲前一個時空，救世主團隊全滅。因此，這輩子多活一個是一個，他們拚命向宿命挑戰，就是尋求改變命運的機會。

基因和命運息息相關。

病毒就是一種基因武器。

只要可以戰勝病毒，就有可能改變未來。

大前提是張嫠要撐得到那一刻，否則就是返魂乏術，救世主團隊亦會重蹈前一世的覆轍。

「阿紅……我有很重要的話要說……」

張檠有氣無力地說下去：

「嫁給我。」

恍若喜劇的情景，張檠眞的忽然拿出一枚鑽戒，輕輕向前一拋，鑽戒就滑到了阿紅身邊。原來他無時無刻都有求婚的準備，所以索性將戒指放在皮夾裡，而事實上這也不是他第一次求婚，只是屢試屢敗又不肯放棄。

阿紅只當他神智不清，微嗔道：

「這是甚麼場合！你沒正經胡說甚麼？」

張檠卻極爲嚴肅地說：

「我知道這樣的靈魂規則，只要當過夫妻的人，在轉世之後都一定會再遇上……這一世我就認命好了。到了下一世，只要遇上妳，我和妳就可以像普通人一樣相愛……希望那是一個和平的世界，我一定會令妳幸福的。」

這番話打動了阿紅，頓時令她心亂如麻。

但她沒有即時回應。

巫潔靈泣不成聲，想起昔日惡作劇的戲言，便誠心向張檠道歉：

「張大哥……對不起……我傳過《一百零一次求婚》的貼圖給你……那只是開玩笑。你眞的比劇中的男主角帥氣多了！我看過這麼多日劇和韓劇，都沒一個男主角夠你帥氣！」

屈指一算，巫潔靈和張槊相識十三年。世界各地渣男多得是，像他這種情深的男人倒是非常罕見。所以，她實在不想看見這個好男人死掉，只盼有情人有個好結局。

阿紅沉默不語，只是定神看著地面。

巫潔靈哭得整張臉歪掉了。

「嗚……姊姊……我很想參加妳和張大哥的婚禮……」

太空船裡只剩下哭聲的餘音。

張槊既無法忍受這樣的沉默，也自覺時間無多，倏地扶牆站直身子，整個過程沒看阿紅一眼。

「我要發揮我的剩餘價值……在我人生倒數的時刻，我要死得像個男人！」

張槊喘氣的聲音愈來愈大，最後他還是忍不住看了阿紅一眼。

「相信我！我賠上這條命，也要救妳出去！」

他居然想衝出去和敵人同歸於盡。

「別衝動！」

張槊卻不理阿紅的勸告，費盡渾身解數的力氣，逕自冒險走出艙門外面。當他站在水橋上，卻沒有奔跑，而是將手槍丟進水裡，然後高舉雙手，擺出一個投降的姿勢。

左右兩邊，柱後露出兩雙眼睛。

易牙和商鞅身穿防彈衣，全神戒備的狀態。

這條水橋長達三公尺，崖邊距離門廊又有三公尺，敵我之間就是六公尺左右的直線距離。張槊毫無畏懼向前緩行，這樣蹣跚行走已是他的極限。他忍不住連咳幾聲，還咳得特別用力，似乎暗盼可將病毒散播開去。

砰！

易牙開槍了，卻故意射偏。

「我是來和你們談條件的！」

張嫯並不是因爲受嚇而停步，而是他眞的半死不活，已經走不動了。他連防彈衣也脫掉了，就是要讓敵人看得清清楚楚，他身上眞的沒有攜帶槍械，表示自己要投降的決心。

商鞅由柱後現身，對著張嫯大喊：「FREEZE！別動！」

張嫯雙腿一軟，不得不蹲在地上。

對他這個舉手投降的人，易牙和商鞅沒有立刻下殺手。一個沒有持槍的槍手，看來就是毫無威脅性……張嫯就是用自己的命，來賭敵人會因此鬆懈。

果然，易牙也站出來了。

射程之內！

張嫯向前伸出雙臂。

原來他雙手暗藏迷你弓。

左一把，右一把，這種小得像掌心雷的玩具「武器」，曾經流行過一陣子，後來因爲國安法而被查禁。張嫯玩過之後，覺得有實戰價値，便在裝備匣裡放了兩把。

嗖、嗖兩聲！眞眞正正左右開弓！

易牙和商鞅沒料到有此一著，兩人的手臂都中箭了。

迷你弓的箭並不足以致命，威力最多只是射穿鋁罐。

但箭頭塗上了超強麻醉藥，就可以令敵人在疼痛之前昏迷。

商鞅只說了一句話，而易牙從來沒有過一句對白，兩人就這樣倒地不起，栽在張獒的手上。

但張獒也起不來了。

這個男人是眞正的男人。

阿紅腦中浮現那個九歲男童的身影，當時他站在老張腳邊，害羞得不敢跟她說話。明明他開槍時是那麼地自信和冷酷，對著她卻有靦腆的溫柔，像個任勞任怨的傻小子。

他是她青梅竹馬的玩伴，也是她最可靠的搭檔。

這個音樂天分不高的傻瓜，還因爲她苦練小提琴，就爲與她加入同個樂團，天天形影不離……

她眞的太習慣他在身邊，從未想過會失去他……

此生不換，至死不渝。

「我，阿紅，這輩子就是張獒的妻子。」

阿紅終於答應了，她遲遲不說，只是怕張獒喪失求生的意志。

最幸福的死亡就是在愛人的懷裡。

張獒一邊笑著，一邊閉上了眼睛。

55

以色列的天空，那輪圓月像染血一樣。

閃爍的群星之下，灼熱的槍火響遍各處，銅製的子彈奪去廉價的生命。

病毒恣意綻放，猶似罌粟花一般的罪惡。

「IX」早在兩星期之前已開始在各國播毒。病毒是那麼小的東西，靠一支唇膏已經可以寄送，再加上有潛伏期，源頭可以永遠成爲祕密。當「IX」在各國召募的戰士出境，傳播鏈已經形成，全城淪陷指日可待。

此乃兵法上的最高境界：

「不戰而屈人之兵。」

只要投毒成功，不費一兵一卒，就可以令敵國亡國。

二〇一九年釋放的病毒只是布局，當全球只顧防範第一種病毒，假如再同時出現另一種前所未見的病毒，入境檢疫就會出現漏洞。這次的病毒更是無藥可救的超級病毒，全球經濟一定崩潰，所有民主國家的人民起義，就會推翻他們的民選政府。

病毒是終極的基因武器。

最完美的人造病毒甚至可識別種族，經過DNA定序之後，針對特定族群大大提高致命率……

這些看似陰謀論的基因編輯技術，在理論上絕對可行。

正如修改基因來改變命運，二十五年前紀九歌實現的基因編輯技術，現在已是普世皆知的「CRISPR」〔註〕。

當人類獲得了基因編輯的技術，也同時開啓了地獄之門。

在各國政府眼中，這只是一場普通的戰爭。

但樊系數知道，因爲他們這些「救世主」無法阻止李斯的陰謀，全球九成以上的人類都有可能死光。正如十四世紀的黑死病，滅絕歐洲三分之一的人口，而這次出現的超級病毒，威力遠超天然產生的病毒，絕對會釀成史無前例的末日災難。

王翦戴著鯊魚臂刀，一直緊盯樊系數和瑪雅。

廣場上的人質都沒有戴口罩，只是用衣袖來遮掩口鼻。咳聲愈來愈多，連夜的咳聲駭人聽聞，除了未懂事的小孩，根本就沒有人睡得著。一些人倒下來了，死翹翹了，七孔流出濃稠的黑血，野蚊嗡嗡停在血上吸吮。

「IX」的戰士都戴著醫療級的面罩。

耶路撒冷的南面是錫安山，山崗上全是「IX」的軍人，他們偶爾會用迫擊砲向城牆內轟炸，穩佔最有利支援的制高點。

凌晨五點，人人都盼望遲來的黎明。

儘管死期亦會到來，人人都盼望可以死在光明之中。

以色列軍方低估了「IX」的戰力，又沒料到「IX」會有高科技的裝備，導致以軍在這一帶的地面部隊傷亡慘重。但李斯醉翁之意不在酒，他利用戰火迫使以色列人逃亡，帶著超級病毒搭飛機，就能在全球造成更大規模的病毒擴散。

「就算阿紅帶著約櫃出來，現在也來不及了……」

樊系數不時擔心夥伴的安危，心裡明白他們一定是遭遇到敵人，所以才沒法在原定的時間由地道出來。他注視著胸口的項鍊，這項鍊是個追蹤器，如果阿紅等人來到了附近，項鍊上的晶片就會閃爍出紅光。

砰、砰、砰、砰、砰、砰！

忽聞槍聲大作。

眼前的恐怖分子高舉衝鋒槍，竟然射向半空。

圓頂清眞寺後面，金門那邊，飛來了兩架黑鷹直升機！

一看見這款直升機，人人就知道美軍的反恐部隊來了。眾人引頸翹望，看著兩架直升機垂下多條長索，十多名部隊成員索降，成功降落在城牆外面。

黑鷹直升機倏來倏去，本來只是半分鐘內的事，卻躲不過錫安山那邊的砲火。

註：「CRISPR」全名為「Clustered Regularly Interspaced Short Palindromic Repeats」，俗稱基因剪刀，以特殊序列引導Cas9蛋白攻擊目標基因，達成準確編輯基因的目標。

數枚像導彈一樣的火箭砲由山上轟出，竟然自動追蹤直升機，刹那間轟破了整根尾軸。

烈焰吞噬！

樊系數眼睜睜看著兩架直升機墜落。

突然，錫安山的上空，急降灰色的龐然大物。

「IX」得罪的可是美軍，美軍的反擊一觸即發，快得早有預謀一樣。

樊系數想起紀九歌說過，鳳凰的造價成本太高，同等的資金可以換來一台F-22戰機，所以美國政府不再支援他的「鳳凰計畫」。

「還有甚麼古生物比鳳凰更厲害嗎？」

「龍。風神翼龍。」

當時紀九歌不小心洩密，後來樊系數看新聞才知道，美國軍方眞的做出來了——美軍最新第六代戰鬥機的名字，就是「風神翼龍」！

灰色的巨大戰鬥機往地面掃射，彈雨以每分鐘數千發的射速傾盆而下，蹦蹦噠噠蹦蹦噠噠，揚起山崩似的硝煙，山崗上的軍人似乎都死無全屍。戰鬥機如風神掠過山嶺之後，又再翱翔振翅急升，隱形在雲霄之中。

美國老爹太強了！

樊系數不禁在心裡喝采。

這時候，廣場上的恐怖分子紛紛舉槍戒備，雖然他們挾持了人質，但耶路撒冷古城位於盆地，在防守方面相當不利。

彷彿是無聲殺人的神技，人叢前的一名恐怖分子中槍了，頭盔上的透明罩爆出一個破洞。

原來城牆上出現了反恐部隊的狙擊手。

其他恐怖分子立即散開。

三秒之後，那名喪命的恐怖分子竟然變成人肉炸彈，當場自爆，轟出巨大的烈焰！

「自爆背心！」

樊系數目睹一堆平民在眼前慘死，四周的僥存者亦重度燒傷，承受著皮肉分離的痛苦慘叫。

原來只要恐怖分子一死，他們就會自爆，帶著挾持的人質陪葬。他們用上如此殘忍的手段，就是要令反恐部隊的隊員殺不下手。事實上，剛剛狙擊手得手也有幾分僥倖，恐怖分子身穿高科技的防彈衣，唯一的致命弱點只剩頭盔上的透明罩。

廣場上瀰漫著爆炸後的火舌和灰燼。

王翦突然有所行動，朝樊系數和瑪雅走近。

樊系數和瑪雅手無縛雞之力，除了後退幾步，也沒有應付的辦法。像王翦這樣的格鬥高手，隨手一招就可以將他倆扳倒。

就在此時，哭牆上方群鴉紛飛。

半空降下好幾枚鐵罐一樣的東西，一落地瞬即煙霧四散，大範圍籠罩著人潮眾多的廣場。

催淚彈！

樊系數見慣不驚，一眼就知道是怎麼回事，只是心中實在奇怪：「恐怖分子都戴著面罩，對他們投擲催淚彈又有何作用？咦！這不是催淚彈，只是單純的煙霧彈……」

瞥眼間，他發現胸口的項鍊開始狂閃紅光。

有一個人，在伸手不見五指的環境近乎無敵。

濃煙散開——

在即將消逝的月夜中，疾馳在火焰裡的背影，如同憤怒的女武神般現身，屹立在王翦與樊系數之間。

那是穿著黑色緊身衣的女人。

樊系數眼淚盈眶，激動得大喊：

「阿紅！」

56

阿紅的短髮在急風中飛揚。

不知爲甚麼，她滿手都是凝固了的血。

廣場上有二十名恐怖分子，大約半數昏迷倒下，他們的手臂或者大腿上都插著刀片。

以柔克剛，阿紅的麻痺飛刀反而比子彈更奏效，專門對付穿著高科技防彈衣的軍人。

王翦可不是這麼容易解決的敵人，阿紅眞正擅長的只是偷襲，單打獨鬥她未必可以制伏王翦。

「快帶瑪雅上去圓頂清眞寺！巫潔靈在等你！」

阿紅對樊系數嘶喊。

她趕來這裡的目的，就是要爲他和瑪雅開路。她只求暫時阻擋王翦，趁機又將兩枚僅剩的煙霧彈擲出，釋放出不含催淚成分的氣體。

濃煙瀰漫之中，一眾人質亦乘機往四處逃竄。

瑪雅緊緊跟著樊系數，跑上無人放哨的空橋，直上聖殿山。

空橋上方的出口，竟有三名持槍的軍人佇立。

當樊系數瞧見對方臂章上的國旗，才感到如釋重負。

「是美軍！」

美軍的反恐部隊及時來到接應，幫忙掩護樊系數和瑪雅。這兩個斯文人拚命狂奔，再衝刺不到兩百公尺的距離，便可以抵達內部炸成一片焦黑的清眞寺。

就在此時，東方的夜空急降三枚導彈，如同尾巴帶閃焰的隕石一樣，砲轟橄欖山的方向。

爆炸聲震天撼地，嚇得樊系數心驚肉跳。

接著又再飛來三枚導彈，將那邊的平房夷爲平地。

樊系數注意到項鍊晶片上閃爍的紅光，晶片上還顯示一串暗碼，代表在附近位置出現的夥伴。

當他縱目望向鄰近聖殿山的客西馬尼園，果然看見了賴飛雲的身影。

一排排橄欖樹往賴飛雲傾倒，那名叫王虓的古裝殺手竟像飛天的神將一樣橫掃樹林，展開誇張得如同電影特效的猛攻。

樊系數看得瞠目結舌，暗暗嘀咕：

「這是兩個超人在打架嗎？決戰客西馬尼園？」

就在此時，前方有人喊他的暱稱：

「飯頭！」

樊系數目光回到前面，就看見巫潔靈正站在寺門甩臂揮手，焦急得直頓腳。

「張獒呢？」

樊系數剛剛只見阿紅出現，心中已泛起了不祥的預感。

巫潔靈哽咽失態，竟然說不出話，直接拉著他和瑪雅進去寺內。

恐怖分子果然炸開了登霄石，做了救世主團隊不敢做的事。這一下錯有錯著，巫潔靈和阿紅利用了這條捷徑，才可以在兩小時之內重返地面。

而在炸開的大坑之中，竟然擱著一個金漆長箱，正是跟傳說描述一樣的約櫃，差別只是缺了一大塊頂蓋。

「阿紅和我咬緊牙關推出來的……累得快吐血了……」

這麼重的東西兩個女人怎麼夠力氣搬出來？樊系數滑下大坑，來到約櫃旁邊，就瞧見了安裝在約櫃四角下方的輪子。

樊系數讚歎不已：

「眞聰明！」

輪子——

人類自古最偉大的發明之一。

原來阿紅和張嫳搜刮物資的時候，早已料到了有可能要搬運約櫃。恰好在商店裡看到一款標榜專利的「搬運神器」，四塊小板輪即插即用，阿紅憑直覺認爲有備無患，當時順手牽羊，結果眞的派上用場。

約櫃裡躺著一個人——

奄奄一息的張嫳。

巫潔靈站在坑口上方，向樊系數大喊：

「阿紅用麻痺刀令張大哥昏迷，他中了超級病毒，看來快不行了……但我知道，瑪雅的能力可以救他！」

「瑪雅的能力？是治療的能力？還是復活的能力？」

「說來話長……你現在先專心破解密碼，我之後再解釋！」

樊系數看著張獒面青唇白的模樣，眞的覺得他隨時都會斷氣。阿紅就是大膽任性，寧願冒上毀滅全區的風險，也不願捨棄自己的愛人。樊系數又想到，就算有輪子的輔助，要將載人的大箱推出來，阿紅也一定耗盡體力，現在她要以這樣的狀態迎戰王翦，處境可謂凶險至極。

只見張獒縮成一團，腳底頂住了約櫃裡的保險箱。

樊系數愛讀科幻小說，亦相信上帝是外星人之說。因此，就算約櫃裡出現保險箱這種未來科技，他也沒有露出驚訝之色。

巫潔靈想起重要的事，忙不迭出言提醒：

「機會只有一次！一按錯了，箱子就會鎖死。」

樊系數微微一笑，胸有成竹地說：

「一聽到亞細亞的七教會，我就想到了《啓示錄》。七是神聖之數，密碼一定和七有關係。」

巫潔靈瞎猜一通，急聲道：

「所以，密碼是七七七七七七囉？」

樊系數搖了搖頭。

「哪會這麼簡單？救人要緊，我要按了……」

在這救命要緊的關頭，樊系數沒有片刻猶豫，就在保險箱的面板上輸入了六個數字。

「怎會是這麼奇怪的數字？」

如巫潔靈所說，那六個數字在面板上顯現，乍看下毫無規律可言。不僅是她，連瑪雅都感到茫然費解。

「可惜現在沒有計算機，我很難示範給妳看。」

「計算機？」

「任何數字無法被七整除，都會出現同一個循環小數……很神奇的啊！」

現在時間緊迫，樊系數唯有之後才能好好解釋。在他當人質的時候，大腦也沒片刻閒著，都在思索約櫃的密碼。他斷定密碼必然和數秘學相關，絕不可能是隨機編成。

上帝創世用了七天，第七天造出了人類，用亞當的第七根肋骨造出了夏娃。七這個神祕數字也在中國的神話出現，女媧創世同樣用了七天，在正月初七造出了人。

整部《啓示錄》環繞著七這個數字來說故事。

數學是宇宙的語言。

樊系數相信，救世主團隊必須有數學家，就是這個緣故。由紀九歌捨生取義潛入共濟會開始，到巫潔靈以靈媒的能力找到加百列，再由張獒打開通往至聖所的道路，阿紅更是豁命將約櫃推出來……現在就由他這個數學家來接最後一棒。

成功達陣。

保險箱發出悅耳的電子音，聽起來就像「哈利路亞」的頌唱聲。

在三人眼前，箱蓋眞的往上掀開。

「哇！打開了、打開了！」

巫潔靈激動得猛拉瑪雅的臂彎，瑪雅望向樊系數的目光之中，也飽含著佩服之意。

樊系數不負所託，不由得舒了口氣。

他剛剛輸入的密碼是——

142857

這個六位數堪稱是世上最神奇的數字。

在1000000以內，可以被七整除的數，總共有142857個。

任何數目無法被七整除，其小數點後面，都必定出現142857這個不停循環的數字。

142857乘以一至六，142857亦會循環出現。

142857乘以七，等於999999。

142857自乘142857，答案是20408122449，前五位是20408，後六位是122449，相加等於142857，證明這個數字屬於卡布列克數。

樊系數相信，假如這是上帝給他的謎題，要用數秘學來顯現「七」的神聖意義，答案就一定是這個六位數。

而他答對了。

保險箱裡果然有兩塊石板，大小和兩台標準平板電腦差不多，上刻古老的文字。

「這就是上帝給摩西的石板……」

樊系數小心翼翼取出來，雙手各執一塊，向著瑪雅高高舉起。

那瞬間，瑪雅的神情變得僵硬，整個人紋絲不動，眼瞳發生不尋常的變化，亮起了科學無法解釋的奇光。

前世的記憶復甦了——

聖人覺醒！

57

天空微亮，即將破曉。

賴飛雲和王虓已激戰了半個小時，由初時的互相試探，到現在招招奪命，已是非死即重傷的惡鬥關頭。

這傢伙……比十三年前更強！

兩人都冒出這樣的心聲。

賴飛雲使用二刀流，左手持工布劍，右手緊握泰阿劍，這樣才足以抵擋王虓的猛攻，勉強鬥成了平手。

但他心裡有數，王虓還未使出全力。

不久之前，王虓讓賴飛雲的隊友安然離去，條件就是要求一戰。賴飛雲自知深陷戰爭危地，該當放下私人恩怨，但他仍然遵守約定與王虓比劍。

王虓這是光明正大找上門決鬥，爲人也很講武德，除了讓賴飛雲有休息的時間，也讓他撿起兩柄神劍來應戰。既然有這樣的現成便宜，賴飛雲恭敬不如從命，也摸熟了工布劍粉碎物質的用法。

休息期間，賴飛雲曾跟王虓聊天：

「這麼問會有點奇怪……我很好奇，你爲甚麼要找我決鬥？」

王虓不假思索回答：

「因爲我無聊。」

「無聊？」

「謝謝你十三年前打敗了我。那一晚開始，我就在無聊的人生之中找到了人生意義。」

無敵是最寂寞。

賴飛雲心領神會。

遙想日本古代的劍士不惜賭命決鬥，就是追求爲劍而生的意義。對女人來說，這簡直是匪夷所思的傻事，但正是爲了最強的稱號，男人才可以不停演化和進步。

由相遇的一刻開始，賴飛雲與王虓就成了宿敵。

這一戰無可避免。

只見王虓終於認眞起來，穿過樹林急降突擊，快如摧毀一切的龍捲風。以前的王虓出手純粹求快，但如今他懂得以慢打快，善用龍淵劍的反重力騰空，彷彿啓動了立體機動裝置，劍鋒可以由上而下覆罩對手。

賴飛雲疲於逃命，竭力防守，苦等反擊的機會。

此時，王虓由半空落下，著地時露出淺笑，也露出一個大破綻。

「千里陣雲！」

賴飛雲揮劍使出無形劍氣。

王猇不閃不躲，向前舉劍轉腕畫圈。

原來這才是龍淵劍的眞正用法，一種如同黑洞般的絕對防禦，可以將一切物理攻擊化爲烏有。

重力罩！

賴飛雲愕然之際，忍不住問：「你十三年前爲甚麼不出這一招？」

「因爲我也是讀完博士學位，才眞正曉得甚麼是重力波。」

王猇的答案令賴飛雲深感佩服，一介武夫爲了更熟悉自己的武器，居然回歸校園學習艱深的理論……最強的殺手並非浪得虛名，當練功練到某個境界，就要在思想上深造，才能突破封頂的極限。

宇宙四大基本力是重力、弱核力、強核力和電磁力。

賴飛雲發現，三大神劍很有可能是高等文明的科學結晶，透過發揮宇宙基本力而研發的武器。

龍淵劍是重力。

泰阿劍是弱核力。

工布劍是強核力。

而他本人，就是電磁力。

賴飛雲和王猇惺惺相惜，因爲他倆都有種強烈的感覺，覺得自己是爲戰鬥而生的人類，在戰場上就是殺戮的人間凶器。

十三年前，賴飛雲比王猇弱小多了，要靠取巧才能險勝。如今，他終於可以憑著千錘百鍊的體能和劍藝，來跟這個怪物鬥得難分難解。

「接招！」

王虢運用神力，將電線桿連根拔起，如同揮舞巨大的長刀，大刀闊斧的威力非同小可。

長長的電線桿劈頭蓋臉砸過來。

賴飛雲左手突刺一劍，工布劍劍尖就像球棒擊中球心，瞬即將電線桿化爲漫天飄散的鐵花。

這場激戰已非驚天地泣鬼神所能形容，支配宇宙的四大力量穿梭其中，那些量子力學的科學家一定始料未及，引用他們理論而創造的武器，竟然被當世最強的兩名劍士用來決鬥。

王虢消失了。

原來他以獵豹的速度躍上半空。

賴飛雲洞燭機先，右手早已離開劍柄，將泰阿劍插在土上。

一枚充滿磁力的金屬彈在掌心之中上膛。

賴飛雲對王虢發砲！

一道光束如長矛般直轟王虢的腦袋。

王虢看得極準，半空中一歪首，以間不容髮的距離避開了電磁砲。

「超電磁砲神劍」本是一擊必殺的招式，但王虢的速度根本是超人的速度，所以賴飛雲早就料到是這樣的結果。而王虢那種輕蔑不屑的態度，似是在說：「你被我看過的招式都不管用！」

王虢飛身揮劍下斬，賴飛雲也是在毫髮之間僅僅避開，但那一斬的風壓竟割破了賴飛雲的防彈衣，弄出了一條長長的血痕。

劍氣縱橫。

賴飛雲唯有竭盡全力逃走，好幾次差點成爲劍下亡魂。

只見王虢的攻勢愈來愈快，彷彿由龍捲風變成超級風暴。強大的劍氣亦捲起四周砂石，堪稱是賴飛雲畢生見過最霸道的招式。

王虢這十年潛心練功，竟已邁入了「劍人合一」的境界。賴飛雲卻朝另一個極端修行，琢磨如何運用自身的電磁力，追求「萬物皆可爲劍」的神技。

工布劍比泰阿劍稍短，賴飛雲雙手各握一劍，兩劍的長度正好與二刀流是絕配。工布近擊，泰阿遠攻，當初設計這對神劍的軍事武器工程師，暗暗就有這樣的原意。

就在拂曉之時，這場廝鬥終於要分出勝負。

賴飛雲與王虢短兵相接，陷入居於下風的絕境，但這個距離也是最佳的出招距離。

機會只有一次，這是王虢從未見過的祕招。

賴飛雲近距離橫揮出劍。

超導電極·泰阿斬！

帶著高壓電的無形劍氣引爆劈出。

王虢感覺到危險，連連七步後撤，就在無形劍氣追上他之際，他向前疾刺龍淵劍，成功用重力波來化解無形劍氣。

可惜！賴飛雲深感不妙，他這一招大耗元氣，出招後雙手會麻痺好幾秒。王猇絕不會放過這樣的空隙，立時就能將他置之死地。

正當賴飛雲以爲必敗無疑，王猇卻動也不動，繼而腿軟單膝跪地。

電磁波可以穿透重力場！

剛剛王猇只是擋下劍氣，但電磁波纏繞鐵劍導電，令他因爲中電而全身麻痺。

到了這一刻，誰先恢復活動能力，誰就是勝利者。

麻痺的時間比想像中更久，但賴飛雲咬緊牙關，還是搶在王猇站起來之前，使盡渾身解數隔空揮劍。

泰阿斬！

出手的一刻，賴飛雲竟然有所猶豫。

這次的泰阿斬不帶磁電，王猇輕易用龍淵劍就化解了。

失手之後，賴飛雲全身乏力倒在地上。

王猇乘勝追擊，一腳踩住他的右掌。

當龍淵劍的重力波壓下來的時候，賴飛雲忍不住慘叫。他就像掉進蜘蛛網裡的獵物，即將面臨任人宰割的命運。

「你爲甚麼突然收手？」

王猇這番話是明知故問。

他回頭望向後面，看見了巫潔靈。

事實顯而易見，剛剛賴飛雲就是唯恐傷及她，才沒使出電磁力擴散的泰阿斬。

這簡直就是命運的惡作劇，偏偏巫潔靈在那一刻出現，與王猇站在同一直線。

「停手！」

巫潔靈對著王猇，竟然跪下來懇求：

「阿虎——駱子夫——求求你醒過來！你爸爸的遺願，就是要你做一個善良的好人！」

當年她拿走駱先生的日記本，事後也帶在身上，這十幾年在美國搬了幾次家，也不忍心丟棄別人重要的遺物。在密謀墜機跳傘之時，她已將日記塞進給王猇準備的背包，算是了卻這樁心事。

在客西馬尼園的外面，巫潔靈遇見了紀九歌。他這個孤魂能來到耶路撒冷，原來是因為一直纏著王猇，偶然間更發現了王猇的祕密。

腦下垂體是儲存靈魂的部位，而腦下垂體會影響內分泌。擁有「前世記憶」的人會有獨特的面相，歸根究柢是靈魂異常，間接影響腦下垂體，換句話說，這個面部特徵可算是一種「病徵」。

但同樣的「病徵」可以來自別的靈魂異常狀況。

巫潔靈曾在樹下遇見阿虎，此事一直令她不解……明明是同一個人，爲甚麼會有兩個靈魂？

王猇會有這種面相，原因是更爲罕見的靈魂狀況——

雙重人格！

58

一名恐怖分子正要擲出手榴彈，一發子彈卻命中手榴彈，直接將他炸得血肉橫飛。

這些恐怖分子沒有退路，他們都會戰鬥至死。

樊系數和瑪雅重返哭牆的時候，美軍已控制了大局。李斯和餘黨撤退到與哭牆相連的威爾遜拱門，這面拱門就像一幢門樓，堅固的外牆是很好的防禦屏障，二樓的窗戶亦是絕佳的射擊據點。

廣場上躺著的除了屍體，就是瀕死的病毒感染者。

這些感染者發出垂死的呻吟聲。

滿地都是他們吐出的血。

「我要去救他們。」

瑪雅捋起白袍的袖子，去跟到場的醫療人員聊天。對著那些以色列籍的救護員，瑪雅說出一口流利的希伯來語，這一幕令樊系數覺得很不可思議。由於瑪雅解說的事情太過匪夷所思，那些救護員均露出驚詫的表情。

這時候，美軍過來找樊系數，傳達恐怖分子的要求：

「他們說要和你談判。只准你一個過去。」

阿紅不敵王翦，淪爲李斯的人質。

樊系數非去不可，匆匆穿上美軍提供的防彈背心。

威爾遜拱門的隧道是旅客必經之路。

談判地點就是這條隧道。

沿著哭牆走過去，只不過是兩分鐘的距離。

正當樊系數走向拱門，他瞧見三台停在牆邊的救護摩托車。紅白相間的車身上，有個常見的醫學標誌——

一條蛇與一根直木。

這是個自希臘時代就存在的符號，起源據說是阿斯克勒庇俄斯所執之杖，而他就是希臘神話中的醫療之神。

即使到了近代，世界各國眾多醫療組織依然使用這個符號。

假如蛇是代表毒素和復生，這根直木代表的含義就是「十字架」的眞諦。

樊系數也聯想到《鋼之鍊金術師》漫畫中出現十字架上釘著一條蛇的圖騰，就是源自尼古拉．弗拉梅爾的十字架，此人便是造出賢者之石的鍊金術師。這圖騰的上方還有一對天使之翼，與約櫃上的裝飾不謀而合。

根據《民數記》記載，上帝對摩西說：「你製造一條火蛇，掛在桿子上，凡被咬的，一望這蛇，就必得活。摩西便製造一條銅蛇，掛在杆子上；凡被蛇咬的，一望這銅蛇就活了。」

剛剛在清眞寺，瑪雅覺醒之後做的第一件事竟然是割腕，而當時地上恰好有航拍機的碎片。

接著他走近約櫃，伸出血流不止的手腕，讓鮮血流入張嫯的嘴裡。本來快要斷氣的張嫯儘管依然昏迷不醒，但總算活了下來。

——這就是聖血的力量。

快要走入拱門隧道之前，樊系數回頭看了一眼。瑪雅來到廣場，要做的事也是大同小異，讓救護員用針筒採血，再注射到垂危患者的身上。瑪雅的血型是O型，可以輸血給其他血型的人。

——他將會拯救世人。

在昏暗的拱門隧道之中，七燈燭台亮起了光。

燈光映出李斯的臉，也映出他身後的王翦，而這名武夫脅持的人質就是阿紅。只見王翦橫戴鯊魚臂刀，利刃如鋸齒般架在阿紅的脖子上。可憐的阿紅無法反抗，因爲她的雙手和雙腿受縛。

樊系數瞪著李斯，大聲喊道：「你由一開始就是想利用我們吧？你利用我們來喚醒聖人，因爲你早就知道，聖人可以剋制超級病毒——聖人就是活體疫苗！」

以基因製造出來的武器，唯有基因工程才能造出解藥。

瑪雅的聖血，可以生出全能的抗體。

瑪雅的記憶，藏著量產疫苗的技術。

因約櫃而誕生的救世主，就是上帝研發的萬能疫苗，可以對付末世時在地球出現的超級病毒。

事實上，單憑瑪雅的血已經可以產生對抗任何病毒的抗體，他覺醒後的「能力」並非甚麼異能，而是關乎製造疫苗的知識和科技。

樊系數繼續與李斯對峙。

「雖然有了超級病毒，但你們無法研發出疫苗吧？所以你們要綁架聖人，有了他之後，才能啓動滅世計畫……」

用病毒征服世界後，最大的難題就是如何收拾殘局。這個時空的樊系數在此之前對超級病毒所知有限，所以思考上有盲點，沒想過李斯等人只能培植超級病毒，卻造不出抑制病毒的疫苗。

如今眞相大白，樊系數也終於想通了爲甚麼李斯錯過一次又一次殺他的良機。既然李斯的目標是瑪雅，就一定不會下殺手，所以美軍只要依計畫重點保護瑪雅，李斯這局棋就會輸在最後一著。

「現在美軍前後包圍這裡，你們已是窮途末路。若你想用人質威脅我，我勸你死了這條心吧！」

李斯聳了聳肩。

「誰說要威脅你？我只是要引開你。」

樊系數怔了一怔，懷疑李斯是在虛張聲勢。

「引開我？」

「如你所言，既然我已達到了目的，你們都可以去死了。」

李斯目露寒光，突然向王翦揮手示意。

「動手！」

只要王翦殺了阿紅，樊系數也一定難逃死劫。

阿紅自知打不過王翦，所以被對方打倒之前已有所準備。

她一直在等一個機會。

一個暗算王翦的機會。

就在王翦挪動鯊魚臂刀之際，阿紅也湊嘴向前，讓他撞上她用牙齒緊咬著的刀片。刀片她一直藏在舌下，這是深圳扒手慣用的伎倆，王翦最大的失策就是沒有封住她的嘴。

「嗚啊！」

像王翦這樣的硬漢，手筋中刀之後，也痛得大喊大叫。

阿紅掙脫之後，連滾十二個圈，滾到樊系數腳邊。

正當王翦要過來報復，樊系數卻喊住了他：

「別過來！我身上有炸彈！」

原來樊系數將生死置之度外，抱著犧牲的決心進來談判，只要發生了最壞的情況，他就會與敵人同歸於盡。

「炸彈？哈哈！」

李斯大笑一聲，又說下去：「你的炸彈有比我的厲害嗎？」

不知是巧合還是算準了時間，當他此話一出，洞口外面竟傳來轟隆轟隆的巨響，拱門隧道裡面也像地震一樣天搖地動。

樊系數瞟向外面，驚見塵土飛揚，果然眞的發生了大爆炸。

哭牆倒塌了！

這一切都在李斯的計算之中，他曉得美軍會搶佔高點，所以一早在哭牆上埋下了炸彈。

阿紅向著樊系數，急嚷道：

「外面有假冒的人質！」

之前她用超強聽覺監聽，發現人質中混入了恐怖分子。

樊系數當下想到瑪雅會有危險。這時候他已用阿紅咬著的刀片切斷了綁住對方手腳的繩索。兩人正欲往外逃命，凝神瞪著敵人的動靜，卻奇怪王翦怎麼沒有上前阻止。

「我勸你們別出去送死。我們的援兵已經到了。」

李斯笑著說：

「最後一條問題。爲甚麼要等十三年，我們才開始行動？」

一提到援兵，樊系數就想起來了，據聞有一支所向披靡的步兵部隊由約旦那邊開始殺起，一路向聖城這邊推進，摧毀了好幾個軍方據點……

樊系數聯想到最可怕的事情。

答案也和基因有關。

「改造人！」

李斯忍不住拍了一下掌。

「答對了。」

兵臨城下，來的是人類史上最強的軍團！

59

雄獅在三歲就是成年。

不像人類，野生動物都比較早熟。

這種基因的設定，有利猛獸適應弱肉強食的生態。

爲了戰爭而生的超級士兵由於體內有野獸的基因，他們也會比一般人類提早成年。大約到了十歲，超級士兵已經壯得像成年人一樣，體能亦會邁向巔峰的狀態。

這就是基因工程的力量。

和氏璧，又稱「天地之書」，詳細記載了複製人的技術。既然李斯的目的是征服世界，首要條件就是創造史上最強的超級士兵，於是複製了秦始皇的基因來造人。

在古代做不到的夢想，到了現代終於實現。

這些稚氣未脫的超級士兵就像電玩遊戲「無雙」系列中的猛將，以寡敵眾、攻城掠池，取上將首級如探囊取物。

在邊境的防衛，以色列軍方派出最強的第十三特種部隊，配備火神機砲和武裝重機槍。

結果，第十三特種部隊全滅，超級士兵未損一將。

經過格鬥家王翦的訓練，他們都變成了最恐怖的殺人凶器。

十二名超級士兵組成地球上最強的部隊。

部隊的名字叫——

神兵！

十二個超級士兵，戴著黑色的頭盔，手繫黑色的鯊魚臂刀，身穿甲冑似的未來防彈衣。

一個超級士兵猶勝千人之力，由北到南，殺盡駐軍。

以色列軍方透過衛星傳送的即時影片，知道此事非同小可。當神兵部隊攻破彈藥山的時候，政府緊急撤退橄欖山地區的民眾，接著便用衛星追蹤敵軍位置，向橄欖山展開對地飛彈的轟炸。

只要飛彈在身邊爆炸，人要嘛被氣壓撕裂得四分五裂，要嘛被彈片刺穿得體無完膚。

但是，飛彈根本追不上超級士兵的神速。

十二個士兵以分散的路線朝共同的目的地狂奔。

以軍幾乎炸燬半片山區，卻炸不死一個敵兵。

到了最後的防線，美軍趕來支援——

風神翼龍降臨大地！

巨大戰機隱匿雲間，就像召喚獸般現形，越過古城的上方，飛向古城牆外的神兵部隊。

戰機中腹的彈艙暗藏頂級火力武器，包括響尾蛇飛彈、流星導彈、追蹤火箭彈和對地密集霰彈。

清場之後，廢墟上只剩敵人，風神翼龍可以傾盡彈藥，開火轟炸地面上的一切。

翼龍是空中的霸主！

這樣的戰略本來無懈可擊，但超級士兵也不是一幫沒腦袋的莽漢。他們的眼力更勝雷達，早就發現風神翼龍的蹤影，也從指揮官口中得知了相關情報。

神兵部隊有一台悍馬運兵車，載貨艙除了放置武器和補給裝備，也擺了一座移動式的砲台。士兵開車到電線桿附近，揭開遮住敞篷貨艙的遮布，只需三分鐘便將砲台接上高壓電。

對空雷射砲！

在風神翼龍開始掃射之前，光芒萬丈的雷射光衝天轟出。

這一砲的威力驚天動地泣鬼神，射程遠得超出天際的盡頭，彷彿可以在大氣層上轟開一個洞。而在這一砲轟出之後，整個地區全面停電，可惜政府無法向肇事者追討賠償。

與此同時，樊系數和阿紅逃到外面，仰頭就目睹「翼龍」墜落，如一顆大火球般掠過古城上方，重重地砸向城牆後的地面，轉瞬發出震碎五臟六腑的爆炸聲。

兩人心驚膽跳之際，目光又回到倒塌後的哭牆，只見聖殿山亦像山崩一樣傾瀉，鋪天蓋地瀰漫著黑煙似的灰塵。

阿紅望向較遠的空地。

一名戴著阿拉伯頭巾的男人抱住不省人事的瑪雅。

儘管美軍一直監聽拱門隧道裡的對話，依然來不及阻止敵人的詭計。戴頭巾的男人撕開仿真人皮，露出本來面目。

果然是蒙武！

這傢伙是化學專家，專長是製藥、製毒和造炸彈，剛剛的爆炸明顯是他的傑作。

不幸中的大幸，四周仍在美軍控制之內，蒙武要帶瑪雅全身而退，恐怕還要突破重重關卡。

樊系數和阿紅瞪著蒙武。

對峙沒多久，南邊的城牆就爆炸了。

所有人望向南邊的城牆。

一個個超級士兵由城牆上冒出頭來，再由牆頂一一躍下。

停車場的美軍奮勇抵抗。

無奈神兵部隊所經之處抵抗者必定慘死，不是身首異處，就是腰斬兩截。這十二個超級士兵分頭行動，前前後後擁至，又有默契聯合出擊，簡直就像一個由死神組成的極惡聯盟。

黑色的臂刀，惡魔的力量！

狙擊手在高處埋伏。

就算他們用眼睛，也追不上超級士兵的速度。

眾多狙擊手來不及反應，已經人頭落地。

城內，塵煙飛揚，血花紛飛。

超級士兵迅猛不見影，臂刀亦快得不見影。

殺通天！

蒙武乘亂之際，拖著瑪雅離去。

樊系數和阿紅無力阻止，因爲超級士兵已近在眼前。

就算是最快的子彈，也來不及救命。

眼前的超級士兵舉起臂刀，直砍向阿紅的脖子。

另一名超級士兵也砍向樊系數。

距離死亡只剩零點一秒。

光速比子彈更快。

一道雷射光似的光束貫穿兩名超級士兵。

連大口徑的子彈都無法穿透的防彈衣，竟然被轟開了一個大洞。

樊系數和阿紅回頭，卻見東面炸開的金門那邊，來了一個軍裝打扮的男人，他的指尖上閃爍著耀動的電光。

此人戴著頭盔，樊系數瞧不出他的面貌。

但阿紅憑感覺就知道他是誰。

除了他，他的身旁還有一個穿古裝的男人。

旭日在兩個身影背後昇起。

雷霆救兵——

賴飛雲與王猇並肩而行，每一步都是慢條斯理，卻散發出強者無敵的氣勢！

60

王猇執起直升機的螺旋槳，當成類似長柄雙刀的冷兵器。

他踏過灰塵飛揚的廢墟而來。

一閃身，入陣廝殺。

本來有十二個超級士兵，賴飛雲擊斃了兩個，現在剩下十個。

王猇掄起長柄螺旋槳，攻法行雲流水，守勢迴旋連擊，逼得前線的超級士兵節節後退。

賴飛雲看準時機，持著兩柄神劍上前助攻。

那些超級士兵自小接受軍事訓練，戰力強得無話可說，可惜讀的書少，無法看破賴飛雲那招電磁砲的原理。

當他們心存顧忌，就不會一哄而上，賴飛雲和王猇也就有機可乘。雖然兩人只是第一次合作，但經過剛剛那場決鬥，都相當瞭解彼此的能耐，亦知道此戰必須互相照應才有一線生機。

一個是天使的後代，一個是惡魔的後裔，這一刻兩人竟並肩作戰。

王猇就是阿虎，阿虎就是王猇，本來分開的靈魂，現在又二合爲一。賴飛雲並不知道，他的父親當年饒過的嬰孩就是阿虎。一念之差，因因果果，命運也有了蝴蝶效應般的改變。

這一邊是血戰的戲碼，另一邊卻在上演追逐戰。

蒙武拖著瑪雅開溜。

樊系數跟阿紅急追。

兩年前瑪雅在香港遇見發病的路人，都是蒙武安排的把戲。他們一早就盯上了瑪雅，經過那場實驗，不僅證實瑪雅擁有百毒不侵的體質，也看穿瑪雅的好心腸將會成爲他的弱點。

這一次蒙武裝成垂死的病患，引瑪雅過來身邊，迷昏綁架的過程相當順利，唯一的失策就是低估了賴飛雲，也沒想到王猇竟會改邪歸正。

「小心！」

阿紅在蒙武開槍之前，快手推開了樊系數，自己也躲開了子彈。樊系數心急如焚，但偏偏阿紅手上沒有任何武器，要反擊也是沒轍。

眼見蒙武又要開槍，樊系數這才想起自己的防彈背心裡有炸藥，一中槍搞不好會自爆。

千鈞一髮之際，一部無人機由沙塵中飛出，朝蒙武背後猛射！

這個壞人就這樣倒地不起。

「血滴子遙距殺人機！」

正當樊系數亂替這件現代武器改名，就瞧見有軍旅車駛過來，車上的人正是巫潔靈和娜塔莉。她倆都穿著草綠色的軍裝，而娜塔莉手裡拿著的遙控器，看來就是用來操縱無人機。樊系數憑算命來請人，這次眞的請了個不得了的人才，竟然懂得用遠距辦公的方法來殺人。

眾人將瑪雅抬到軍旅車上，總算是死裡逃生。

「嗚，我覺得自己死了好多次……」

儘管巫潔靈一副弱不禁風的樣子，卻屢屢立下奇功，簡直就是這場決戰的最有價值隊員。

樊系數對她比了一個讚。

「連中國第一的殺手都聽妳的……妳用多少錢買通了他？」

巫潔靈餘悸猶存，回答道：

「我只是喚醒了他的良知。」

良知無價，阿虎的父親駱先生在天之靈，應該也沒放棄這兒子。巫潔靈相信，當年在駱家找到駱先生的日記，必然就是天意，又或者是駱先生顯靈——文字承載了一個人的記憶，這樣的記憶就是如同靈魂的碎塊。

軍車開到了安全的距離，樊系數用望遠鏡觀戰。

廣場上的激鬥到了白熱化階段。

螺旋槳是信手拈來的武器，但王虢用起來得心應手，速度愈發快了起來，攻勢也跟著凌厲。每次當他高速旋舞，都可以化解群敵的圍攻，而這一次他連連砍中了大圓環裡的敵兵。

賴飛雲補上一劍，遠距揮出無形劍氣，斬斷敵人的腿。

王虢將敵人打上天，旋即騰空追擊，再將敵人打入地面。

十減一，只剩九個。

超電磁砲神劍！

賴飛雲電力有限，沒有必中的信心就不會使出這招。換句話說，當他出招，敵人一定必死。

只剩八個。

重力盾！

王虓成爲賴飛雲的後盾，擋開乘虛而入的敵人。

那些超級士兵受過培訓，對賴飛雲這號人物耳熟能詳，都曉得他在放電後破綻大開的弱點。偏偏就是殺出王虓這個程咬金，替賴飛雲護住了空隙，賴飛雲才可以放膽出招。

超級士兵漸漸明白，只要解決了王虓，賴飛雲便不足爲懼。

同一批複製人是一個整體，這個兵團高效合作，五個對付王虓，三個圍攻賴飛雲，果然眞的令王虓顧此失彼。

王虓就像受到挑戰的獅子王，遭受五獅圍攻撲咬，屢屢險象環生。縱使王虓總是避開致命傷，但身中多處嚴重刀傷，自癒的速度來不及止血。

全靠王虓的防守，賴飛雲才有喘氣空間，但也漸漸快到極限。賴飛雲狂揮無形劍氣逼退一人，又用工布劍刺傷一人。但就算他有三頭六臂，也難敵這麼多超級士兵，更何況他只有兩條手臂。

這時候，泰阿劍亮起快沒電的閃燈，王虓的螺旋槳也斷開成兩截。

剩下八名超級士兵，他們發出淒厲的叫聲，明顯穩佔上風。

「金屬風暴！」

無線耳機傳來隊長的指令。

賴飛雲向王虠打了個暗號，王虠立刻借助龍淵劍的反重力，飛上高空並懸浮飄開。

這是最後的一擊！

一秒之內，數萬發子彈從天而降，眞正稱得上是風暴級的彈雨！

這是雷神特種部隊的祕密武器，工程設計參考自某外國公司的軍事產品。只要在外圍架好箱型的發射砲台，數百根槍管齊發，就會像放煙火一樣上天，隨即化作千百道銀弧急瀉。

鐵彈滂湃落下，賴飛雲全力引爆自身磁場，排斥鐵彈連珠砲發向外噴射，萬有引力倍數加速，勢崩雷殛全面殲敵。

這是一場天災級的完美風暴！

半球覆罩之內的敵人非死即傷。

風暴過後，滿地都是鐵珠，一個個「神兵」倒地，科學的力量戰勝了神力！

賴飛雲出招後精疲力竭，眞的再無餘力，要拄著劍才能保住站姿。在他快要虛脫之前，聽見了王虠來自上方的讚美：「好傢伙！我來善後！」

王虠由半空落地，逐一解決重傷未死的敵兵，到了完事的一刻，嚴重的傷勢也令他走不穩了。

古戰場，生死決。

一切似乎是結束了。

忽然——

遍地屍骸之上，疾風迅雷似的步速，一人如紅色彗星般直衝，彷彿劃破大地而來，帶著滔天的殺氣抓住了王虢。

情報透露神兵部隊有十三名成員。

十二加一才等於十三。

這名身穿紅色鎧甲的戰將才是指揮官，神兵部隊的第十三號人物，地位等於神祕登場的大首腦。

左一條，右一條，血如泉湧。

紅色惡魔徒手把王虢的雙臂撕開！

61

紅色惡魔身穿的鎧甲乃來自未來的科技，由共和國的太空船帶到地球。

拳頭揮出的瞬間，胳臂和手肘的小型引擎驅動，推進的爆發力連岩石都可以粉碎，更別說是普通人的胸骨。

這樣的一拳轟向賴飛雲！

賴飛雲用劍擋住，急躍往後卸力，但還是受了內傷，令他一口悶氣憋在胸口，隨即吐出一大口鮮血。

剛剛工布劍脫手，賴飛雲的手上只剩泰阿劍。

但他根本連手臂也抬不起來。

紅魔昂首闊步，兩步作一步，砰砰然走向賴飛雲。

三三兩兩的子彈打中紅魔，但全部被彈飛，看來只有美國的鋼鐵人飛過來，才能力敵這個刀槍不入的反派角色。

「混帳……到底還有多少黑科技？」

樊系數遠遠看著，咬著指甲，似乎只能眼睜睜看著賴飛雲慘死。

「嗚……」

巫潔靈已經看不下去。

紅魔解決完賴飛雲之後，接下來就會對付他們，因爲戰場上的活人所剩無幾，只剩這架軍車裡的乘客最爲顯眼。

開車逃得了嗎？

樊系數他們剛剛也看得清楚，那副戰甲有反重力般的離地推動力，暴走速度快得如同飛彈……恐怕紅魔花不了多少時間，就可以將賴飛雲置之死地而後快。

那個王猇浴血躺在地上，看來快要斷氣的模樣。

阿紅突然跳下車，奔向了王猇。

她肯定聽見了，聽到王猇氣若游絲的呼喚。

「撿劍……我教妳用……」

王猇自知必死無疑，竟然盼望有人去救賴飛雲。

阿紅撿起龍淵劍的時候賴飛雲又被揍飛了，兩腳朝天栽在地上。不知紅魔和他有何深仇大恨，竟然要用拳頭將他折磨至死。

「劍柄上……有一對龍睛……同時按住……劍尖……重力波……」

王猇的聲音愈來愈弱。

剛剛阿紅觀戰，也見識過重力波是怎麼一回事。

短劍。

刺客的專用武器。

阿紅再往下看，卻見王猇已經斷氣。

她隱約聽見他最後吐出的話：「我是阿虎。」

只見紅魔又出拳了。

賴飛雲毫無反抗之力，硬吃了這一拳。

阿紅吸一口氣，傾盡全力衝刺。

當賴飛雲連泰阿劍也握不住，就再也沒有擋拳的武器。賴飛雲雙手下垂，雙膝一軟跪坐地下，已然陷入半昏迷的狀態。

紅魔的長影已碰到了賴飛雲。

重力波！

到了這一觸即殺的關頭，阿紅與紅魔尚有一段距離，卻已無法再等，不得不揮出劍尖，向紅魔背後射出重力波。

龍淵劍在阿紅手上閃閃發光。

重力波眞的出現，壓在紅魔身上。

可是，紅魔竟然承受著重力，緩緩踏出一步，又沉沉踏下一步，只差兩步就可以抓住賴飛雲。

「小賴！」

阿紅穩穩握住劍柄，保持相同的角度，但始終無法阻止紅魔前進。在這樣的距離，她也看得清清楚楚，紅魔的戰甲簡直是天衣無縫，沒有任何可以插得入的缺口。

就像對著一頭暴龍，她的攻擊只是枉費氣力。

只見紅魔已經站穩腳步，緩緩向賴飛雲伸出鐵臂。

阿紅急得要命，明明她就站在紅魔背後，卻無力阻止這個巨漢扼殺自己的弟弟，這情況更不可以移開龍淵劍的劍尖。

恰如慢動作的畫面，紅魔已經揑住了賴飛雲的脖子，並用蠻力將他高高舉起。

耳邊傳來飛輪旋轉的聲音。

說時遲那時快，無人機飛到阿紅旁邊，機上置放的手機發出巫潔靈的聲音：「**姊姊！這瓶噴霧倒滿了麻醉藥！鎧甲一定有氣孔，否則就不能呼吸！**」

這番話提醒了阿紅。

無人機垂吊著的噴霧瓶就是日常放置消毒酒精的塑膠瓶，現在看來竟像一件神聖的魔法道具。

想必是紀九歌顯靈，巫潔靈才知道這樣的事，不然連阿紅也不曉得這種麻醉藥可以當作噴霧來用。阿紅心中掠過一個念頭——假如創世紀生物科技集團上市，她一定要買這間企業的股票。

劍尖依然指向紅魔，阿紅一邊走近他，一邊全神貫注靜聽。

她在聽氣流的氣息。

氣孔在枕骨與頸椎之間的接縫！

當噴嘴對準了這個要害，阿紅就像握住遊戲機的手把，不停按不停按不停按……飄散的麻醉藥氣味濃得令她也昏昏欲睡。

在賴飛雲窒息之前，紅魔先倒下來了，變得像一頭沉睡的暴龍。

看著這個場面，阿紅實在哭笑不得。

「用酒精噴霧來打敗大BOSS……只有腦洞大開的天才，才想得出這樣的怪招……這是在演周星馳的電影嗎？」

她聯想到周星馳的電影，那張十大兵器之首的折凳……真是只有港產片才會演得出這種無厘頭的搞笑結尾。

朗朗雲天戰機巡航，以色列的傘兵降下來了，一張張敞開的降落傘散發出金色與白色的光芒。

阿紅揹著賴飛雲，在淒涼的戰場上哼起了歌。

一晃眼，軍車越過殘垣斷壁而來。

樊系數和巫潔靈下車，跟阿紅激動地摟抱在一起。

車上的瑪雅和張獒都在酣睡。

漫長的戰鬥終於結束。

他們活下來了。

在這個時空，救世主戰勝了宿命。

古城上方，燦爛的陽光之下，有一隻白鴿在飛……

62

「很抱歉要告訴你，你的妻子已經腦死，現時的醫療科技可以維持她的生命，不過……」以色列醫院的醫師宣告噩耗。

這兩年，合共七百多天，樊系數踏破天涯，心力交瘁，結果只是爲了見她最後一面。到底有多少個早上，他在傷心欲絕的現實中醒來？又有多少個夢境，他與年輕的她牽著手散步？

樊系數看著骨瘦如柴的小蕎，撫摸著她薄得只剩薄皮包住的骨骼……就這樣看了很久之後，他對醫師道：「請你讓她安詳地走。」

自從她昏迷之後，這十五年簡直是活地獄，他彷彿飽嘗了好幾輩子的痛苦，明明靈魂早已油盡燈枯，殘軀還是要被命運之手捏弄。

春蠶到死絲方盡，蠟炬成灰淚始乾。

厄運當前，無論他如何咬緊牙關，到頭來還是救不了小蕎。

在拔管的一刻，他緊握住小蕎的手，懊惱地吐出心聲：「對不起……」

張嫢、阿紅、瑪雅、安吉也來了，巫潔靈淚流不止，大夥兒只是默默在病房裡陪伴。

眾人一同看著儀器上的脈搏歸零，心電圖也變成平行的直線。

樊系數一臉冷靜，對巫潔靈說：

「妳說過，靈魂會在世上逗留七天……請妳幫幫忙，讓我在這七天跟她聊聊天。」

巫潔靈哽哽咽咽地說：

「我……我已經看見她了……她有話要對你說……」

樊系數戚然動容。

「她說甚麼？」

「她說——你這十五年爲我做的事，我都知道的，我都非常感激……每次看著你這麼辛苦，我心裡都很痛，但我說不出來……這輩子，謝謝你，下輩子，我會再嫁給你，再做你的新娘……」

就因爲這句話，一切艱辛的付出都有了意義。

樊系數再也不能自已，哭得死去活來。

在歷史的長流之中，命運都是沒有意外，一切都是命中註定的結果。但渺小的凡人就是不服輸，永遠向命運的高牆挑戰，就像飛蛾冒死追逐光明和火焰。

正如尼采所云，面對這個悲苦的世界，人們唯有做出最深切的覺悟，才能舉起英勇的大旗去對抗。好人也好，壞人也罷，人世侷限在匆匆數十年，假如死後都是殊途同歸虛無，人生莫非就只有在生的價值？

不是這樣的。

我們必須相信，人有靈魂這回事。

既然靈魂是一串不滅的電波，靈魂又是儲存記憶的載體，也就是說「生命」只是形態上的改變。死亡，只不過像水一樣，由固體轉化成爲氣體。不論是在哪個時空，不論物質是否存在，我們的記憶都蘊含活過的意義。

——我們現在所做的事情看似沒有意義，說不定它的意義將會體現在下一個時空。

樊系數想通了這一點，他終於放下了。

在最後的七天，樊系數和小蕎平淡度過，聊了好多甜蜜的往事，留下了永恆的笑聲。

直到某一刻，巫潔靈就再也看不見她。

在此之前，這對夫妻早已訣別，締結跨越時空的約定。

「來生，再見！」

哪怕往事只能如煙般消逝，哪怕連自己的名字也遺忘，他們仍相信人與人之間的引力，一定會讓彼此重遇。

他是術數師，豈會不明白這個道理？

對於紀九歌，樊系數深深感激。多虧了他延長小蕎的命，才多出那幾年幸福的時光。

要不要長生不老？紀九歌曾問。直到今天，樊系數還是很果斷地拒絕。他不要成仙成神，寧願以凡人之姿死去，繼續在有限的人生之中燃盡自己殘餘的光輝。

在這七天之內，戰爭也結束了。

這只是休戰，某年某月又會戰雲密布。

以色列軍方的高層曾與樊系數會面。

在離開以色列之前，樊系數要去見一個人。

地點是監獄。

當樊系數推開閘門，就看見坐在鐵窗後的李斯。像他這樣的重犯，必定會被送上軍事法庭，逃不過死刑的重罰。樊系數特地叮囑當局，千萬不要讓犯人有自殺的機會。

李斯拱手托在桌上，就像在向訪客作揖。

這個千年老人笑意盈盈，一點也不像喪家犬的表情。

樊系數劈頭就問：

「秦始皇的遺體在哪裡？」

有此一問，就是要攻破李斯的心防，殺他一個措手不及。決戰之時，樊系數一度懷疑紅色惡魔裡的人是秦始皇，事後揭開鎧甲調查，才發現裡面的人是蒙恬。樊系數耿耿於懷，便趁機會查探虛實，希望可以成功套話。

但李斯豈是等閒角色。

他一語道破：

「紀九歌也來了吧？我猜，當他變成靈體，天眼的能力就會恢復吧？我勸你們死心吧！我有所提防的話，就不會洩露腦中的情報。再者，王翦成了我的守護靈，他會幫我擋駕。」

李斯城府之深，料事之準，遠超樊系數的想像。

「IX」的餘黨兵敗如山倒，自殺的自殺，失蹤的失蹤。問題是核心成員的靈魂都在死後消失，所以樊系數欲知道眞相，只好向自殺不遂的李斯下手。樊系數瞭解，王翦曾接受「長生不老之術」，所以當他自殺身亡，他的靈體也會長存在世。

李斯看著樊系數，卻彷彿對著空氣說話：

「紀九歌啊！我這個師兄最了解你。我會告訴你和氏璧所藏之處，和氏璧有記載創造天災的方法……將來，你目睹人性的醜惡，你一定忍不住消滅人類。我很了解你，對不對？」

樊系數眉頭深鎖。

因爲扯到滅世的話題，他想起一事，便拿出手機，隔著鐵窗，向李斯展示一堆複雜的數字。只要是術數師都會看得懂的數字。

「你之前做的那個遊戲，到世界統一就結束了。我用數獨門的術數寫了一個程式計算下去……在那個統一的世界，最後還是爆發了內戰。就算地球人口只剩五億，人類還是會自相殘殺。」

李斯鼻子裡發出嗤的冷笑。

到底要讓一小撮人類倖存，還是全部人步向滅亡？

樊系數想起李斯兩個月前的問題。

「人類總會找到解決的方法……我講不出這種自欺欺人的話。但是，我相信，天使和惡魔也厭倦了冤冤相報的惡性循環，需要有人來終結千年萬載的仇恨。」

樊系數目光流轉，繼續說下去：

「地球要毀滅，就讓地球毀滅吧！至少幾十億人一同滅亡，大家不用互相種下怨恨，也不會留下甚麼罪業，這種結局總比自相殘殺好得多了。哪怕會成爲砲灰下的亡魂，我也心甘情願。」

「嘿嘿嘿！」

李斯竟然像個瘋子般狂笑，癲狂的笑聲溢滿會客室。

「你太天眞了。」

樊系數以爲李斯只是嘲笑他的想法。

後來，他才知道，這句話隱含的眞正意思……

63

六名特種部隊的成員潛入三層高的土色建築物。

這間位於敘利亞的工廠大樓，如無意外是「IX」最後的基地。

賴飛雲帶頭擋子彈，擊倒兩名開火的恐怖分子。

這次任務的目的是奪取和氏璧，這是國家不惜一切代價都要獲得的曠世奇寶。

置身槍林彈雨之中，賴飛雲竟然分心在想別的事情，腦際間響起巫潔靈的聲音：

「當你挽救了一條生命，你就等於挽救了全世界。」

大戰之後，賴飛雲在醫院昏迷三天，一醒來就碰見巫潔靈的目光，原來她一直在床邊看著他。

「幸好你沒死……你欠我救命之恩呢！」

的的確確，全靠她喚醒王虓的另一個人格，賴飛雲才在死鬥中活下來。他沒有闖入地道救援，她卻奮不顧身爲他赴湯蹈火……每當賴飛雲回想此事，都會慚愧得無地自容。

「妳要我怎麼報答妳？聽說妳是億萬富婆，還需要我這條爛命嗎？」

賴飛雲對她的態度，終於變得像個老朋友。

「和我約會吧！你有點老了，但還是我最喜歡的小鮮肉！」

巫潔靈說得若無其事，賴飛雲倒是面上一紅。這時他才發現自己上身空蕩蕩的，裸體都被看光。

雖然賴飛雲身上有多處骨折，但他持著拐杖，還是可以走下病床，溜出醫院外面。

「我以前讀書的時候最喜歡就是逃學。賈大哥當時知道了，請客時還叫我多吃飯，這樣才有力氣逃學！」

「笨蛋……讀書比當兵好吧！我今天要告訴你，你不戴綠帽的時候帥多了！」

聊聊天，說說笑，兩人彷彿回到青春的時光，懶洋洋地在艷陽下漫步。

「到了。就是這裡。」

在錫安山上，根據手機的地圖導航，兩人抵達她要去的目的地，入口的門牌是看不懂的希伯來文，繞坡圍著因歲月斑剝的岩牆。

她帶他走進拱門的入口。

約會的地點竟然是……

墓園。

「妳眞是怪胎！」

賴飛雲又好氣又好笑，憶起第一次見面的時候，他也是暗暗罵她怪胎。

巫潔靈笑了笑。

在陽光普照的晴天下，這是一個美麗的墓園，毫無陰沉的感覺，猶如一片寧靜樂土。

「找到了！」

兩人一直走到最下排的墓地，對著綠油油的山谷，往右走到差不多盡頭。

巫潔靈找到了要找的墳墓，墳墓不是特別顯眼，卻因爲只有此墓的石板上放滿石頭，所以不算特別難找。她站在光潔淨白的墓前，也放上了一塊奇形怪色的小石頭，與石板上其他形狀不一的小石頭相映成趣。

石板上刻著賴飛雲不會唸的名字：

OSKAR SCHINDLER

巫潔靈虔誠合掌，垂首道：

「你有看過《辛德勒的名單》這部電影嗎？」

賴飛雲搖了搖頭。

巫潔靈正煩惱要如何解說，瞥眼間看見墓上有張小卡片。也不知算不算別人的供品，她與高采烈就撿起來了，指著卡片上的短句說：

「這是希伯來文。你看得懂嗎？」

賴飛雲歪著臉道：

「開玩笑嗎？我連英文也不行啊……」

巫潔靈語重心長地說：

「我也只懂這一句。這是猶太法典中的一句話——當你挽救了一條生命，你就等於挽救了全世界。」

「抱歉……我聽完中文，也不懂這句話的意思。」

巫潔靈用手肘推了賴飛雲，調皮地說：

「笨蛋，這次成功拯救世界，誰的功勞最大？我覺得就是我啊……當年要不是你救了我一命，今日超級病毒已經攻陷全世界嘍。這例子就是告訴你，你救了一個人，這個人將來或許有機會改變世界！」

這番話觸動了賴飛雲的心弦。

那個下午，她說起辛德勒的故事，本來是個黨員和黑心老闆，僱用受歧視的猶太人來當血汗工人……小女孩的屍體令他燃起了善念，開始不惜代價保護自己的工人，甚至為了救人而傾家蕩產，瞞騙納粹政府……

明知道國家是錯的，黨員沒有糾正國家的錯誤，反而成為政權的幫凶……這樣並不是愛國，而是令國家加速邁向滅亡。當這個國家變得很爛，就是在大多數人默許之下變成的。

識時務者為俊傑，聰明人都會明哲保身。

但國家需要的不是俊傑，而是冒死反對的笨蛋。

「雖然我經常罵你是笨蛋，但我個人是很喜歡笨蛋。」

「我認了。當笨蛋，也比壞蛋好吧？」

「嗯！中國人這麼壞，就是因爲太聰明。甚麼光宗耀祖，甚麼忠君愛國，甚麼長幼有序，根本就是思想遺毒！自私的基因，奴性的基因，還有愛鬥爭的基因……這樣做人眞的好累。做人，笨一點，才會好命！」

巫潔靈的話言猶在耳。

一個人的基因，決定一個人的命運。

一個民族的基因，就決定一個民族的命運。

比瘟疫更可怕的是謊言，比病毒更可怕的是文化。

一個國家該當追求軍事上的強大，還是文治上的強大呢？高牆，還是雞蛋？

「我相信你心中已有答案。就像當年的你，選擇了弱小的我。」

巫潔靈告訴了他和氏璧的所在地。

當賴飛雲回過神來，大樓裡的餘黨已一一倒下。

佔領工廠基地後，特種部隊立刻展開搜索任務。

眾人來到地下室，用儀器發現了暗門。

暗門後是一間密室，密室裡有一座黑色的保險櫃。

部隊中的開鎖專家轉動密碼輪盤，本來想說打不開的話，就要借助賴飛雲的工布劍，但折騰一會之後，最後還是成功開鎖。

保險櫃裡是滿櫃的金磚，底層還有一大疊鈔票，用一塊黑色的石頭壓住。

隊長卻知道，這樣的擺設只是障眼法，眞正價値連城的是那塊石頭。

「這就是和氏璧嗎？」

隊長問起的時候，賴飛雲假意點頭。

事實上，他也是第一次看見這塊祕石。

這東西是人類文明的結晶品，也是亞當和夏娃的「禁果」，一切智慧和罪惡的源頭。

當眾人的焦點在黑石之上，賴飛雲亦有所行動。

超導電極！

密室之中，賴飛雲釋放電流，一下子將全隊人電暈了。他練習過數萬遍，控電本領收放自如，並不會失手致人於死命。

「對不起。」

軍令如山，哪怕自己下輩子要坐牢，賴飛雲也無怨無悔。

在沒有英雄的年代裡，他只想做一個人。

這就是他的答案。

對不起國家，卻對得住自己。

賴飛雲高舉工布劍。

砍向和氏璧。

這一斬，斬斷的是千年的怨懟，斬斷的是文明的慾望，斬斷的是罪惡的枷鎖……

和氏璧瞬即化爲微粒，如碎瓊亂玉般撒滿全室，黑瑩瑩般閃出最後的光輝。

不屬於這時代的東西，就讓它消失吧！

賴飛雲還劍入鞘。

在這片迷離的空間，他彷彿聽見來自遠古的女聲：

「謝謝……」

64

樊系數穿著西裝，站在馬路旁邊等人，看著石屎高牆上的標誌。那標誌是一條大蛇盤繞權杖，背後的環圓圈狀似雷達，地圖上的板塊應該是非洲和中東。

阿斯克勒庇俄斯之杖。

他每次看到這個古老的圖騰，都會覺得那條蛇在盤踞著那根木杖。

旁邊長匣形的摩登大樓，正是世界衛生組織的日內瓦總部，從外面看，樓高八層，但延伸的佔地範圍很廣，上有蓋板似的屋頂遮陽棚。

——這座建築物看起來眞像約櫃。

樊系數東張西望，心中有股莫名的躁動。

「嗨！對不起。」

張獒姍姍來遲，這傢伙居然穿著白色西裝……新郎官眞是意氣風發。雖然樊系數有點緊張，但他們其實早到了一個小時，在洋妞職員的帶領下，可以先入會場。

今天，舉行世界衛生大會。

樊系數受邀出席，表面上歸功於他爲防疫開發的大數據系統，實際上是頌揚他的團隊暗暗拯救世界的功績。樊系數覺得是大家的成果，不想獨領功勞，剛好張獒和阿紅在歐洲度蜜月，便給他們兩張世衛提供的商務機票，外加三晚五星級酒店。

「阿紅呢？」

「她最討厭這種場合，寧願在酒店睡覺。」

張嫯唯有自己過來，難得參加世衛大會，雖然未至於光宗耀祖，但總算是解鎖了一項特別的人生成就。

樊系數盯著張嫯右眼上的眼罩。

「你有做手術移走眼窩裡的機件嗎？」

「沒辦法喔。機械義眼已與血管增生，變成我身體的一部分，不可移除。動手術的話，會有生命危險。」

樊系數只好安慰道：

「你這次眞的是爲國捐軀！」

兩人進入會場大堂，這裡的裝潢和格局都好像演奏廳，兩側還有二樓和三樓的樓廳，既有安置會議系統的講桌，也有高高在上的旁聽席。

原來只有他倆赴會，張嫯事前並不知情。

「巫富婆和瑪雅呢？」

「瑪雅和老婆現在旅居以色列，他救人的事傳遍千里，人人都當是神蹟。甚至有以色列人叫他入籍，去選總統……他由美國消失再出現在以色列，這件事也被包裝成了神蹟，不然政府很難掩師……只有我們知道眞相。」

「巫富婆是花錢花得太爽，所以不來嗎？」

「不是，她是在上班。我眞佩服她呢……居然將全部遺產捐出去。她捐錢的時候，還叫我代她按網路銀行的確認鍵。不過，她還是給自己在曼哈頓買了一幢房子。」

樊系數順便向張獒說出驚人的眞相：

「你記得『黑傑克』這號人物嗎？巫潔靈出錢僱用偵探組織調查，發現他本來的職業眞的是外科醫生，但他的研究領域竟然是換頭手術。」

「換頭手術？怎麼可能？」

「我也不曉得。但的確有人在做這樣的事，國際新聞聳動一時。技術上已證明可行，就是差在倫理那一關。」

張獒拿來兩杯咖啡，繼續討論這個話題：

「我最近看的美劇就是在講未來的權貴在荒島上養殖複製人，用來當人體器官的備用庫。如果連整個身軀都可以更換，那就眞的太恐怖了。」

「世上有兩種科學家，一種是享譽盛名的學者，另一種則是爲國家工作的黑暗科學家。誘因這麼大，這種醫術一定會發展出來……我懷疑，和氏璧裡會有記載。」

樊系數不禁爲人類的前景擔憂。

張獒對話題很感興趣，又問：

「對了，你說過個人的命運是由基因決定。如果是器官移植的話，一個人不是同時有兩種基因嗎？這情況又如何算命呢？」

古時哪有這樣的事？樊系數沉思一會，才說：「應該是算比例的吧？如果是換頭的例子，有可能就是以軀體的命運爲主……說眞的，我也只是瞎猜。」

張嫯自小行走江湖，見盡無數壞人，所以很懂壞人的想法。他就像在講祕密一樣，壓低聲音道：「飯頭喲，我知道你一直在找秦始皇的遺體……就算復活失敗，李斯那伙人會不會物盡其用，拿這具遺體去做交易？你說過，秦始皇擁有統一天下的天命……」

其實樊系數也想過這樣的事。

「現在要當皇帝的話，就要去一個永續政權的國家。你這麼一說，我倒想起十年前，某國『儲君』一度傳出健康堪虞，但此君後來不僅康復，還扭轉了劣勢，扳倒『太子』成功登基。一國之君的氣運就是國家的氣運，一個強運的國家就算胡作非爲，也可以逢凶化吉因禍得福。就像這兩年的疫情，可以看出國運高低，只有少數國家不受影響……」

張嫯心領神會地說：「你是說北韓嗎？」

樊系數會心一笑，點頭道：「對，就是北韓。」

這時候大會即將開始，廣播呼籲大家就座。

樊系數若有所思，向張嫯道：

「說起來，還有一件重要的東西未找到。」

「甚麼東西？」

「發芽的杖，即是聖血。」

「不是在共甚麼會的手上嗎？」

「唉。眞相永遠埋在地底。現在回想，聖血才是約櫃裡最重要的東西……」

樊系數比誰都清楚，在病毒威脅眾生的世界，哪一國率先開發出疫苗，就能成爲未來的統治者。是因爲戰爭的後遺症嗎？他就是疑神疑鬼，覺得事情還未結束。

如果……

樊系數神情恍惚，跟著張䕫回席坐下。

鄰座的張䕫正好奇今晚會看見哪個大人物，樊系數卻有種難以言喻的不安感。無意間，當他瞧見桌上放著的簡章，腦中突然靈光一閃，彷彿窺見浮出水面的眞相，在渾沌的思緒中找到了光明。

樊系數乾瞪著眼，喃喃自語：

「約櫃的英文是The Ark of the Covenant……『約』是指契約。世衛就是根據國際聯盟盟約〔註〕成立的組織……」

——用金合歡木做一個櫃子……裡裡外外包上純金……

樊系數不由自主望向前面，看著會堂主講台後面的主牆。牆上掛著金色的巨大會徽。這個會徽的材質是木，只是在外層鍍上了金。

——要鑄造四個金環，安在櫃子的四腳上。

金色會徽的雕塑恰好只有四個環，四條直線交叉穿過了四環。

——從櫃蓋的兩端錘出兩個基路伯。二基路伯的翅膀要向上張開。

會徽下方有一對像翅膀的草圈，左右兩端向上張開。

——誰得到了約櫃，就會得到全世界。

會徽上的蛇杖交疊著世界地圖。

樊系數想到了可怕的事情，感到一陣暈眩。

滿場掌聲如雷，世界衛生大會視訊會議正式開始。

某國領導人受邀致詞，視訊直播在會場的螢幕。

「經過各國兩年以來的努力，我們終於戰勝了疫情，這是人民共同奮鬥的勝利。我們國家將會繼續全力支援世衛，發揮傾國的力量來開發完美的疫苗！我親愛的朋友，請你們相信敝國，我們自古沒有侵略擴張的基因，會爲世界帶來和平！」

基因與病毒，就像善與惡，自古就是陰陽的平衡。

宇宙本來是無盡的黑暗，卻出現了太陽，太陽的光孕育了萬物，然後就有了群星。

註：國際聯盟盟約爲「凡爾賽條約」的一部分。英文爲Covenant of the League of Nations。

「D」是基因的英文縮寫。
「D」也是命運的英文縮寫。
DNA與DESTINY。
基因決定命運。
人類從歷史學到的唯一的教訓，就是人類不停重蹈歷史的覆轍。
當靈魂日暮途窮的時刻，就是末日的世紀。
在鮮血之上，罪惡之花永遠盛開。
上帝失敗了。撒旦已死。
還有誰可以拯救人類？

《術數師》全書完

台版誌

衷心感謝台灣讀友的支持！
有你們的陪伴，這場奇幻的冒險才如此精彩！

台灣的《術數師》系列，在香港的系列名稱是「Ｄ」系列，這個「Ｄ」字語帶雙關，代表「基因」與「命運」。兩者的共通性，亦呼應了全系列第一卷的主題，這也是引領我創作這部作品的核心思想。

最初是個人的命運，繼而影響了整個民族的命運。

台灣這邊的系列譯名，亦有特別的涵義。「術數」兩字，「術」是推進科技的技術，而這種技術往往建基於完美的數學之上——自電腦發明之後，ＣＰＵ代替人類做出複雜的計算，令其他科學領域的研究搭上突飛猛進的順風車。沒有這種究極的計算能力，基因工程也不可能如此迅速發展。

但穿過了這道祕門之後，人類的未來也變得難以預測，哪怕是借鑑古人的歷史規律，也無法再預測新世紀的未來。

終極的基因工程技術，必然創造出長生不老的人類。

好處是可以解決人口老化的問題。

但現實中的好事往往變質，領導人得到了永生，將會以上帝之姿駕馭人民，極權統治的制度必然根深柢固。

作家魯迅寫過一句名言：「我向來是不憚以最壞的惡意，來推測中國人的。」

這句話放諸世上一切人種，亦一樣通用。

但是，聰明自私的民族造出的惡行，就有摧毀整個世界的破壞力——就像在我故事中出現的全球性瘟疫。

我正在Patreon經營個人頻道，所有訂閱本人連載小說的讀者，都見證了我的特殊能力：「天航的烏鴉嘴」。

當我寫以色列戰爭（二〇二一年四月三十日），隔週就眞的爆發了以巴戰爭。當我在新連載中描述台灣的老公寓發生火災（二〇二一年十月二日），結果隔週就傳來高雄城中城大火的新聞。這些內文的事件成眞，全由近一千位讀者見證，幸好我一直低調不張揚，否則記者早就給我「南港賴布衣」的封號，我就無法再貫徹隱居的生活。

而在我眼中，大部分悲劇都是人禍。

本應可以預防的悲劇，最後卻發生了，這才是最可悲的一點。

除非有人挺身而出改變制度，否則人性只會不停犯錯，悲劇亦會接二連三上演。

人類在與命運抗戰的時候，就會綻放出最偉大的光芒。

執筆寫作此書之時，正值台灣疫情的高峰期（老天保佑疫情不再來），幼兒園停課，我白天都要在家裡顧小孩，每晚吃完晚飯就外出，在辦公室熬夜工作。

柯比是看著凌晨四點的籃球場練球，而我是看著凌晨四點的籃球場歸家。

寫了長達十五年的系列作品，終於在這種艱難的情況下完稿。

也許作者含淚完成的作品，才能同樣令讀者飆淚。

由香港一間小學教室開始，寫到秦始皇的陵墓和墨西哥的金字塔，上至宇宙盡頭，下達地底迷宮，最後在耶路撒冷的蒼穹下終結。故事結合神祕學的元素，串通不同時空和歷史，由文化大革命橫跨天鵝絨革命，故事線涵蓋阿茲特克侵略史和十字軍東征，內容複雜到連希伯來文也出現……場景亦由熟悉的香港變成了末日的香港，全系列探討的主題是人性善惡與基因工程。

第六十四回最後的演講，與書中某段話是互相呼應的。如果你能找到答案，你就會更加瞭解整個系列要表達的主題：宿命。

由始至終，樊系數要做的事就是打破宿命。儘管宿命難以改變，我們還是可以在宿命中尋找意義。是的，人就是爲了尋找意義而存在的生命體。這也是我這個作者，一個宿命主義者，希望傳達給讀友的重要信息。

這部小說由二〇〇八年開始由蓋亞文化出版，若我說最大的遺憾，就是沒在當年買入台積電的股票。

雖然財產沒有變多，但我得到了比錢更可貴的人情（不是安慰話）。

與很多台北人一樣，我覺得生活艱難（哭）……因此我更加感激所有關照過我的台灣朋友。

這部小說斷斷續續寫了十五年，對我來說是一段很重要的人生旅程。

感謝蓋亞文化的同仁，尤其是總編和老闆，全靠他們當年的慧眼，我才有緣來到台灣生活。另外當然要感謝致雲，當我們相識的時候，她才剛入行，現在一晃眼已成了獨當一面的超級編輯，也是我珍而重之的夥伴。

當然，我要感謝所有台灣的讀友，拙作可以每隔三年出版一集，真的全賴你們的支持。

在二〇〇八年之前，我根本不認識台灣，但命運就是引領我來到了這裡，與這片土地結下不解之緣。

台灣，就是我視爲家的地方，我連自己的塔位也買好了。

我兒子也在這裡快樂長大。

只要尚有一口氣，我都會繼續創作。

只要你繼續逛書店，又或者關注我的臉書專頁……又或者，你去圖書館借書也勉強ＯＫ……作者與讀友之間的緣分就不會斷開。

我保證，將來的作品一定不會拖稿這麼久……因爲要繳兒子的學費，我的創作原力就會覺醒。

在此不是告別，而是暫別。
敬請期待我的下一部作品。
有緣，再會！

天航
二〇二一年十月
於台北南港

國家圖書館出版品預行編目資料

術數師.7，惡之華,聖光之十字 / 天航 著.
——初版.——台北市：蓋亞文化，2021.11
面；公分.（悅讀館；RE246）

ISBN 978-986-319-591-7（平裝）

857.7　　110012957

悅讀館 RE246

術数師 7【完】惡之華，聖光之十字

作　　者　天航（KIM）
插　　畫　瑞讀
封面設計　莊謹銘
主　　編　黃致雲
總 編 輯　沈育如
發 行 人　陳常智
出 版 社　蓋亞文化有限公司
地址：台北市103承德路二段75巷35號
電話：02-2558-5438　傳眞：02-2558-5439
電子信箱：gaea@gaeabooks.com.tw
投稿信箱：editor@gaeabooks.com.tw
郵撥帳號 19769541　戶名：蓋亞文化有限公司
法律顧問　宇達經貿法律事務所
總 經 銷　聯合發行股份有限公司
地址：新北市新店區寶橋路二三五巷六弄六號二樓
電話：02-2917-8022　傳眞：02-2915-6275
初版一刷　2021年11月
定　　價　新台幣 280 元
Published and printed in Taiwan

ISBN 978-986-319-591-7

GAEA

GAEA